文學研究叢書・古典詩學叢刊

詩聖
——杜詩詮釋新論

蔡志超　著

目次

第一章
緒 論

第一節　研究對象與目的

　　本書關懷的是——杜甫（712-770）何以成為詩聖，這個議題與詮釋之間的關係極為密切。我們可以先暫且這樣說，「詩聖」是一種解讀的結果：杜甫人格解讀的道德評價與杜詩藝術解讀的審美評價。

　　自古以來，杜詩的詮釋即是古典詩學史上重要的論題，無論是宋人對杜詩的輯注、明代的批點，還是清朝的考據，這些都是為了解決杜詩詮釋這個議題。

　　這主要是由於宋代以來杜甫的詩作受到前人高度的關注，甚至他擁有傳統詩界中最極致的稱號——詩聖。此意指杜甫是最傑出的詩人。問題是：對於詩聖杜甫，我們是如何面對他的作品的呢？我們是如何詮釋他的詩作的呢？倘若我們都無法清楚闡釋如何詮解詩聖的作品，我們又以何種方式來解讀其他詩人的作品呢？何況自宋朝以降，注杜文人不乏博學通覽，青春作注，皓首窮詩之人。杜詩中一定存在什麼高度的價值，包含內容與形式這兩方面，才使得前賢如此辛勤耕耘，才使得先哲願意奉尊經典。古人也一定有解讀杜詩（或詩歌）的關竅方法，否則，先賢是如何閱讀詮解杜詩的，難道僅僅只是吟哦誦詠而已嗎？難道只能以杜詩不可注、不必解自我搪塞嗎？[1]或許先哲

1　〔清〕薛雪《一瓢詩話》說：「杜少陵詩，止可讀，不可解。」見《清詩話》（臺北：西南書局，1979年），頁658。

早已遺留給後世豐贍珍貴的解讀寶藏，只是這尚待我們進一步探本求源，爬羅剔抉，闡究立論。

簡言之，杜詩詮釋不僅僅只是杜詩學上詮釋的議題，它更是古典詩學史上詮釋的一個部分，它甚至可以作為古典詩學史上詮釋的一個代表。因此，在古典詩學史上，杜詩詮釋的議題具有相當的重要與價值。由於杜詩詮釋可作為古典詩學史的詮釋代表，因此，杜詩詮釋議題的研究成果更可運用到其他詩人上。那麼，此議題具有一定程度的普遍性。

此外，我們也必須回應這個時代對杜詩詮釋方法與策略的要求，嘗試拆除一般人與詩歌間的層層藩籬，此有助於一般讀者對杜詩的認識與理解，使經典得以再傳揚；另一方面，我們也必須藉由詮釋來持續發掘杜詩作為經典的理由與特色，藉由解讀來持續探究杜甫作為詩聖的因素與機樞，使杜詩及其研究得以再續存，因此，筆者嘗試探究此一重要議題。

第二節　學術現況與研究方法

學術界對杜甫與杜詩的探究頗有豐碩的研究成果，譬如，方瑜（1945-）的《杜甫夔州詩析論》，[2] 是書藉由杜甫夔州時期詩歌內容的深入探討，來完整呈現詩人留居夔州時期真實的精神風貌；簡恩定的《清初杜詩學研究》，[3] 是書在臺灣開啟「杜詩學」研究的新頁；陳文華（1944-）的《杜甫傳記唐宋資料考辨》，[4] 是書詳細考辨了杜甫家世及生平事蹟等等，此為研究杜甫家世生平出處的重要專著；又如，呂

2　方瑜：《杜甫夔州詩析論》（臺北：幼獅文化事業公司，1985年）。

3　簡恩定：《清初杜詩學研究》（臺北：文史哲出版社，1986年）。

4　陳文華：《杜甫傳記唐宋資料考辨》（臺北：文史哲出版社，1987年）。

正惠（1948-）的《杜甫與六朝詩人》，[5]是書論述杜甫詩歌實承繼了六朝詩家如謝靈運、鮑照、庾信等人；又如，簡錦松（1954-）的《杜甫夔州詩現地研究》，[6]是書開創杜詩現地研究一路，為杜詩研究與詮釋指引了新方向；又如，蔡振念（1957-）的《杜詩唐宋接受史》，[7]是書詳論唐宋古人對杜詩的接受是其成為文學經典的重要因素；又如，徐國能（1973-）的《歷代杜詩學詩法論研究》，[8]是書精研杜甫詩法與句法；又如，徐國能的《清代詩論與杜詩批評──以神韻、格調、肌理、性靈為論述為中心》，[9]是書詳細探討清代主要詩學理論與杜詩批評間交互融攝的關係，此亦為杜詩學的延續性研究；又如，黃奕珍（1961-）的《杜甫自秦入蜀詩歌析評》，[10]是書以修辭方式深入闡發杜詩隱微的精蘊；又如，陳美朱的《清初杜詩詩意闡釋研究》，[11]是書研究清初以「詩意闡釋」杜詩之諸集註評點本；又如，歐麗娟（1965-）的《唐代詩歌與性別研究──以杜甫為中心》，[12]是書以杜甫為核心進行唐詩的性別探究，從女性的角度研討杜詩觀點新穎。而當前杜甫全集、舊注與詩話的校注也取得了相當的成果，諸如：蕭滌非（1906-1991）主編、張忠綱（1940-）統稿的《杜甫全集校注》；[13]張忠綱編注的《杜甫詩話六種校注》；[14]韓成武（1945-）、賀嚴

5　呂正惠：《杜甫與六朝詩人》（臺北：大安出版社，1989年）。

6　簡錦松：《杜甫夔州詩現地研究》（臺北：臺灣學生書局，1999年）。

7　蔡振念：《杜詩唐宋接受史》（臺北：五南圖書出版股份有限公司，2002年）。

8　徐國能：《歷代杜詩學詩法論研究》（臺北：臺灣師範大學博士論文，2002年）。

9　徐國能：《清代詩論與杜詩批評──以神韻、格調、肌理、性靈為論述為中心》（臺北：里仁書局，2009年）。

10　黃奕珍：《杜甫自秦入蜀詩歌析評》（臺北：里仁書局，2005年）。

11　陳美朱：《清初杜詩詩意闡釋研究》（臺南：漢家出版社，2007年）。

12　歐麗娟：《唐代詩歌與性別研究──以杜甫為中心》（臺北：里仁書局，2008年）。

13　蕭滌非主編、張忠綱統稿：《杜甫全集校注》（北京：人民文學出版社，2014年）。

14　張忠綱編注：《杜甫詩話六種校注》（濟南：齊魯書社，2002年）。

（1969-）、孫微（1971-）、綦維（1972-）等點校的《杜律啟蒙》；[15]賴貴三（1962-）校釋的《翁方綱《翁批杜詩》稿本校釋》等等。[16]上述這些都是目前極為重要的杜詩研究成果，皆可作為進一步杜詩研究的基礎。

　　至於杜甫身世的研究，就短篇論文而言，數量較多，若以研究對象為分類依據，這至少可分為兩類；（一）杜甫應舉與獻賦等等研究，譬如，羅聯添〈杜甫「忤下考功第」的年歲與地點〉、[17]張忠綱〈杜甫獻〈三大禮賦〉時間考辨〉等文；[18]（二）杜甫生平交遊與行迹等等研究，譬如，耿元瑞〈有關李杜交遊的幾個問題〉、[19]楊承祖〈杜甫李白高適梁宋同遊考年〉、[20]張忠綱〈杜甫在山東行迹交游考辨〉等文。[21]就專書而言，數量略少，除前述提及陳文華《杜甫傳記唐宋資料考辨》一書外，又有陳冠明（1952-）、孫愫婷（1952-）的《杜甫親眷交遊行年考》，[22]是書主要查考了杜甫之親眷與交遊等等。此外，與杜甫生平事蹟有關的研討，尚有杜甫詩歌繫年與年譜等相關的著作，前者譬如李辰冬（1907-1983）的《杜甫作品繫年》[23]與拙著

15　〔清〕邊連寶著，韓成武、賀嚴、孫微、綦維點校：《杜律啟蒙》（濟南：齊魯書社，2005年）。

16　賴貴三校釋：《翁方綱《翁批杜詩》稿本校釋》（臺北：國立編譯館主編，里仁書局發行，2011年）。

17　羅聯添：〈杜甫「忤下考功第」的年歲與地點〉，《書目季刊》，17卷第3期（1983年12月）。

18　張忠綱：〈杜甫獻〈三大禮賦〉時間考辨〉，《文史哲》，2006年第1期。

19　耿元瑞：〈有關李杜交遊的幾個問題〉，《唐詩研究論文集》，第2集，中冊，《李白詩研究專集》（中國語文學社，1969年）。

20　楊承祖：〈杜甫李白高適梁宋同遊考年〉，「國立臺灣師範大學校友學術論文集」（《水牛出版社》，1985年10月）。

21　張忠綱：〈杜甫在山東行迹交游考辨〉，《東岳論叢》，2003年7月第24卷第4期。

22　陳冠明、孫愫婷：《杜甫親眷交遊行年考》（上海：上海古籍出版社，2006年）。

23　李辰冬：《杜甫作品繫年》（臺北：東大圖書股份有限公司，1990年）。

《杜詩繫年考論》等書；[24]後者譬如李春坪的《少陵新譜》、[25]學海出版社的《杜甫年譜》[26]與拙著《宋代杜甫年譜五種校注》等書。[27]一般而言，作品的繫年與年譜間的關係是密切的，作品繫年的結果，有助於瞭解作者的時地行蹤，亦有助於年譜的建立。這些都是杜甫「身世」、杜詩繫年與杜甫年譜的基礎探究。

　　目前專門針對「杜詩詮釋」這個議題的研究，仍有相當大的空白，有待學界持續的統整與耕耘，然而陸續也有一些學者投入這個相關的領域。譬如，楊經華（1975-）《宋代杜詩闡釋學研究》一書，該書研究宋代注杜評杜的情形。[28]又如，孫微的《杜詩學文獻研究論稿》，是書嘗論及「注釋一首杜詩，一般要按照先繫年，後語詞典故，後句法、章法的次序和步驟。語詞典故疏通完之後，整句詩的含意是什麼，一聯乃至聯與聯之間的關係如何，乃至整首詩詩意要表達什麼等等。……。如果每個環節都能準確完成，一首詩的注釋也就相應地順利完成了」。[29]言雖簡然意賅。又如，胡可先（1960-）《杜甫詩學引論》「杜詩的注釋」一節，敘述宋代「杜詩注釋」有「編年型」、「分類型」、「集注型」與「批點型」四方面；元明亦不出此範圍；並論及清人具代表性的注杜名家及其作品，諸如錢謙益（1582-1664）《杜工部集箋注》、仇兆鰲（1638-1713）《杜詩詳注》、浦起龍（1679-1761後）《讀杜心解》與楊倫（1747-1803）《杜詩鏡銓》等等。[30]而此是目前「杜詩詮釋」研究的大致情形。

24　蔡志超：《杜詩繫年考論》（臺北：萬卷樓圖書股份有限公司，2012年）。

25　李春坪：《少陵新譜》（臺北：古亭書屋，1969年）。

26　學海出版社編輯部編：《杜甫年譜》（臺北：學海出版社，1981年）。

27　蔡志超：《宋代杜甫年譜五種校注》（臺北：萬卷樓圖書股份有限公司，2014年）。

28　楊經華：《宋代杜詩闡釋學研究》（北京：中國社會科學出版社，2011年）。

29　孫微：《杜詩學文獻研究論稿》（保定：河北大學出版社，2009年），第5章，頁136。

30　胡可先：《杜甫詩學引論》（合肥：安徽大學出版社，2003年），第1章，頁42-55。

　　筆者認為我們恐怕不宜直接橫向移植西方詮釋學的理論與框架，因為它們畢竟與我們傳統詩學的內容並不相合相應，兩不相應的內容與文化，實不能勉強嫁接暨異體移用。但這也不是說西方詮釋學對我們沒有任何價值，它們仍有極其重要的意義。它們可作為我們詮釋理論的重要參考架構；它們也可以作為我們詮釋作品的養分；它們也能引發我們思考：我們自己的古典詩歌詮釋之路是什麼？我們難道沒有自己詮釋詩歌的方法嗎？如果我們沒有詮釋方法，那麼古人是如何理解詩歌的呢？答案當然是否定的！

　　此外，詮釋作品的方法與理論不可淪於空衍義理，詮釋理論也須有詩歌作品為其根柢，任何破空演述的理論恐怕無法與實際作品相合相應，方法與理論終究是須實際應用在作品身上的，終究必須面臨作品嚴格的檢驗。據此，我們須有本源於傳統古典詩歌的詮釋方法與理論。

　　如果宋代以降我們確實有自己詮釋杜詩（或詩歌）的方法，那麼，我們是否應該回頭反省歸納：我們是如何解讀自己的古典詩歌。事實上，自古以來，我們的確有自己詮釋詩歌的方法，現在只要能沿流求源、爬櫛揭露、闡發論述，我們就能找回專屬自己的詮釋方法，這個詮釋方法必須是具體可行的、可以詮解作品的，也必須從屬於詩藝美學之下的，是可以揭露詩藝美境的。如此，我們始能回應當代對詩歌詮釋的要求；我們自己的詮釋方法始能作為知識繼續保存下來；作為經典的詩歌始能讓更多人可以閱讀而重新具有新生命；中西兩方的詮釋始有對照與交流的可能。最終，我們仍須在自己詩學歷史的豐富土壤之中，開創出我們自己的詩歌詮釋之路。

　　因此筆者主張目前杜詩學界，至少必須在傳統詩學脈絡上，爬梳出符合古典詩學歷史的詮釋進路，歸納整理符應詩歌創作與實際解讀的技法，嘗試建構一個杜詩詮釋方法與理論。更重要的是，我們至少

必須嘗試從詩人創作的角度來理解作品，而非割裂詩人與作品，肢解創作與解讀間的關係。如此，我們始能真正領略杜甫創作上的特色與價值，以及他被稱譽為「詩聖」的重要理由。

第三節　「本事解讀法」與「逆測解讀法」

本文提出兩種解讀杜詩的詮釋方式：本事解讀法與逆測解讀法。筆者嘗試以此回應目前杜詩詮釋方法與理論的空白。這兩種詮釋杜詩的方法並非憑空出現，而是有其歷史根柢與發展過程的，因此，本文將試圖釐清它們的學術脈絡。以下分別就「淵源」、「定義」與「程序」三方面說明之：

一　淵源

本文提出兩種詮釋杜詩的方法——「本事解讀法」與「逆測解讀法」，它們可以分別追本溯源自孟子（372-289 B.C.）的「知人論世」與「以意逆志」兩說。

杜詩詮釋可以利用「知人論世」與「以意逆志」兩法，主要的理由之一，乃是由於杜甫在詩歌中常敘時事的緣故。宋·胡宗愈（1029-1094）〈成都草堂詩碑序〉即曾說：「先生以詩鳴於唐，凡出處動息勞佚，悲懽憂樂，忠憤感激，好賢惡惡，一見於詩。讀之，可以知其世。學士大夫，謂之詩史。……。先生雖去此，而其詩之意有在於是者，亦附其後。庶幾好事者，於以考先生去來之迹云。」[31]由於杜甫於詩中常敘及時事，這不僅使杜甫擁有「詩史」的稱號，也使

---

31 〔宋〕魯訔編次，蔡夢弼會箋：《草堂詩箋》（臺北：廣文書局，1971年），序，頁18。

得讀者能以「知人論世」、「以意逆志」詮釋杜詩，顏崑陽（1948-）
在《李商隱詩箋釋方法論——中國古典詮釋學例說》即曾說：「杜詩
之箋釋，乃是先有『詩史』的事實為前提，才產生『知人論世』、『以
意逆志』的方法理論。」[32]由於杜甫善敘時事，而有「詩史」之名，
詩中時事、地點、官名與人物，皆歷然可憑，因此，杜詩的詮釋可從
「知人論世」與「以意逆志」著手。

　　本文提出「本事解讀法」這個名目，乃是沿用晚唐孟棨（生卒年
不詳）《本事詩》「本事」兩字。顧名思義，這是試圖找出詩人創作的
緣起與背景來解讀作品的方法。這種重視作者的傳統是我們解讀作品
的特色，也是我們與西方詮釋學的差異所在。而此解讀作品的方法即
淵源於孟子「知人論世」說。孟子「知人論世」說的精神，是要求解
讀者對作者的「身世」須有一基本的理解認識，這至少應當包括生卒
年、自身生平與所處時世等等基礎，再分別從作品內與作品外這兩方
面同時考察探究作者其人其世。這使得詮釋可以兼顧作品內、外部
研究。

　　從作品內在，解讀者可經由詩歌內容其人其世的描述，來判斷作
家為人與所處時世。從作品內外，解讀者可藉由詩歌中具體可驗的內
容與外在史實史料相互考尋，嘗試尋繹詩人創作緣由與時空背景；亦
可藉由詩歌具體可驗的內容與外在相關史實史料兩相匹對，以對作品
繫年繫地。接著再依據作品繫年繫地的結果排續作品，附以相關作品
與時事，撰寫作家年譜。這可再細分為兩個步驟：一、藉由作品具體
可驗的內容來作為繫年繫地的根柢，同時參酌作品外的史料、地志、
著作與筆記等等有關資料，彼此相互考尋核驗，從事作品的正確繫年

---

32 顏崑陽：《李商隱詩箋釋方法論——中國古典詮釋學例說》（臺北：里仁書局，2005
　年），頁8。

繫地。[33]二、憑據繫年繫地成果，附以時事等等，編定作家年譜，撰繪詩人譜主，甚至可加入親族朋友等等人際關係，重建譜主創作時空背景。[34]譜主紀年的編定，實有助於讀者清楚掌握作者其人其世。

　　杜詩年譜的撰作始於宋代，宋人撰作的杜甫年譜譬如有呂大防（1027-1097）〈杜詩年譜〉、趙子櫟（？-1137）〈杜工部年譜〉、蔡興宗（生卒年不詳）〈杜工部年譜〉、魯訔（生卒年不詳）〈杜工部詩年譜〉與黃鶴〈杜工部詩年譜〉等等。解讀者除了可以自行撰寫杜詩年譜外，也可以分析探究上述宋代杜甫年譜的內容。宋代出現的杜甫年譜頗具重要的價值，這主要是由於宋人的考證確立了杜甫的生卒年，有了這個重要的關鍵，年譜的撰作始有了基準點；宋人也探究了杜甫授官情形與生平重要行迹等等，而這些都可作為杜甫「身世」的重要內容。由於宋人撰作的杜甫年譜實屬早期，相較於明清兩朝的杜甫年

33　「繫年」對杜詩的解讀是必要的，譬如，李辰冬在《杜甫作品繫年·自序》中說：「現代的文學批評逐漸瞭解作者與作品的關係，逐漸知道瞭解作者愈深，對作品的瞭解必愈深。杜詩一向被認為是詩史，所以要想瞭解杜詩必先瞭解杜甫。然怎樣瞭解杜甫呢？就是把他的作品詳細作一繫年，依據他的作品來知曉他的生平事跡。他的作品才是知曉他的第一手資料，也是最可靠的資料。」（頁1）又如，簡明勇《杜甫詩研究》（臺北：學海出版社，1984年）「杜詩的繫年」下也說：「要瞭解作家，必須瞭解他的作品。要瞭解作品，也必須對作家有很深刻的認識才行。孟子說：『頌其詩，讀其書，不知其人可乎？』就是這個道理。要瞭解作家，除從古人的史傳紀聞入手外，更可以從他的作品中瞭解其行徑、生活、交遊、情感等。到了瞭解作家後，再來看他的作品，每篇作品便能真正落根，穩實可靠，也就不會妄加揣度臆測了。」（第2篇，頁2-101）

34　「年譜」對杜詩的解讀是相當重要的，譬如，臺靜農在《中國文學史·中國文學史方法論》（臺北：臺大出版中心，2009年）「年譜的體例」中，即曾以杜甫為例來說明，他在「時代背景」下說：「例如杜甫的年譜，最重要的兩個階段，便是天寶十三年安祿山之亂以前是一個階段；玄宗西幸、肅宗即位是一個階段，在這兩個階段中，政治、社會有了很大的變化，而杜甫的作品，自然也因之而不同，所以在這一點上我們得加以注意。」（附錄32）藉由杜甫「年譜」，讀者可以洞悉杜甫時世與杜詩風格差異變化，換言之，對杜詩詮釋而言，年譜的編定實有其重要性。

譜，宋人早已成功解決杜甫若干生平重要議題，因此頗具重要性。解讀者若能憑據杜詩、繫年與年譜，即可知悉杜詩平生為人、時代局勢與詩風變化。

簡言之，解讀時須知其人、論其世，而「知人論世」可藉由作品內容、作家時事與繫年年譜來完成。也就是說，「知人論世」是作品繫年與年譜編定的原因，作品繫年與年譜編定是「知人論世」的落實。

「逆測解讀法」這個名稱，乃是襲用孟子「以意逆志」中「逆」字之義。孟子「以意逆志」說乃是解讀時讀者以其心中之意逆測古人之意，再以古人之意逆測古人之志。先暫且不論「以意逆志」與「知人論世」間的關係為何，「以意逆志」實是解讀者逆測杜詩主旨情志與創作技法的樞紐。明清以降，顏廷榘（1519-1611）《杜律意箋》、王嗣奭（1566-1648）《杜臆》、黃生（1622-1696？）《杜詩說》與吳瞻泰（生卒年不詳）《杜詩提要》等等即是藉由「以意逆志」作為詮釋杜詩的主要途徑（詳見後文）；黃生與吳瞻泰兩人更憑據「以意逆志」作為詮釋杜詩創作技法的重要進路。

杜甫以賦法見長，而杜詩也常被古人評論為「含蓄」、「不露」與「溫柔敦厚」。[35]那麼，杜甫如何藉由直陳的賦法來達到「含蓄」與「溫柔敦厚」的境界，就成了一個詩學史上極為有趣而重要的問題了。在評定判斷杜詩為「含蓄」、「不露」與「溫柔敦厚」的過程裡，解讀者的「以意逆志」就成為非常關鍵的實踐依據。讀者實是運用「以意逆志」來逆測：杜甫是以其極具特殊性的「賦法」——賦法的言外之意——來創造「溫柔敦厚」的詩境。據此，「以意逆志」是逆

---

35 不僅古人認為杜詩具有「含蓄」的意境，當代學者徐國能對此亦持肯定的態度，《清代詩論與杜詩批評——以神韻、格調、肌理、性靈為論述為中心》即云：「杜甫的詩有沒有運用『意在言外』的技巧來達到『含蓄』的狀態呢？答案當是肯定的。」（第2章，頁64）

測作品詩藝與美境的一種重要方法。

二 定義

　　「杜詩詮釋」意指「解讀杜詩」。「杜詩解讀」是指：解讀者向他人展示其理解杜甫詩作的進路、方法與過程，其他讀者倘若依此進路、方法與過程，亦可同解讀者一樣，領悟理解詩歌主旨與作品感情，領略體悟創作技巧與言外含意，並使杜甫與杜詩獲得解釋。

　　譬如前述本文提出兩種理解杜詩的方式──本事解讀法與逆測解讀法：

　　「本事解讀法」是在瞭解作者「自身」、「時世」基礎上，嘗試藉由作家經歷的時事來解讀作品的方法；也可以試圖透過作家年譜來解讀作品的方式，這希冀作品的詮釋能較為符合創作原因與事實。這本是我們傳統詩學中極為重視的一環，這也是我們與某些西方詮釋學、新批評、受西方思潮影響的文學詮釋，它們僅側重文本與讀者，而忽視作者及其背景的主要差異之一。而此法可彌補詮釋只注重文本自身，卻忽略作者及其所處時代的不足。

　　「逆測解讀法」是指解讀者以「逆測」來理解作品的方式。「逆測」至少有兩個條件：一、解讀者必須能設身處地、將心比心同情地站在作者的立場，去理解其作品；二、解讀者必須能虛心面對處理作品，讓作品自己說話，而非淨讀自己想讀的話，淨說自己想說的話。讀者「逆測」的對象包括：作品主意、詩人情志與表現情志主意的創作技巧。

　　除逆測作品主意與詩人情志外，主要是藉由逆測詩人創作技法作為讀者詮釋作品的方法，這冀望作品的詮釋能較為通情達理且為人採納。就這個意義而言，這是一種將作者創作技法視為讀者詮釋的途

徑。這意指：解讀時絕不能只考量自身的想法，忽略詩人作家的視角及其創作技法。也就是說，作家的創作意旨與表現手法都值得讀者重視。這也是本文與其他杜詩研究的差別所在──目前學界尚未著手探究杜甫賦法的省略。[36]而此法也可彌補詮釋僅僅只強調杜甫的道德人格，卻忽略杜甫在詩藝上的超凡表現。更重要的是，此法可具體詮釋杜詩及其詩藝之美，而非僅是停留在杜甫個別作品賞析而已。

惟須說明的是，既有「本事解讀法」來詮釋詩歌創作緣起，何須再以「逆測解讀法」逆測作品主意與詩人情志呢？這是由於「本事解讀法」有其局限，除無法詮釋藝術技巧外，並非所有作品裡都有具體事件的描述，使讀者可以比對考尋出作者創作緣起，此時僅能藉由逆測來判斷作者的主意與情志。亦即：由於某些作品並無具體可驗的史事時地內容，或者，難以發現詩人創作時觸詠的本事，因此，這類詩歌的詮釋並不以追求詩人創作的緣起為主要目的，解讀時僅要求詮釋能夠符應情理而前後一致即可。據此，「逆測解讀法」的詮釋空間較大。

「進路」是指解讀者觀看詩作的角度。在較為整全的作品理解之中，解讀者必須說明他採用哪一個角度作為觀看的進路，以及他為何採用這一個角度作為觀察的進路，而不採用另外一個角度作為察看的進路。譬如，讀者在解讀的過程中至少須說明是採「本事解讀」作為讀詩進路，還是採「逆測解讀」作為讀詩角度？或者，以「本事解讀」作為「逆測解讀」的基礎，合兩者而併用。至少解讀者自己必須清楚明白：他是藉由何種進路來理解詩作，以及他詮釋的目的到底是什麼。

---

36 學術界目前對「比興」的研究比較多，此中較為重要的專著譬如：蔡英俊《比興物色與情景交融》（臺北：大安出版社，1995年）與顏崑陽《詩比興系論》（臺北：聯經出版事業股份有限公司，2017年）等等。

　　「方法」指的是讀詩的方式與步驟，這主要是伴隨進路而來。倘若選擇不同的角度作為讀詩進路，那麼就會有不同的方式步驟。譬如，讀者若採用「本事解讀」作為讀詩進路，從微觀言，則其方法在考尋作品的創作因素；從巨觀言，則重在考證詩人生卒年月、詩作繫年與編纂年譜等等；或者，學術界目前對該詩人的生平與年譜的研討，至少要有相當足夠的成果累積，可資憑據與運用。一般而言，譜中須有年，年附有事地，事地繫有詩。讀者若能考證或確認作家某一詩歌創作於何年何地，即能將作家某年某地創作的詩歌與其年譜放置一起，進而兩相比較、對照，並將年譜中的具體史事、出處行迹甚至生活交遊等等，作為理解創作的原因與背景，作為解讀作品的工具與資源；甚至進而將創作緣由與背景，填補於作品文字外的空白之處，以便明白理解作品。

　　又如，讀者若採用「逆測解讀」作為讀詩進路，則其方法首重在「作品題目」。題目是作家創作的視角，是作者向讀者展示他創作的主旨、傾向或情感所在，因此它是理解作品的重要盃徑與依歸，據此，讀者須仔細觀察作品題目。而這一點也是杜詩與《詩經》的重大差異所在。杜甫可藉由題目與內容上的落差來創造出言外之意，這是沒有題目的《詩經》作者無法運用的，但「詩題」卻是杜甫可資利用的重要工具，因此，在這一點上，也許杜甫可以更加地勝出。其次，詩人在創作時，有時為了創作表現，有時為了配合平仄、對仗與押韻，甚至為了不明指道破詩意與主旨等等，因此詩人往往會改變原本句法的排序、省略相關字詞詩句，或隱藏字詞間的關係。如果藉由歸納，讀者可以發現：改變原序、省略字詞或隱藏關係是具有一定的規律的，這種不斷重複出現的創作規律就形成了普遍性的創作技法。憑據這種具普遍性的創作技法，讀者可以還原排序與填補藏省，進而發現其言外之意與味外之旨。值得注意的是，詩人藉由刻意地改變次

序、省略字句與隱藏關係來創造言外之意，這是屬於「不明指道破」的方式，實是「含蓄蘊藉」、「溫柔敦厚」的詩藝表現。讀者藉由還原排序與填補藏省就是一種展示理解的方法。

總言之，無論是「本事解讀」還是「逆測解讀」，它們的共同點主要都是試圖提供解讀方法作為理解作品的資源——理解文面；解讀言外——並填補文字外的空缺之處。這就是說：解讀須能讀到字裡行間的空白之處，所謂「讀書得間」。

三 程序

無論是採用「本事解讀法」作為詮釋進路，還是採用「逆測解讀法」作為理解途徑，甚至是綰合這兩種詮釋策略，視「本事解讀」為「逆測解讀」的必要條件，讀者都須直接面對作品文字。讀者對於文字該採用何種策略呢？一般而言，都採用「字句解決法」，即一字一詞的理解、一典故一技巧的解讀、一句一首的詮解。接著，解讀者並須具體展示其理解成果。目前都使用「散句展示法」——即解讀者透過散文化的語言文字翻譯作品，用以展現理解的成果。為何解讀者必須以散文化的語言文字翻譯詩歌呢？這主要的理由有三：一、解讀者須留下可供其他讀者檢驗判斷其理解是否正確乃至高下的依據，而目前較佳的選擇仍舊是散句翻譯，這是不得已的作法；二、解讀者須填補作品的創作緣由與相關背景，而填補的正確與否，其最佳判斷依據亦是散文翻譯；三、最重要的是，解讀者須對被作者變裝藏省的詩句還原並填補，而還原填補的完善與否，其最佳判斷依據更是散文翻譯。在杜詩學上，清人盧元昌（1616-1693後）撰作的《杜詩闡》，[37]

---

37 〔清〕盧元昌：《杜詩闡》（臺北：臺灣大通書局，1974年）。

即是古人藉由散文來展示其對杜詩理解的代表著作。簡明勇（1941-）即曾提及是書：「詩後譯詩為文。」[38]以散文翻譯詩歌作品雖有譏評之弊，然其利在能夠判斷解讀者的詮釋是否正確，兩害相權，當取其輕。

「散句展示法」可溯源至「順文解義」。杜甫有〈擣衣〉詩，並云「亦知戌不返，秋至拭清砧。已近苦寒月，況經長別心。寧辭擣衣倦，一寄塞垣深。用盡閨中力，君聽空外音」，仇兆鰲《杜詩詳注》即曾說：

> 朱子《詩經集傳》多順文解義，詞簡意明。唐汝詢解唐詩，亦用此法，但恐敷衍多而斷制少耳。今註杜詩，間用順解，欲使語意貫穿融洽。此章趙汸注云「此因聞砧而託為擣衣戌婦之詞曰：我亦知夫之遠戌，不得遽歸，方秋至而拂拭衣砧者，蓋以苦寒之月近，長別之情悲，亦安得辭擣衣之勞，而不一寄塞垣之遠。是以竭我閨中之力，而不自惜也。今夕空外之音，君其聽之否耶。……。」唐仲言極稱斯注。今標此以發順解之例。[39]

「順文解義」字面上意謂：讀者須依文字脈絡來解讀詩歌涵義。若依仇氏所舉之例，且更具體言之，即是讀者依順散文方式來解讀詩歌涵義。朱熹（1130-1200）、唐汝詢（生卒年不詳，字仲言）、趙汸（1319-1369）與仇兆鰲等皆曾採用過「順文解義」之法。此法雖有「斷制少」之弊，但為了避免此病，解讀者可以將利用技法解得的言外之意，融入於散文解讀之中，或者也可將作者情志、詩歌藝術與審美優

---

38 簡明勇：《杜甫詩研究》，第3篇，頁3-52。

39 〔清〕仇兆鰲：《杜詩詳注》（臺北：里仁書局，1980年），卷7，頁609。另亦可參〔元〕趙汸：《杜律趙註》（臺北：臺灣大通書局，1974年），卷下，頁160。

劣之分析評斷，併陳於譯文之後。「散文展示法」是為了展示解讀者的理解成果，並供其他讀者覈驗的手段。此外，其價值更在於可以還原填補為作者省略的字詞涵義以及言外之意。因此，解讀者詮釋詩歌時當以散句展示其理解與成果。

　　杜詩詮釋的最後階段是──從「解讀」到「解釋」。「解讀」只是起點，或解讀出興詠本事，或詮解出吟詠時地，或解取出作者人格特質，或理解出作品可辨特色；讀者尚須進一步從「解讀」臻至「解釋」，即解釋現象，或解釋創作緣由，或闡釋創作時地，或說明何以杜甫為「詩聖」，或剖釋何以杜詩為「溫柔敦厚」，如此，杜甫其人及其詩作始能獲得解釋，完成了杜詩詮釋。

第四節　創作時省略、解讀即填補

　　由於詩歌的文字受到數量的限制，五、七言絕句與律詩文字使用的數量都有其限度。此外，詩歌文字的使用也受到約束，絕句律詩皆有固定的平仄與押韻，甚至要求必須對仗。若再加上詩人刻意變化字詞詩句的使用；甚至是詩人有意識地強調與表現。這些都將導致詩人在創作時，在句子之中必須改變原有字詞的排序，在詩歌之中必須更動原有句子的次第。此時在解讀上就必須盡可能還原回本來字句的序次，再依散文句法理解翻譯，以展示讀者的理解。依此，解讀詩歌實須還原其排序。

　　杜甫在詩歌創作上，其句法的特色乃極盡可能的變化裝造與省略隱藏，清人黃生的《杜工部詩說》與吳瞻泰的《杜詩提要》兩書，實是古人研究杜詩句法的代表著作，此尤以黃生的《杜工部詩說》最具代表性。杜詩的句法種類繁多，黃生歸結有：藏頭句、歇後句、問答

句、縮脈句、硬裝句、上因句、下因句、串因句……等等。[40]「藏頭
句」是句首有所藏省;「歇後句」是句尾有所省卻;「問答句」或有問
有答,或有問省答,或有答藏問;「縮脈句」是將超過五、七言的字
句,縮省字脈而成五、七言;「硬裝句」是將超過五、七言的字句,
硬省裝造而成五、七言;「上下串因句」則是藏省因果關係。從黃生
與吳瞻泰對杜詩句法的研究成果,我們可以發現杜甫在詩歌上的創作
原則之一乃是:「省略」。問題是:這僅僅只是杜甫在句法上的創作特
色嗎?還是說這實是杜甫詩歌創作的普遍原則?這種創作特色給了我
們一個絕佳且重要的啟示:以賦見長的杜甫,是否在詩歌賦法上也進
行了「省略」?若是,這會達到何種藝術效果呢?這與「溫柔敦
厚」、「詩聖」稱號是否有關聯呢?

　　由於詩人在創作上會自覺地省略,或省卻字詞與句義,或藏省字
詞間的關係。因為詩歌的文字與關係等等內容皆被藏省,因此解讀時
被藏省者必須填補回去,並依散文句式解讀翻譯。有時填補者即是作
者不明指道破的言外詩旨。若能逆測回填,那麼,詩歌的涵意就能獲
致完整周全;另一方面,其他讀者始能藉此判斷其理解是否正確通
達:該還原者是否還原,當填補者是否填補。

　　簡言之,由於創作時變裝省略,因此解讀時還原填補。我們甚至
可以簡潔地這樣說:解讀即還原填補。這是指:變裝省略(作為創作
技巧)即是還原填補(作為解讀方法)。亦即:在詩題可作為詮釋方
向情形下,詩人的創作技巧同時可作為讀者的解讀技巧。也就是以創
作技法作為詮釋途徑,嘗試把創作方法作為解讀詩歌的一種路徑。而
非兩者割裂,創作歸創作,解讀歸解讀。這兩者的合而為一,乃是杜

---

40 詳參徐國能:《歷代杜詩學詩法論研究》,頁154-172。徐國能的著作為目前黃生句法
　的重要研究。

詩詮釋研究的新方向。當中關鍵的因素即在於：詩人在創作時變裝省略，因此，讀者在解讀時須還原填補。

依此我們現在可以說明各章的主要論題，並論述本書的架構及其間關係：

第一章是緒論。說明研究的對象目的、學術現況與研究方法；本文提出兩種詮釋杜詩的方法──「本事解讀法」與「逆測解讀法」，而「解讀」的目的是為了「填補」於作品中的空白之處，用以展示理解；並扼要闡釋「創作時省略、解讀即填補」的詮釋觀念，作為杜詩詮釋的主要理路與依歸，至於以此理路對杜詩詮釋的具體操作，則散見於後文杜詩的解說之中，不再另立章節。

第二章是孟子原說與杜詩解讀。這是為了說明「本事解讀法」與「逆測解讀法」──實是淵源於孟子的「知人論世」與「以意逆志」兩說──並非劈空演述，嘗試釐清孟子原說在我們傳統學術脈絡上的涵義，更以杜詩學舊注諸說為例，說明其與杜詩詮釋的密切關係；在杜詩的具體詮釋上，孟子原說並非僅止於解讀作品的內容，亦可用以詮解作品的形式，如此，讀者始能探究作品形式與內容間的關係，非僅論述作品內容，而偏廢作品形式，進而誤解孟子原說為一隅之見。

第三章是討論「知人論世」的實際運用──作品內外身世。在「知人論世」的觀念下，讀者可以分別從「作品內、外」與「作品內」來認識杜甫及其作品。前者是藉由「作品內、外」來知其人、論其世，因此古人從事杜甫生平的基礎探究，包括生卒年、授官與重要行迹等等的研究，並以此作為杜甫年譜的主要內涵。然而我們絕不能止步於此，尚須向前邁出一步：作者生平行迹的考證是為了建立作家年譜，建立作家年譜是為了取得詮釋資源：「年譜解讀」──即讀者以考證後真確無誤的譜主訊息，作為詮釋詩歌的資源，填補於作品的空白之處；後者是藉由「作品內」來知其人、論其世，因此前人從事

杜甫道德人格的研討與品評，此路與後來杜甫「詩聖」說的關係密切。然此兩路實源自「知人論世」。此亦「本事解讀」的具體運用。

第四章是討論「以意逆志」的實際應用——賦的言外之意。在「以意逆志」的觀念下，讀者自可逆測作品「賦比興」的技巧，再憑據「賦比興」等等技法逆測作品主意、詩人情志與言外詩意，但由於「比興」的研究目前已有重要的成果（詳見前文註解），因此筆者選擇研究「賦法」，選定杜詩中尚未有學者深究的「賦的言外之意」，作為探討的對象。一方面，這是由於杜甫本即以賦法見長；另一方面，古人也承認杜詩中具有言外之意，問題是「賦法是否可以創造言外之意」、「杜甫賦法如何創造言外之意」，這些問題本身就令人深感趣味，是極具價值的詩學議題。而此路可源自「以意逆志」。此亦「逆測解讀」的具體應用。

第五章是討論杜甫「詩聖」說。解讀者研讀杜詩時會發現，杜甫為人在道德人格上有過人之處（此為「本事解讀」）；其詩歌又深具味外之旨、韻外之致（此為「逆測解讀」），這兩點又與「詩聖」說的關係緊密。也就是說，我們運用「本事解讀」與「逆測解讀」兩路來詮釋杜甫及其詩歌，此與杜甫「詩聖」說有一定程度的聯繫。此中，「溫柔敦厚」扮演關鍵的角色，然此亦有待我們進一步的釐定。

第六章是結論。說明本文以杜甫「詩聖」稱號為主題，提出兩種杜詩詮釋的進路——「本事解讀法」與「逆測解讀法」——闡述何以明清以降古人奉尊杜甫為「詩聖」。在此兩路探索之下，接著討論杜詩內容與形式間和諧統一的關係。

第二章
孟子原說與杜詩解讀

　　在杜詩學中，古人對杜詩詮釋的方法實可探本溯源自孟子的「知人論世」與「以意逆志」兩說。孟子的「知人論世」與「以意逆志」兩說不僅是傳統古典詩學中重要的議題；宋代以來，古人也時常藉由「知人論世」與「以意逆志」作為詮釋杜詩的主要進路。值得注意的是，杜詩學界卻較少探究這兩說與杜詩解讀間的關係。因此，無論是建構古典詩歌詮釋理論，還是杜詩詮釋理論，都有必要釐清這兩說的內涵及其後世實際應用情形。本文於此嘗試探究歷史上杜詩詮釋的起始開端，考查「知人論世」、「以意逆志」在杜詩詮釋上的應用與實踐。

　　古人解讀杜詩多揭櫫孟子「知人論世」、「以意逆志」兩要法。若就杜詩的屬性而言，一方面，杜詩因為多敘及時事，因此杜詩往往可加以繫年，進而編定杜甫年譜，透過杜詩繫年與譜主的編定，使讀者得以知其人、論其世，提供更為整全的訊息以解讀杜詩，此即「知人論世」的應用。另一方面，杜詩中的情志與宗旨本是讀者解讀的對象；可是杜甫也講究法或詩法，[1]而此詩法往往也是讀者解讀作品時

1　關於「杜甫講究法或詩法」，譬如，杜甫即曾說「美名人不及，佳句法如何」(〈寄高三十五書記〉)；「為人性僻耽佳句，語不驚人死不休」(〈江上值水如海勢聊短述〉)；又云「至於沉鬱頓挫，隨時敏捷，揚雄、枚皋之徒，庶可企及也」(〈進鵰賦表〉)。此外，清人吳瞻泰《杜詩提要・自序》(臺北：臺灣大通書局，1974年)也曾說：「子美作詩之法，可學者也。吾特抉剔其章法、句法、字法，使為學者執要以求，以與史法相證，則有從入之門，而亦可漸窺其堂奧。」(頁8)換言之，杜甫講求詩法，並有規矩可學。

須揣度迎合的對象，此即「以意逆志」的實踐。那麼，杜詩繫年與年譜的編定是「知人論世」的具體落實；除杜詩情志、主意外，杜甫詩法的探究乃是「以意逆志」內涵的新方向。

　　無論如何，「知人論世」與「以意逆志」兩說是「本事解讀」與「逆測解讀」的重要淵源。

第一節　孟子「知人論世」說

　　孟子曾在〈萬章〉篇提出「知人論世」說，書云：

> 孟子謂萬章曰：「一鄉之善士，斯友一鄉之善士；一國之善士，斯友一國之善士；天下之善士，斯友天下之善士。以友天下之善士為未足，又尚論古之人。頌其詩，讀其書，不知其人，可乎？是以論其世也。是尚友也。」[2]

　　這是說：一鄉之善士當與一鄉之善士交朋友，若以與一鄉之善士交朋友為不足，則與一國之善士交朋友；一國之善士當與一國之善士交朋友，若以與一國之善士交朋友為不足，則與天下之善士交朋友；天下之善士當與天下之善士交朋友，若以與天下之善士交朋友為不足，則與古之善士交朋友。既欲與古之善士交朋友，則又進而上論古之善士。然而後世之人如何能論古之人呢？藉由頌讀詩書的方法，可是，頌詩讀書不可不知其人，因此須論其世，這就稱為「尚友」──進而上與古之善人交朋友。

2　〔漢〕趙岐注，〔宋〕孫奭疏：《孟子注疏》，見阮元《十三經注疏附校勘記》（臺北：大化書局，1982年），卷10下，頁2746。此中，「尚」字的解釋，朱熹說：「『尚』，上同。言進而上也。」見《四書章句集註》（臺北：鵝湖月刊社，2010年），卷10，頁324。

　　說明如下：一、這段文獻乃強調與善士交友的自我提昇進程。
二、論（定）古之善士的目的是為了與古之善士交朋友。三、論
（定）古之善士的方法乃在頌詩讀書。而頌詩讀書又須知人、論世。
亦即：頌詩讀書須知其人，而知其人須論其世，因此頌詩讀書須論其
世。那麼，頌詩讀書的條件當是知人、論世。而知人又以論世作為必
要條件。這是說「論世」以「知人」，兩者關係密切，疾風可知勁
草，板蕩實識誠臣。

　　然而，歷來對《孟子・萬章》此段文獻中「世」字的解讀不同，
倘若以作品內外作為分類依據，那麼「世」字有兩種相異的詮釋：作
品之內古人所處的時世與作品以外古人所處的時世。[3]

　　首先，就作品之內古人所處的時世言，譬如清・黃宗羲（1610-
1695）〈一鄉之善士章〉下即曾說：

> 古人所留者，唯有詩、書可見。誦詩、讀書，正是知其人、論
> 其世者，乃誦讀之法。古人詩、書不是空言，觀其盛衰以為哀
> 樂，向使其性情不關於世變浮沉蟠屈，便不可謂之善士矣，非
> 既觀其言，又考其行也。[4]

古人已逝，後人如何能與古之善士為友呢？或者取法古人呢？只能觀
古人遺留下來的詩書。黃宗羲強調：頌詩讀書就是知其人、論其世，
這是因為頌讀古人詩書乃是觀詩書之中，古人隨時世之盛衰而表現出

3　關於「世」可指「作品之外」與「作品之內」兩種不同見解的歸納，首見林維杰
　　〈知人論世與以意逆志──朱熹對《孟子・萬章》篇兩項原則的詮釋學解釋〉一
　　文，詳《中國文哲研究集刊》，32期（2008年3月），頁111-114。是文有詳細的分析
　　討論暨文獻舉證。
4　〔清〕黃宗羲：《孟子師說》，見《文津閣四庫全書》（北京：商務印書館，2006年），
　　第203冊，卷下，頁228。

的哀樂之情，因此頌詩讀書就是論世知人。而古人所處的時世（世）
與其性情哀樂的變化（人）有密切關係。反之，倘若作品中古人之性
情哀樂不關於世事變化與人生境遇之起伏升降、祿位短長，就不可稱
為善士，此即所謂「向使其性情不關於世變浮沈嶕嶢，便不可謂之善
士矣」。此處的「世」不僅指古人時世，亦含涉作者一世。歸結而
言，「世」指作品中古人所處時世，也略及古人一生；「人」指作品中
之古人。[5]最後，黃宗羲肯定「知人論世」為頌讀作品的方法，並
且，頌讀乃是觀作品內世與人間的關係。

其次，就作品之外古人所處時世言，譬如漢・趙岐（108?-201）
即曾說：

> 讀其書者，猶恐未知古人高下，故論其世以別之也。在三皇之
> 世為上，在五帝之世為次，在三王之世為下，是為好上友之人
> 也。[6]

趙岐認為：由於後之讀古人書者須知古人之高下（知人），倘欲知古
人之高下則須論古人時世以別之（論世），因此後人須論古人所處時
世並加以區別辨識。那麼，知人與論世間有著密切的關係，「論世」
實是「知人」的必要條件。「古人高下」乃是以古人所處時世來加以
區分辨別的，它的關鍵在於作品以外好的時世，所謂「在三皇之世為
上，在五帝之世為次，在三王之世為下」。然而古人高下與古人所處

---

5 「作品中之古人」主要是指該作品之作者。然而如果進一步反省，有時當亦可以包
   括作品語言所描述或影射之人，譬如結交友人與諷譏對象，讀者由此亦可明瞭作者
   的性情為人。

6 〔漢〕趙岐注，〔宋〕孫奭疏：《孟子注疏》，見阮元《十三經注疏附校勘記》，卷10
   下，頁2746。

時世的優劣是否有關，這恐怕是值得斟酌的問題，古人在時世中的去留進退，才是人格高下的關鍵。無論如何，趙岐在此揭示解讀作品可以藉由作品以外古人所處之時世，作為解讀作品的資源。

又如清・吳淇於《六朝選詩定論》亦曾云：

> 古人有詩、書，是古人懸以其人待知于我；我有誦讀，是我遙以其知逆于古人。是不得徒誦其詩，當尚論其人。然論其人，必先論其世者，何也？……。苟不論其世為何世，安知其人為何如人乎？余之論選詩，義取諸此，其六朝詩人列傳，倣知人而作，六朝詩人紀年，又因論世而起云。[7]

吳淇以為：由於誦讀詩書是後代讀者以其閱讀古書的認識理解以求於古人之志（以意逆志），所以誦詩讀書應當還要討論古代作者之為人。而討論古代作者之為人須先論定其所處時世，這是由於倘若不先論定古代作者身處哪一時世，又如何能知道他是怎麼樣的人呢？因此，誦讀詩書必須先論定古代作者所處時世（知人論世）。吳淇在此強調誦讀詩書不能僅僅止於誦讀作品自身而已，讀者進一步須超越作品，討論作品以外的古人，以及作品以外古人所處時世，具體方法乃是撰作「詩人列傳」與「詩人紀年」。吳淇此處明確指出「知人」中之「人」是作品以外的古人，而趙岐論述裡「知人」中之「人」是否明指作品以外的古人，則較難以判定。最後，吳淇認為「以意逆志」與「知人論世」兩者間有緊密聯繫，閱讀作品時，「知人論世」是「以意逆志」的先決要件。

7　〔清〕吳淇：《六朝選詩定論》，見《四庫全書存目叢書補編》（濟南：齊魯書社，2001年），第11冊，卷1，頁50。

　　歸結而言,「世」若可指作品內古人所處的時世與作品外古人所處的時世,那麼孟子「知人論世」說即可分為兩種:一是從作品內來「知人論世」,這討論作品內作者與其所處時世。[8]

　　二是從作品外來「知人論世」,這討論作品外作者與其所處時世。這種從作品外來「知人論世」,其具體方法,無論是吳淇所言撰作「詩人列傳」與「詩人紀年」,還是宋代以來撰寫「杜詩繫年」與「杜甫年譜」,一般而言,它們都是利用作品中的訊息來作為「詩人列傳」、「詩人紀年」;「杜詩繫年」、「杜甫年譜」的依據,然後酌參作品外的史書、筆記、地志與他人著作等等,兩相查核,考訂辨證,完成「詩人列傳」、「詩人紀年」與「杜詩繫年」、「杜甫年譜」。這意指「作品內」的訊息實為根柢,李辰冬《杜甫作品繫年・自序》即曾說過「他的作品才是知曉他的第一手資料,也是最可靠的資料」(見前注文),即便是從「作品外」來「知人論世」,同時也不能忽略「作品內」的資料。

　　職是之故,孟子「知人論世」說,在瞭解作者生卒身世的基礎上,當有兩路:一路是從「作品內」來「知人論世」;一路是從「作品(內)外」來「知人論世」。從「作品內」來「知人論世」,即是從作品內部來討論作者其人其世。從「作品(內)外」來「知人論世」,即是從作品內外部來討論作者其人其世,具體落實則包括「作品繫年」、「作家年譜」、「作家列傳」等等,建立作者創作的時空圖譜,以提供解讀作品的資源。

第二節　孟子「以意逆志」說

　　孟子曾在與咸丘蒙的對話中提出了「以意逆志」說。兩人整段對話裡,咸丘蒙主要有兩個疑問:一、舜成為天子之後是否曾以其君

8　惟需說明的是,這須排除虛構寓言等作品。

（堯）為臣，使北面而朝？孟子否認說：堯年老時，舜只是代理天子職務，所謂「堯老而舜攝也」。舜不曾以堯為臣，所謂「舜之不堯臣」。二、舜成為天子之後是否曾以其父（瞽瞍）為臣，使北面而朝？咸丘蒙的想法是：舜成為天子之後，瞽瞍即為百姓；進而援引《詩經・小雅・北山》「普天之下，莫非王土；率土之濱，莫非王臣」諸語，用以說明：天下百姓皆為天子之臣民，因此瞽瞍當為舜之臣民。瞽瞍既為舜之臣民，那麼瞽瞍當亦北面而朝舜。若是，則舜於其時曾以其父瞽瞍為臣民。[9]如此，舜處於政治與家庭上的尷尬。然而此時孟子質疑咸丘蒙援引的證據，認為他的援據違犯了斷章取義之弊，書云：

> 咸丘蒙曰：「舜之不臣堯，則吾既得聞命矣。《詩》云：『普天之下，莫非王土；率土之濱，莫非王臣。』而舜既為天子矣，敢問瞽瞍之非臣，如何？」曰：「是詩也，非是之謂也；勞於王事，而不得養父母也。曰：『此莫非王事，我獨賢勞也。』故說詩者，不以文害辭，不以辭害志。以意逆志，是為得之。」[10]

咸丘蒙割裂〈北山〉前後詩句，僅取「普天之下，莫非王土；率土之濱，莫非王臣」諸語作為論述的前提，未顧及作品前後的脈絡與詩人創作的情志，而「以文害辭，以辭害志」，導致斷章取義的詮釋之

9　《韓非子・忠孝》亦有相關記載，書云：「《詩》云：『普天之下，莫非王土；率土之濱，莫非王臣。』信若《詩》之言也，是舜出則臣其君，入則臣其父。」〔清〕王先慎：《韓非子集解》，見《續修四庫全書》（上海：上海古籍出版社，2003年），第972冊，卷20，頁182。

10　〔漢〕趙岐注，〔宋〕孫奭疏：《孟子注疏》，見阮元《十三經注疏附校勘記》，卷9上，頁2735。

誤。針對這個問題，孟子認為〈北山〉詩的詮釋當是：普天之下（率
土之濱），莫非王土，莫非王臣，莫非王事。既是王事，卻獨我勞於
王事。勞於王事，而使我不得奉養父母（所謂「勞於王事，而不得養
父母也。曰：『此莫非王事，我獨賢勞也。』」）。孟子認為倘若欲免於
咸丘蒙這種截斷取義的讀詩方式，則說詩者當「不以文害辭，不以辭
害志」，要避免不顧及作品前後脈絡及詩人創作情志的讀詩方法。那
麼，是否有進一步更積極且具體的詩歌詮釋方式呢？孟子提出「以意
逆志」的讀詩途徑。[11]

然而，歷來學者對於「以意逆志」的解讀也不相同，若以詩歌作
品的內外作為分類依據，那麼「意」字可以有兩種理解：讀者之意
（學者之意）與作者之意（詩人之意）。[12]

首先，就讀者之意（學者之意）言，譬如趙岐詮釋孟子「故說詩
者，不以文害辭，不以辭害志。以意逆志，是為得之」這段文獻時
曾說：

> 文，詩之文章，所引以興事也；辭，詩人所歌詠之辭；志，詩
> 人志所欲之事；意，學者之心意也。孟子言說詩者當本之，不
> 可以文害其辭，文不顯乃反顯也。不可以辭害其志，辭曰「周
> 餘黎民，靡有孑遺」，志在憂旱災，民無孑然遺脫不遭旱災者，

---

11 曾守正〈孔孟說詩活動中的言志思想〉說：「孟子所提出的說詩方法，可以分為消
  極原則與積極原則。消極原則就是『不以文害辭，不以辭害志』；而積極原則為
  『以意逆志』。」見《鵝湖月刊》，第25卷，第6期，總號第294，頁10。

12 關於「以意逆志」的兩種解讀，詳參張恩普：〈孟子文學批評思想探討〉，《東北師
  大學報》（哲學社會科學版），第5期（2005年），總第217期，頁128；丁文林：〈孟
  子"知人論世""以意逆志"論〉，見《商場現代化》，總第459期（2006年2月），頁
  299；林維杰：〈知人論世與以意逆志──朱熹對《孟子・萬章》篇兩項原則的詮釋學
  解釋〉，頁117-123。諸文有詳細文獻的引證。

　　　非無民也。人情不遠，以己之意逆詩人之志，是為得其實矣。[13]

趙岐認為孟子的「以意逆志」是指「以己之意逆詩人之志」，而「己
之意」即「學者之心意」，那麼「以意逆志」就是以學（詩）者之意
逆詩人之志。比較特別的是，趙岐進一步說明：何以後代學者能夠以
其意來逆前代詩人之志呢？或者，何以後代學者的意能夠逆前代詩人
之志呢？這是由於閱讀時後代學者的意可以相通相合於前代詩人之
志，亦即人心相同、人情相通的緣故，所謂「人情不遠」。具體地說
就是，讀者解讀作品時，藉由設身處地同情理解所得的意，來迎合或
逆測詩人的心志。李正治（1952- ）在說明「以意逆志」時曾說：
「『逆』字的解釋在古代有歧義，或說迎合，或說揣測，其實其核心
義即『設身處地的同情了解』。因為從『意』至『志』這一步的跨
越，是從詩的整體意義的理解再反溯作者的情志，這一步追溯，唯有
通過『設身處地的同情了解』才有可能。」[14]也因此學（詩）者能以
意逆測詩人之志。

　　又如，朱子解讀孟子「以意逆志」這段文獻時也曾說：

　　　文，字也。辭，語也。逆，迎也。……。言說詩之法，不可以
　　　一字而害一句之義，不可以一句而害設辭之志，當以己意迎取
　　　作者之志，乃可得之。若但以其辭而已，則如〈雲漢〉所言，
　　　是周之民真無遺種矣。惟以意逆之，則知作詩者之志在於憂
　　　旱，而非真無遺民也。[15]

13 〔漢〕趙岐注，〔宋〕孫奭疏：《孟子注疏》，見阮元《十三經注疏附校勘記》，卷9
　　上，頁2735。

14 李正治：〈比興解詩模式的形成及其意義〉，見《中國文學新境界》（臺北：立緒文
　　化事業有限公司，2005年），頁362。

15 〔宋〕朱熹：《四書章句集注》，卷9，頁306-307。

「文」即「字」，指文字；「辭」即「語」，指語句；「逆」即「迎」，指迎取。而「以意逆志」即「以己意迎取作者之志」，亦即以讀者自己之意迎取作者之志。朱子在此主要是順著孟子針對咸丘蒙解讀時違犯「以文害辭，以辭害志」這種斷章取義的弊病，來說明「以意逆志」。另外，朱子在《語類》中又曾對「以意逆志」說進行了補充說明：

> 今人觀書，先自立了意後方觀，盡率古人語言入做自家意思中來。如此，只是推廣得自家意思，如何見得古人意思！須得退步者，不要自作意思，只虛此心將古人語言放前面，看他意思倒殺向何處去。如此玩心，方可得古人意，有長進處。且如孟子說《詩》，要「以意逆志，是為得之」。逆者，等待之謂也。如前途等待一人，未來時且須耐心等待，將來自有來時候。他未來，其心急切，又要進前尋求，卻不是「以意逆志」，是以意捉志也。如此，只是牽率古人言語，入做自家意中來，終無進益。[16]

朱子在此則是針對時人解讀時違犯「先自立了意後方觀，盡率古人語言入做自家意思中來」這種先入為主的弊端，來解釋「以意逆志」。「先自立了意後方觀」指讀者先有既定成見再來閱覽書籍。朱子認為這種預存成見的解讀方式在學識上終究是不會有進步與收穫的，這是因為無法看見古人意思的緣故。面對時人這種毛病，朱子藉由「以意逆志」來加以對治。就「意」的層面來說，讀者須虛心，心中不自作意思，沒有既定成見；並且要順勢，看書上古人意思收束何方。就

---

16 〔宋〕黎靖德編：《朱子語類》，見《文淵閣四庫全書》（臺北：臺灣商務印書館，1986年），第700冊，卷11，頁163。

「逆」的層面來說，讀者須耐心等待，不主動尋求、捕捉與把握。這是因為若讀者閱覽時主動捕捉作者之志，則是「以意捉志」，而非孟子的「以意逆志」。反之，若要免淪於「以意捉志」的窘境，則讀者要力避主動捕捉作者之志，採取不主動尋求作者之志的策略。如此才是「以意逆志」。這意指：「以意逆志」是讓文字自己說話，而非讀者個人主觀揣度。

「逆」字既是「等待」。然而前述朱子在解讀孟子「以意逆志」時也曾將「逆」字理解作「迎取」。那麼，「等待」與「迎取」是否為兩相對立的概念？不是，它們可視為「一體兩面」，皆無主動義——等待以迎取。那麼，朱子詮釋「以意逆志」乃是以讀者自己之意迎取作者之志。針對斷章取義與先入為主這兩種弊病，朱子更加強調：虛心等待，順勢迎取。

其次，就作者之意（詩人之意、古人之意）言，譬如吳淇即曾說：

> 詩有內有外。顯於外者，曰文曰辭；蘊於內者，曰志曰意。此意字，與「思無邪」「思」字，皆出於志。然有辨。「思」，就其慘澹經營言之；「意」，就其淋漓盡興言之。則志古之志，而意古人之意。……。漢宋諸儒以一「志」字屬古人，而「意」為自己之意。夫我非古人，而以己意說之，其賢於蒙之見也幾何矣！不知志者，古人之心事，以意為輿，載志而遊，或有方，或無方，意之所到，即志之所在，故以古人之意，求古人之志，乃就詩論詩，猶之以人治人也。[17]

前述已言，趙岐詮釋孟子的「以意逆志」當是「以己之意逆詩人

---

17 〔清〕吳淇：《六朝選詩定論》，見《四庫全書存目叢書補編》，卷1，頁49。

之志」；朱子解讀孟子「以意逆志」當是「以己意迎取作者之志」。歸結而言，他們的理解都是「以己之意逆古人之志」。然而吳淇反對這種見解，理由是後世讀者並非古代作者；既非古代作者，卻以自己之意來解說古人之志，其見解能勝過童蒙多少！反之，為免淪於蒙懂見地，不可以己意逆古人之志。吳淇因而主張後代讀者不能以自己之意逆古人之志。事實上吳淇提出的理由頗值斟酌，關鍵在於：不是古代的創作者這並不意指無法以己意逆古人之志。倘真如此，後人即無法正確解讀出古人的情志，其理解最多只是蒙昧見識而已。

倘若後世讀者不能以自己之意逆古人之志，那麼又該如何面對古人之志呢？吳淇提出新主張：以古人之意求古人之志。或者，古人之志可以藉由古人之意探求得到。為何古人之志可透過古人之意而求得呢？吳淇認為這是由於「志」、「意」不即不離的緣故，亦即：古人之志不離古人之意，所謂「意之所到，即志之所在」。具體而言，吳淇認為「意」擁有工具屬性，它是古人之志的載具。古人之志乃是以古人之意作為載具，而凡是以古人之意作為載具者，皆可透過此載具而尋得，所以古人之志可由古人之意尋求得到。若是，那麼古人之意又該如何尋覓呢？吳淇在此段文獻中並沒有明顯提及。然而前述吳淇論及「知人論世」時曾說：「古人有詩、書，是古人懸以其人待知于我；我有誦讀，是我遙以其知逆于古人。是不得徒誦其詩，當尚論其人。」此中「遙」當指時間上的長遠，那麼「我」即是後世讀者；「知」當為理解認識；「逆」即求（吳淇所謂「故以古人之意，求古人之志」）。依此，「我有誦讀，是我遙以其知逆于古人」當指後世讀者以其閱讀的認識理解求於古人之志。那麼，在吳淇的論述裡，「古人之意」、「古人之志」之外，實還有「讀者之意」的存在。也就是說，吳淇認為：閱讀時讀者是以其心中所得的理解認識求於古人之意；而古人之意又是古人之志的載具，可以藉由古人之意以求古人之

志。因此吳淇對「以意逆志」的基本理解乃是以讀者之意逆求古人之意；再以古人之意逆求於古人之志。

　　另一方面，趙岐與朱子兩人雖然都是以讀者之意逆古人之志，但可以確定的是，朱子在論述過程中也承認「古人之意」的存在，即前述引文的「只虛此心將古人語言放前面，看他意思倒殺向何處去。如此玩心，方可得古人意」。若此，朱子當也是以讀者之意來逆古人之意。

　　至於「意」與「志」間的關係，字書多相互為訓，譬如許慎（30-124）《說文解字》說：「志，意也。……。意，志也。从心音，察言而知意也。」[18]又如《大廣益會玉篇》亦云：「志，……意也，慕也。……意，……志也，思也。」[19]比較特別的是許慎的說法，他解釋「意」字說：察看語言文字來知曉語言文字的意義。透過語言文字的意義來聽從其心中聲音（「意」字「从心音」）；而心中的聲音就是他的心志（「意，志也」）。在這裡他試圖解釋「意」為何可以表達心「志」，或者心「志」為何可以藉由「意」來表現。此說若是，那麼藉由古人之意是可以逆古人之志。

　　歸結而言，朱子與吳淇兩人對孟子「以意逆志」說的詮釋基本理路，除「逆」字的理解相異外，雖二實一，殊途而同歸。朱子以讀者之意逆古人之志，但是也承認這中間有「古人之意」的存在；吳淇雖是以古人之意逆古人之志，但在這之前也肯認「讀者之意」的存在。只是朱子強調讀者之意，吳淇更突顯古人之意。換言之，閱讀時如何從讀者之意逆溯古人之志，這中間必須憑藉作品中的古人之意。亦

18　〔漢〕許慎撰，〔清〕段玉裁注：《說文解字注》（臺北：黎明文化事業股份有限公司，1998年），10篇下，頁502。另亦可參〔南唐〕徐鍇：《說文解字繫傳》（北京：中華書局，1998年），通釋第20，頁208。

19　〔梁〕顧野王著：《大廣益會玉篇》（北京：中華書局，2004年），篇上，頁40-41。

即：透過讀者之意以逆古人之意；藉由古人之意以逆古人之志。先就前者而言，為何讀者之意可以逆古人之意呢？這是由於讀者之意可以通達古人之意的緣故。具體而言，即是閱讀時設身處地、將心比心並同情地理解。次就後者而言，為何憑依古人之意可以逆得古人之志？這是「意」、「志」不離不即的緣故，作品中古人之意可以呈現古人心聲、心志。

　　最後，就實際作品解讀言，「以意逆志」的對象不僅是作品的主意與作者的情志，更包含主意與情志的表現這個議題──如何表現──亦即作品的技巧。[20]

第三節　知人論世與杜詩繫年、年譜

　　杜甫至晚唐時已有「詩史」的稱號，晚唐・孟棨《本事詩》說：「杜逢祿山之難，流離隴蜀，畢陳於詩，推見至隱，殆無遺事，故當時號為詩史。」[21]杜甫號為「詩史」，[22]這主要與他在詩歌中敘時事有關，譬如，宋・李樸（1064-1128）〈與楊宣德書〉說：「唐人稱子美為詩史者，謂能記一時事耳。」[23]又如，宋・陳巖肖《庚溪詩話》也

---

20 就詩歌而言，「以意逆志」不僅用以解讀杜詩的情志，亦可用以理解杜詩的技法（含句法），諸如黃生《杜詩說》；也可以擴展至唐詩，諸如黃生《唐詩評》中論及唐代詩人的技法（含句法）。黃生《杜詩說》，又名《杜工部詩說》（京都：中文出版社，1976年）；黃生《唐詩評》，見《唐詩評三種》（合肥：黃山書社，1995年）。

21 〔唐〕孟棨：《本事詩》，見《歷代詩話續編》（北京：中華書局，2001年），上冊，頁15。

22 關於杜甫「詩史」的稱號與相關論述，可詳參陳文華《杜甫傳記唐宋資料考辨》，頁241-259。

23 華文軒等編：《杜甫卷》（北京：中華書局，2001年），上編，唐宋之部第1冊，頁150。

說：「杜少陵子美詩，多紀當時事，皆有據依，古號詩史。」[24]因此，杜甫有詩史的名號。

杜甫在詩歌中敘述的時事包含個人當時之事與唐代當時之事。就前者而言，譬如，宋・胡宗愈〈成都草堂詩碑序〉即曾說：「先生以詩鳴於唐，凡出處動息勞佚，悲懽憂樂，忠憤感激，好賢惡惡，一見於詩。讀之，可以知其世。學士大夫，謂之詩史。」[25]杜甫在詩中敘述個人進退悲懽、動息憂樂等等當時之事，這使得讀者在閱讀詩歌時可以瞭解杜甫的身世。就後者而言，宋・魏了翁（1178-1237）〈程氏東坡詩譜序〉亦曾云：「杜少號所為號詩史者，以其不特模寫物象，凡一代興替之變寓焉。」[26]杜甫在詩中也敘及唐代興盛衰敗的變化，這也使得讀者在閱覽詩歌時可以明瞭杜甫身處的時世，在前述這兩個意義上古人稱杜甫為詩史。

何以杜詩多敘時事呢？首先，古人以為這是由於杜甫一生憂民憂國的緣故，清・楊倫《杜詩鏡銓・凡例》說：「杜公一生憂國，故其詩多及時事。」[27]其次，前人以為這是因為杜甫內心忠義使然，明・唐順之（1507-1560）〈鈐山堂詩集序〉說：「杜少陵一老拾遺，僵蹇無所與於世，以其忠義所發為詩，多紀時事，故謂『詩史』。」[28]第三，這主要是杜甫有意將「集」（中之「詩」）提昇至「史」的位階，

24　〔宋〕陳巖肖：《庚溪詩話》，見《文津閣四庫全書》，第1483冊，卷上，頁280。

25　〔宋〕魯訔編次，蔡夢弼會箋：《草堂詩箋》，序，頁18。

26　〔宋〕魏了翁：《重校鶴山先生大全文集》，見《宋集珍本叢刊》（北京：綫裝書局，2004年），第77冊，卷51，頁237。原文「杜少號」當為「杜少陵」之誤。

27　〔清〕楊倫：《杜詩鏡銓》（臺北：華正書局，1986年），頁11。

28　〔明〕唐順之：《荊川先生文集》，見《四部叢刊初編集部》（臺北：臺灣商務印書館，1965年），卷10，頁207。此前，黃庭堅即曾有類似的見解。《潘子真詩話》說：「（黃）山谷嘗謂余言：老杜雖在流落顛沛，未嘗一日不在本朝，故善陳時事，句律精深，超古作者，忠義之氣，感發而然。」見郭紹虞：《宋詩話輯佚》（臺北：華正書局，1981年），卷上，頁310。

傚效孔子（551-479 B.C.）作《春秋》之意；[29]杜甫試圖藉詩以敘事，
借事以寓褒貶意，藉事以誠惡勸善。如此可使「亂臣賊子懼」，天下
撥亂而返治。因而杜甫詩歌多敘及當時之事。

　　詩歌若敘及時事，讀者解讀作品時，倘若不能理解作者興詠之
事，則恐無法明瞭詩歌意思。孟棨《本事詩・序目》說：「詩者，情
動於中而形於言。故怨思悲愁，常多感慨。抒懷佳作，諷刺雅言，雖
著於羣書，盈廚溢閣，其間觸事興詠，尤所鍾情，不有發揮，孰明厥
義？因采為《本事詩》，……。」[30]讀者為明詩之義，即須將作者興詠
之事，充分加以理解並發揮。這種將詩歌創作時所興詠之事及其因果
經過等等，與詩歌兩相對照，以追求符合實際、正確理解詩歌的方
法，即可稱為「本事解讀法」。如何尋找詩中的本事呢？就古典詩歌
或杜詩而言，即是繫年與年譜。

　　由於杜甫創作時往往將當時之事呈現在詩歌裡，因此一方面杜甫
為後人稱為「詩史」，另一方面若干杜詩可加以繫年。清・董說
（1620-1686）〈文苑英華詩略序〉亦曾云：「余欲為風雅編年而未
成。蓋以詩繫事，以事繫年，以年繫代，古今大略可吟詠而見
也。……。故（杜）甫之詩並與時事相經緯，而世謂之『詩史』，此
編年之略例也。」[31]清・邵長蘅（1637-1704）《註蘇例言》也說：「詩

29　《孟子・滕文公下》說：「世衰道微，邪說暴行有作，臣弒其君者有之，子弒其父
　　者有之。孔子懼，作《春秋》。《春秋》，天子之事也。是故孔子曰：『知我者其惟春
　　秋乎！罪我者其惟春秋乎！』……孔子成《春秋》而亂臣賊子懼。」見《四書章
　　句集注》，卷6，頁272-273。此外，陳文華《杜甫傳記唐宋資料考辨》「詩史」下也
　　曾說：「按我國史書之特色，自孔子作『春秋』後，即寓有濃厚之褒貶意識，後之
　　修史者，雖時移世遠，此一觀念，仍深植於其中。而宋人既已感受到杜甫的『詩』
　　與『史』之密切關係，乃進一步探測此一關係存在之基礎，從而發現杜詩中之強烈
　　褒貶作用，實屬順理成章之事。」（頁255）
30　〔唐〕孟棨：《本事詩》，見《歷代詩話續編》，上冊，頁2。
31　〔清〕董說：《豐草菴文集》，見《續修四庫全書》，第1403冊，卷3，頁692-693。

家編年，始於少陵，當時號為詩史。少陵以後，惟東坡之詩於編年為宜。」[32]雖說蘇軾詩歌適合編年，但也肯定杜詩適合繫年。杜詩可據以繫年的要件不僅只有時事，也包含：杜詩中載明的時間、年齡、官名、地名等。[33]藉由上述這幾個要素，杜詩基本上是可以繫年的。

　　杜詩中，若可知其創作歲月與地點，進一步即可依其歲月編定杜甫年譜，甚至在年譜中附以唐代史事。然而，無論是詩歌繫年或編定年譜，其價值至少有三：就個人身世而言，可顯示作者的平生經歷、出處進退與人情聚散；就朝代時世而言，可體現社會國家大事與時世興盛衰敗；就作品與風格而言，可顯露作品創作歲月的歷程與風格變化的軌跡，其價值不可謂不大，譬如：

> 呂大防說：「予苦韓文、杜詩之多誤，既讎正之，又各為〈年譜〉，以次第其出處之歲月，而略見其為文之時。……。又得以考其辭力，少而銳，壯而肆，老而嚴，非妙於文章，不足以至此。」[34]

> 仇兆鰲於「杜詩編年」下說：「依年編次，方可見其平生履歷，與夫人情之聚散，世事之興衰。」[35]

---

32 〔清〕邵長蘅：〈註蘇例言〉，見施元之《施注蘇詩》卷首，詳《文津閣四庫全書》，第1113冊，頁380。

33 蔡志超：《杜詩繫年考論》，頁26-28。

34 〔宋〕闕名集註：《分門集註杜工部詩》（臺北：臺灣大通書局，1974年），年譜，頁60-61。此外，〔宋〕李綱〈重校正杜子美集序〉也說：「杜子美詩，古今絕唱也。舊集古律異卷，編次失序，不足以考公出處及少壯老成之作，余嘗有意參訂之，時病多，事未能也。故秘書郎黃長睿父，博雅好古，工於文辭，尤篤喜公之詩，乃用東坡之說，隨年編纂，以古律相參，先後始末皆有次第，然後子美之出處及少壯老成之作，燦然可觀。」《梁溪先生文集》，見《宋集珍本叢刊》，第37冊，卷138，頁486。

35 〔清〕仇兆鰲：《杜詩詳注》，凡例，頁22。此外，〔清〕楊倫《杜詩鏡銓・凡例》也說：「詩以編年為善，可以考年力之老壯，交遊之聚散，世道之興衰。」（頁11）

由於杜詩具有諸多歷史的成分，有些古人即直稱杜詩為史，明・張懋修〈杜詩不模擬〉下曾說：「杜詩，史也。」[36]有些古人甚至以杜詩多敘經歷之事，而認為杜詩自身即可視為年譜，明・江盈科（1553-1605）曾說：「杜少陵□固窮之士，平生無大得意事，中間兵戈亂離，饑寒老病，皆其實歷，而所歷苦楚，都於詩中寫出。故讀少陵詩，即當少陵年譜看得。」[37]總言之，杜詩較適於繫年與編定年譜。現存古代第一部年譜當乃北宋・呂大防（呂汲公，1027-1097）為杜甫編定的〈杜詩年譜〉，今人周采泉（1911-1998）說：「今世所存北宋人所著〈年譜〉，恐以汲公杜、韓兩〈譜〉為濫觴，則此不僅為〈杜甫年譜〉之第一種，亦為我國所有年譜之第一種。」[38]此後古人為杜甫編定年譜幾已蔚然成風，僅宋一朝，現存杜甫年譜除呂大防外，另有趙子櫟、蔡興宗、魯訔、黃鶴與劉辰翁等人撰作的年譜。

　　杜詩繫年與編定年譜可以說是孟子「知人論世」說下的具體產物與運用結果。[39]它們深受「知人論世」說的影響。也就是說，孟子「知人論世」說與繫年、年譜之間存有內在思想觀念上的因果關係。茲舉例如下，譬如，清・邊連寶（1700-1773）《杜律啟蒙・凡例》即曾說：

　　　　杜詩編年紀月，某詩必繫某年，某詩必繫某地，非如他家可以
　　　　任意倒置。蓋即其時其地，可以論世知人，非僅流連光景、陶

36　〔明〕張懋修：《墨卿談乘》，見《四庫未收書輯刊》（北京：北京出版社，2000
　　年），3輯・第28冊，卷7，頁105。

37　〔明〕江盈科：《雪濤詩評》，見《明詩話全編》（南京：江蘇古籍出版社，1997
　　年），第6冊，頁5839。

38　周采泉：《杜集書錄》（上海：上海古籍出版社，1986年），外篇，卷3，頁805。

39　此外，目前一般學界也將「詩歌的編年」視為「知人論世」的具體化，譬如劉誠
　　《中國詩學史・清代卷》（廈門：鷺江出版社，2002年）即曾說：「從詩學傳統上來
　　看，詩歌的編年是孟子『知人論世』說的推行和具體化。……詩歌的編年化，無
　　疑使詩篇和時世之間的對應關係更加清晰醒目。」（頁182）

寫性靈之作也。[40]

這段文獻清楚說明了繫年（含年譜）與「知人論世」說間存有緊密的
關聯。邊連寶認為杜詩的編年，甚至杜詩的繫年、繫地，這使得讀者
可以知悉杜甫之為人，並論及其世。那麼，繫年與年譜是「知人論
世」說這個觀念的呈現；繫年與年譜也是「知人論世」的具體落實，
它們在觀念上彼此相通，乃至相同。又如，明·唐順之〈鈐山堂詩集
序〉也曾說：

> 唐人又為少陵詩譜，以論其世。況公詩所紀當世之國家大事，
> 皆身所歷而自為之者。……。少陵詩譜，以譜一人，則詳於其
> 人，而世繫之。必有譜公之詩者，則公進退隱顯之跡益以明，
> 而世益可論矣。[41]

這段文獻討論者亦指出年譜（或詩譜）與「知人論世」間的關係。首
先，唐順之以為：藉由少陵詩譜的編定，杜甫出處去留、隱沒顯達的
跡象線索會更加明顯，而其世事更可討論。其次，詳其人、論其世的
具體方法即是年譜（或詩譜）的編製。這解釋了古人何以要編著年
譜。也就是說，古人閱讀作品時須詳其人、論其世，具體方式即為年
譜（或詩譜）的排編。據此，「知人論世」乃是杜甫年譜編纘的重要
因素。最後，清·錢泳（1759-1844）《歲寒堂讀杜·跋》中也曾說：

---

40 〔清〕邊連寶：《杜律啟蒙》，凡例，頁3。

41 〔明〕唐順之：《荊川先生文集》，見《四部叢刊初編集部》，卷10，頁207。此中，
　　文云「唐人又為少陵詩譜」，此恐是筆誤，當作「宋人」，主要理由是古代首部年譜
　　乃是宋朝呂大防撰作的〈杜詩年譜〉，目前尚未有任何文獻及相關記載顯示此前唐
　　人已撰著杜甫年譜。

> 讀杜詩者有編年、編體、編類，三者之中，自當以編年為
> 正。……。所謂讀其書，想見其為人，不徒以詞句之工、格律
> 之妙，當時謂之詩史者，亦此義也。[42]

錢泳也認為：杜詩的編年，這可使讀者閱覽其書時，想見其為人，而
不只是詞句之工、格律之妙而已，這也是屬於「知人」部分。

　　歸結而言，孟子「知人論世」說與繫年、年譜之間有密切的關
係。「知人論世」說是因，繫年、年譜即是果。古人閱讀作品時須知
其人、論其世，而「知人論世」的具體方法乃是對作品繫年繫地，進
而編寫年譜，因此，解讀作品時須先對作品進行繫年繫地並編定作者
年譜。在此觀念下，遂逐漸形成（杜甫）年譜編撰的風潮。

　　無論是「知人論世」說，或是作品繫年繫地、年譜編定，它們背
後更深刻的理由乃是為了解讀作品，亦即透過知其人、論其世，或者
考察作品創作歲月與作者年譜的相關記載，試圖理解作品。分述如下：

　　一、就「知人論世」而言，譬如，清・張玉穀《古詩賞析・凡
例》曾說：

> 誦其詩而不知人論世，人晦，詩亦晦矣。故詩人平生略節，必
> 與表明。[43]

解讀時為避免詩義晦澀不明，而能正確詮釋作品，須知其人論其世，
因而必須表明作者一生大略的節操。又如，楊倫《杜詩鏡銓・序》也
曾說：「竊謂昔之杜詩，亂於偽注，今之杜詩，汨於謬解，多有詩義

---

42 〔清〕范葷雲：《歲寒堂讀杜》（臺北：臺灣大通書局，1974年），頁1241-1242。

43 〔清〕張玉穀著；許逸民點校：《古詩賞析》（上海：上海古籍出版社，2000年），
　　頁5。

本明，因解而晦，所謂萬丈光焰化作百重雲霧者，自非摧陷廓清，不見廬山真面。惟設身處地，因詩以得其人，因人以論其世，雖一登臨感興之暫，述事詠物之微，皆指歸有在，不為徒作。」[44]楊倫認為倘若嘗試解讀杜甫詩歌的主旨，無論是登臨感興或詠物述事等等，只有透過「設身處地」、「知人論世」的方法，始能得到理解。所以解讀杜詩的要方之一即為知人論世。

　　二、就繫年而言，宋‧董居誼〈補注杜詩原序〉說：

> 晚歲杜門，公之子鶴過而道舊，出其紀年《補注詩史》一編，憼然請曰：「（黃）鶴先人生平嗜此，恨舊注舛疏，補訂未竟，齎志以歿。不肖勉卒先業，餘三十年。……。盍為我序之。」退披其編，詩以年次，意隨篇釋，冠以〈譜辨〉，視舊加詳。[45]

宋‧黃希、黃鶴父子曾完成《補注杜詩》一書，是書附以〈年譜辨疑〉（或稱〈杜工部詩年譜〉），並以杜詩之創作歲月為次，宋人董居誼認為這種藉由杜詩的繫年編次，可以使杜詩獲得解讀。此外，清‧浦起龍也認為杜詩如果沒有編年，讀者的解讀不能正中鵠的，恐流於錯謬，《讀杜心解‧發凡》說：「編杜者，編年為上，……。蓋杜詩非循年貫串，以地繫年，以事繫地，其解不的也。」[46]反之，為正確詮釋杜詩，須對杜詩編年。另外，明人張綖也以為讀者理解杜甫詩意的途徑，必須透過編年方式，據事以求其情志，《杜工部詩通》「開元天寶年間所作」下云：「觀杜詩固必先考編年，據事求情而後其意

44　〔清〕楊倫：《杜詩鏡銓》，序，頁8。
45　〔宋〕黃希原注，黃鶴補注：《補注杜詩》，見《文淵閣四庫全書》，第1069冊，頁3。
46　〔清〕浦起龍：《讀杜心解》（北京：中華書局，2000年），發凡，頁8。

可見。」[47]依此,理解杜詩之意,杜詩繫年實不失為一重大且必要的途徑。

　　三、就年譜而言,譬如,宋・孫德之(1191-1274)〈題薛叔容所注杜詩後〉曾說:

> 蜀人趙次公、師尹二人,號能注詩之意者,然不失之穿鑿,則失之汎濫,未能深愜人意。惟臨川王(黃)希及子再世用力於此,亦如姚察、姚思廉之於梁、陳史也。觀其年譜載,詩以年攷,意隨篇解,頗號詳密。[48]

孫德之認為趙次公與師尹二人,號稱能注釋杜詩之意,然而所注詩意,若非失於穿鑿附會,即失於泛濫踳駁,不能深合人意。此致使黃希、黃鶴父子兩世用力於杜甫詩歌的解讀。觀看《補注杜詩・年譜辨疑》的記載,杜詩乃依據年份加以考察,詩意隨篇章排次而能為人解讀。那麼,孫德之與前述董居誼的見解極為相似,無論是繫年或年譜,兩人皆認為它們是解讀杜詩的要津。最後,浦起龍《讀杜心解・目譜》也曾說:

> 訂少陵詩目譜成,客有誚於余曰:「昔先正之緒言,子亦有聞乎?年經月緯,若親與子美游從而籍記其筆札者,近於愚矣,牧齋氏之說也;某詩必繫某年,則拘固可笑,長孺氏之說也。

47　〔明〕張綖:《杜工部詩通》(臺北:臺灣大通書局,1974年),卷1,頁19。

48　〔宋〕孫德之:《太白山齋遺稿》,卷上,見《全宋文》(上海:上海辭書;合肥:安徽教育出版社,2006年),第334冊,卷7694,頁172。此外,劉誠於《中國詩學史・清代卷》「詩歌箋注的編年化」下也說:「編纂詩人年譜的一個基本目的,在于提供解讀詩歌的途徑……。杜詩有『詩史』之稱,其作品按年排續編次十分必要。」(頁180-181)

吾子畢力於杜，頗指抉諸書之紕繆，而躬蹈兩家之詆訶，不亦
與於愚且固之甚者乎？」余應之曰：「有是哉！雖然，子輿氏
蓋嘗言之：『頌其詩，讀其書，不知其人可乎？是以論其世
也。』……。昔者汲公、魯、黃諸君子勾稽貫穿，作為〈年
譜〉，功亦不細，特其間牴牾橫陳，有待來者之是正爾。乃議
者但襲宋儒論小序之餘旨，交口相誚讓。彼牴牾之不問而愚固
是懲。詎知纘年不的則徵事錯，事錯則義不可解，義不可解則
作者之志與其辭俱隱而詩壞。……。若乃行世諸刻，譜自譜，
詩自詩，是謂見譜不見詩。離固雙美，合非兩傷，孰便孰不
便，將無同？……。」[49]

　　首先，浦起龍完成〈少陵編年詩目譜〉後，即有客子前來質疑，
若據錢謙益（牧齋）與朱鶴齡（長孺）的說法，錢、朱兩人反省前人
杜詩繫年與年譜編定的弊病主要有二：一、就年譜編定言：其無可援
據者，則穿鑿杜詩的隻字片言，曲為之說；[50]二、就杜詩繫年言：某
詩必繫某年，則流於拘泥而不知變通。[51]客子認為浦氏訂定的〈目
譜〉恐亦有此弊端。浦氏對於客子這兩個質疑，在此並未進一步提出
具體論述予以反駁。

　　其次，浦起龍主要是援引孟子「知人論世」說來嘗試解釋何以他

49　〔清〕浦起龍：《讀杜心解》，目譜，頁60-61。

50　〔清〕錢謙益〈注杜詩畧例〉說：「後之為年譜者，紀年繫事，互相排纘，梁權
　　道、黃鶴、魯訔之徒，用以編次後先，年經月緯，若親與子美游從，而籍記其筆札
　　者。其無可援據，則穿鑿其詩之片言隻字，而曲為之說，其亦近于愚矣。」見《錢
　　牧齋先生箋註杜詩》（臺北：臺灣大通書局，1974年），頁25。

51　〔清〕朱鶴齡〈輯註杜工部集凡例〉說：「杜詩編次，諸本互異。惟《草堂會箋》，
　　覺有倫理。蓋古律體制，間有難分，時事後先，無容倒置，不若從此本為稍優也。
　　特某詩必繫某年，則拘固可笑。」見《杜工部詩集》（京都：中文出版社，1977
　　年），頁83。

要訂定〈目譜〉。依此,「知人論世」說確實是杜詩繫年、編定年譜的
重要因素之一;或者,杜詩繫年與纂訂年譜實是「知人論世」說下的
具體運用。第三,浦起龍接著提出一個論述,說明編年與解讀的關
係。他認為:如果編年錯誤,則讀者在解讀作品時所徵引的史事隨之
亦誤;倘若解讀時所徵引的史事違誤,則無法正確解讀詩意;假若詩
意不能正確解讀,則作者創作情志與其辭句將一同流於隱晦,此詩即
讀壞了。反之,為了尋得作者創作情志,則須正確解讀詩意;倘欲正
確解讀詩意,則解讀時徵引事件須無誤;若欲使解讀時徵引事件正
確,則編年須正確。那麼,此段論述的意義至少有二:一、浦起龍認
為解讀詩意的必要條件為詩歌繫年與年譜編定。二、讀者以其意逆作
者之志時,須憑藉正確繫年與編定年譜這兩個關鍵,而繫年與年譜又
是「知人論世」觀念下的一種反映,那麼,這除了說明「知人論世」
是「以意逆志」的要件外,也說明了,詩歌繫年與年譜編定是孟子
「以意逆志」與「知人論世」兩說下的具體呈現。清・余成教
(1778-?)《石園詩話》對此也曾說:

> 《少陵年譜》輯自汲公、權道、魯、黃諸家,行本每有異同。
> 浦二田于一千四百五十八首中,各依年月,重加訂定,析置逐
> 卷之前。雖不免于年經月緯,若親與子美游從,而籍記其筆札
> 之誚;而指事麗辭,察辭辯志,得有所據,以要其會,其功亦
> 不可沒也。[52]

首先,余成教認為浦起龍對杜詩繫年與編定年譜,雖不能免於客子之

52 〔清〕余成教:《石園詩話》,見《清詩話續編》(臺北:藝文印書館,1985年),卷
1,頁1751。

誚讓，然而瑕不掩瑜，他也肯認了：浦起龍功不可沒。其次，余成教在此也指出了「志──辭──事」間三者的關係，他主要是試圖補充說明浦起龍〈目譜〉中「志」與「辭」的關係。就創作而言，作者是觸事興詠，詩以言志；就解讀而言，讀者乃是指事麗辭，察辭辯志。單就後者而言，讀者解讀杜詩時，乃是指出作者創作時引發其感觸之事件，並說明事件與作品辭句的連接關係；進一步，察看作品辭句意義，試圖辨別作者的創作情志。現在融通浦起龍與余成教兩人的看法歸結如下：倘若讀者欲逆作者之志（以意逆志），須能正確詮釋詩歌辭句的意義（察辭辯志）；若欲正確理解詩歌辭句的意義，讀者須能指出所徵引的事件正確無誤（指事麗辭）；而指出徵引事件正確無誤乃是透過作品繫年與年譜編定的方式。所以，倘若欲逆作者之志（以意逆志）須藉由作品繫年與年譜編撰的方式。前文已云繫年與年譜是「知人論世」說下的產物。因此，「以意逆志」與「知人論世」兩說的具體實踐乃是繫年與年譜。據此，杜詩繫年與年譜不僅僅是「知人論世」說的運用，它們也是實現「以意逆志」說的重要方法。

第四節　以意逆志與杜詩解讀

自從孟子提出「知人論世」與「以意逆志」說以來，「知人論世」是否為「以意逆志」的必備條件；或者，「以意逆志」是否可以單獨使用。這兩者之間的關係一直是古人（包含杜詩注者）留意的要點。或以為有關；或較不強調。「以意逆志」說實可分為兩種主張：一、解讀時須以「知人論世」作為條件，「以意逆志」之前，須先「知人論世」；二、解讀時不以「知人論世」作為要件，讀者可以單獨憑藉「以意逆志」來理解作品。依此，「以意逆志」說可分述如下：

一、「以意逆志」以「知人論世」為要件：「以意逆志」須以「知

人論世」為條件，除前述所舉浦起龍與余成教兩人論述外，又有下列
諸例：

譬如，清‧顧鎮（1720-1792）在〈以意逆志說〉一文中曾說：

> 正惟有世可論，有人可求，故吾之意有所措，而彼之志有可
> 通。今不問其世為何世，人為何人，而徒唫哦上下，去來推
> 之，則其所逆者，乃在文辭，而非志也。此正孟子所謂害志
> 者，而烏乎逆之？而又烏乎得之？……夫不論其世，欲知其
> 人，不得也；不知其人，欲逆其志，亦不得也。孟子若預憂後
> 世將秕穅一切，而自以其察言也，特著其說以防之。故必論世
> 知人，而後逆志之說可用也。[53]

顧鎮在此認為：讀書誦詩卻不論其世，實無法知其人；既不知其人，
亦無法逆通作者之志。那麼，讀者欲逆通作者之志，則須知其人並論
其世。又如，清‧方東樹（1772-1851）也認為誦詩讀書欲逆知作者
之志，須先知其為人（含論其世）。清‧方東樹《昭昧詹言》說：

> 孟子曰：「誦其詩，讀其書，不知其人可乎？是以論其世
> 也。」此為學詩最初之本事，即「以意逆志」之教也。若王阮
> 亭論詩，止於掇章稱咏而已，徒賞其一二佳篇佳句，不論其人
> 為何如？又安問其志為何如也？此何與於詩教也。[54]

從讀詩的步驟而言，讀者須先「知人論世」，然後再「以意逆志」；從
理論的角度而言，讀者為逆知作者之志，須先知其人、論其世。此

---

53 〔清〕顧鎮：《虞東學詩》，見《文津閣四庫全書》，第84冊，卷首，頁368。
54 〔清〕方東樹：《昭昧詹言》（臺北：漢京文化事業有限公司，1985年），卷1，頁6。

外，方東樹於《昭昧詹言》中又說：

> 求通其辭，求通其意也。求通其意，必論世，以知其懷抱。然
> 後再研其語句之工拙得失所在，及其所以然，以別高下，決從
> 違。而其所以學之之功，則在講求文、理、義。此學詩之正軌
> 也。[55]

方東樹認為：讀詩時，讀者求通曉作品文辭，這是為求通曉作品之
意；而求通曉作品之意，須先論其世（含知其人），而這是為了知曉
作者的懷抱。而「懷抱」即是「志」的意義範圍。[56]藉由「知人論
世」來解讀作品最終的目的乃是為了「以意逆志」。換個方式說，讀
詩時，讀者為逆知作者的懷抱（「以意逆志」），必須通曉作品文辭之
意；而通曉作品文辭之意，則必須知其人、論其世（「知人論世」）。
又如，王國維（1877-1927）詮釋孟子「以意逆志」與「知人論世」
間的關係時，曾提問說：讀者如何能以自己之意逆古人之志呢？或
者，讀者研讀作品時如何能不失古人之志呢？它的方法正是「知人論
世」。〈玉溪生詩年譜會箋序〉一文說：

> 善哉，孟子之言《詩》也！曰「說詩者，不以文害辭，不以辭
> 害志，以意逆志，是為得之」。顧意逆在我，志在古人，果何
> 修而能使我之所意不失古人之志乎？此其術，孟子亦言之曰：

---

55 〔清〕方東樹：《昭昧詹言》，卷1，頁7。
56 朱自清《詩言志辨》（臺北：臺灣開明書店，1982年）說：「……『志有三個意義：
　一、記憶，二、記錄，三、懷抱』。從這裡出發，便證明了『志與詩原來是一個
　字』。但是到了『詩言志』和『詩以言志』這兩句話，『志』已經指『懷抱』了。」
　（頁2）

　　「誦其詩，讀其書，不知其人，可乎？是以論其世也。」是故
　　由其世以知其人，由其人以逆其志，則古詩雖有不能解者寡
　　矣。[57]

王國維認為「以意逆志」的方法即在於「知人論世」；而「知其人」
的關鍵在於「論其世」。也就是說，解讀古詩時倘若沒有藉由論其世
的途徑，是無法知其人；合而言之，如果沒有透過論世知人的方式，
讀者是無法以自己之意逆合古人之志。「知人論世」因而是「以意逆
志」的樞紐。歸結言之，顧鎮、方東樹與王國維諸家皆認為：孟子
「以意逆志」與「知人論世」皆為讀詩要法，並且，「以意逆志」說
的成立乃以「知人論世」說作為要件。

　　若就杜詩注釋而言，宋代以來，古人基本上乃是藉由「以意逆
志」與「知人論世」的進路來解讀杜甫作品，此兩路雖名為二，實則
為一。而「知人論世」的具體化即是杜詩繫年與少陵年譜。因此，自
宋以後前人即是利用杜詩繫年與年譜編年的結果，來知其為人，並論
其世；再藉由其人、其世來解讀作品，逆測杜甫的創作情志。前人編
定的杜甫年譜譬如：宋人呂大防〈杜詩年譜〉、趙子櫟〈杜工部草堂
詩年譜〉、蔡興宗〈杜工部年譜〉、魯訔〈杜工部詩年譜〉、黃鶴〈年
譜辨疑〉、劉辰翁〈杜工部年譜〉；明人單復〈重定杜子年譜詩史目
錄〉；清人張溍（1621-1678）〈杜工部編年詩史譜目〉、錢謙益〈少陵
先生年譜〉、朱鶴齡（1606-1683）〈杜工部年譜〉、仇兆鰲〈杜工部年
譜〉、浦起龍〈少陵編年詩目譜〉、楊倫〈杜工部年譜〉、吳景旭〈杜
陵年譜〉；民國聞一多（1899-1946）〈少陵先生年譜會箋〉等等。

---

57 王國維：《王國維遺書》（上海：上海書店出版社，1996年），卷23〈綴林一〉，頁
　　577。

當中有些年譜依帝王之紀年而附列時事；[58]有些年譜則略於時事。[59]帝王紀年可使讀者明瞭作者身處的朝代時世，而附陳時事則可使讀者知悉何年月日發生的世事。亦即：倘若藉由杜詩中敘述的時事、時間、年齡、官名、地名等等訊息，進而考證出杜詩的創作歲月，那麼，即可將杜詩繫於某年，再依此排編出杜甫年譜。據此少陵年譜，讀者可以知其人，暨所處時世；如果少陵年譜又依年歲而附錄時事，讀者即可藉以比對杜甫該年的詩作與時事間的關係，探究理解作品整體辭句，辨識創作情志，此即余成教所謂的「指事麗辭，察辭辯志」。

二、「以意逆志」不以「知人論世」為要件：就杜詩而言，有些古人在注釋杜詩時比較不刻意強調「知人論世」說，不特別著重它的重要性；甚至有時雖亦標舉「知人論世」說，然而其注釋的基調乃是「以意逆志」說。首先，這並不是意指前人對杜甫的為人與所處時世一無所知，他們只是不同時高舉孟子「以意逆志」、「知人論世」這兩說為研究的進路，而只是突顯「以意逆志」為研討的途徑。其次，他們並非注釋杜甫全集，而僅是揀選杜甫部分重要詩作加以詮釋而已，[60]這有別於前人注杜全集，往往亦附列杜甫年譜的現象。上述這兩點即是古人注杜卻不特別強調「知人論世」的原因；甚至，這在杜詩學中也可以視為新的研究方法。現存明、清兩代強調藉由「以意逆

---

58 譬如〔清〕錢謙益〈少陵先生年譜〉、吳景旭〈杜陵年譜〉與聞一多〈少陵先生年譜會箋〉。

59 譬如呂大防〈杜詩年譜〉。

60 譬如，〔清〕吳瞻泰〈評杜詩略例〉即曾說：「元人單陽元復〈年譜〉，較呂汲公大防為詳。初，欲依單本編年之次，不分古今體，使讀者因其時其地其人，略得公之生平前後次序，不至大有參錯。然此集乃瞻泰一己所得，簡其要以為讀本，非工部全書也，故仍分體，以便於讀，而各體之序次，則本之於單為多云。」見《杜詩提要》，頁21-22。

志」來注釋杜詩者至少有四家：明人顏廷榘《杜律意箋》、王嗣奭
《杜臆》；清人黃生《杜詩說》、吳瞻泰《杜詩提要》。分述如下：

首先，就顏廷榘《杜律意箋》而言，據其書名，本書即是藉由
「以意逆志」來箋注杜甫七律，計有一百五十一首，朱運昌《杜律意
箋・序》曾說：「疏釋詳明，考據精確，不鉤深，不率意，盡洗嚮淺鑿
之弊，一遵子輿氏『以意逆志』之指，精研所極，往往獨詣。」[61]此
外，《四庫全書總目・提要》亦曾云：「《杜律意箋》，二卷，福建巡撫
採進本。明・顏廷榘撰。……是編取杜甫詩七言律一百五十一首，先
用疏釋，次加證引，名曰《意箋》，蓋取『以意逆志』之義。」[62]依
此，《杜律意箋》乃採孟子「以意逆志」說來詮釋杜甫的七言律詩。

其次，就王嗣奭《杜臆》而言，其〈杜臆原始〉中即曾表明：孟
子讀詩的方法即是「以意逆志」說，而讀者透過「以意逆志」並藉由
知其人、論其世的途徑，如此，素來積累的疑惑，多可豁然開朗；前
人理解的錯謬迷誤，多可批駁糾正。他說：

> 「臆」者，意也。「以意逆志」，孟子讀詩法也。誦其詩，論其
> 世，而逆以意，向來積疑，多所披豁；前人謬迷，多所駁正，
> 恨不起少陵於九京而問之。[63]

雖然王嗣奭在此逕稱是藉由「以意逆志」與「知人論世」來解讀杜詩
者，然而檢閱其書，是書仍是以「以意逆志」作為詮釋杜詩的基趾，
實有別於宋人注杜多論及當時之史事。

---

61 〔明〕顏廷榘：《杜律意箋》（臺北：臺北市閩南同鄉會，1975年），頁12-13。

62 詳見《四庫全書存目叢書》（臺南：莊嚴文化事業有限公司，1997年），集部第5
　　冊，頁79；另亦可參周采泉：《杜集書錄》，內編，頁321。

63 〔明〕王嗣奭：《杜臆》，見《續修四庫全書》，第1307冊，頁379。

第三，就黃生《杜詩說》而言，黃生解說杜詩的方法即是標誌孟子的「以意逆志」說。〈杜詩說序〉云：

> 古今善說詩者，莫如孟子。孟之言曰：「以意逆志，是為得之。」「逆」之為言迎也。……。余以為說詩者，譬若出戶而迎遠客，彼從大道而來，我趨小徑以迎之，不得也；彼從中道而來，我出其左右以迎之，不可也。……。故必知其所由之道，然後從而迎之，則賓主歡然把臂、欣然促膝矣，此「以意逆志」之說也。竊怪後之說詩者，不能通知作者之志，其為評論注釋，非求之太深，則失之過淺，疏之而反以滯，抶之而反以斃，支離錯迕，紛亂膠固，而不中竅會。若是者何哉？作者之志，不能意為之逆故也。[64]

黃生在此解釋何以有些古人注釋杜詩卻流於錯迕支離呢？他認為這是由於說杜詩者不能正確地以其意去逆迎作者之志的緣故。那麼，讀者該如何正確地以其意去逆迎作者之志呢？黃生指出說詩者必須事先知曉作者經由之路徑；若能知悉作者經過的路線，讀者則能依順作者經由的道路去逆迎他。如此，讀者即能正確地以其意逆迎作者之志。黃生將「逆」字解釋作「迎」意，顯然這是承繼朱子之說而來。然而黃生更加強調的卻是「道」——方法。這呈現在他解說詩歌（含杜詩）上特別突顯詩法，包含字、句、章法等等。無論是他的著作《杜詩說》與《唐詩摘抄》（又稱《唐詩評》）都是如此。

就《杜詩說》言，黃生認為古今善於說解詩歌者，莫過於孟子「以意逆志」之法，其亦標舉「以意逆志」來解讀杜詩，〈杜詩說序〉云：「不慧出入杜詩餘三十年，不敢復為之說，唯以我之意，逆

---

64 〔清〕黃生：《杜詩說》，頁1-4。

杜之志，竊比於我孟子，兢兢免賓主相失之誚。」[65]黃生進一步又認為學習杜詩，須先能詮解杜詩；而解讀杜詩的關鍵即在於理解杜詩的裝造句法與經營意匠上，〈杜詩概說〉云：「山谷學杜，得其皮毛，不得其神髓；得其骨幹，不得其筋節。其筋節在裝造句法，其神髓在經營意匠。」[66]藉由「以意逆志」來解讀杜詩，不僅是指：以讀者之意逆知作者之志，亦含括以讀者之意逆測表現作者情志的技法。

就《唐詩摘抄》言，清‧劉葆真序黃生（號白山）所著的《唐詩摘抄》即曾說：「今《唐詩摘抄》一編，黃君白山評注于前，⋯⋯，且其間每章疏櫛，又不拾人牙慧，不傍人墻壁，于時解概從乎略，而惟『以意逆志』，體味乎當日立言之旨，其中詩眼及章句字法，皆出吾心所獨得，而發揮其意趣。蓋皮膚略而腠理通，並作者之精神亦躍然呈露。」[67]綜上文獻，黃生「以意逆志」的對象不僅包含作者之志，也包括表現作者之志的創作詩法，此即所謂「惟『以意逆志』，體味乎當日立言之旨，其中詩眼及章句字法，皆出吾心所獨得」之語。[68]這是藉由「以意逆志」來詮釋古典詩歌或杜詩的新方向。

第四，就吳瞻泰《杜詩提要》而言，吳瞻泰基本上也是憑藉「以意逆志」來詮釋杜詩。《杜詩提要‧評杜詩略例》說：

> ⋯⋯少陵自道曰「沈鬱頓挫」。其沈鬱者，意也；頓挫者，法也。意至，而法亦無不密。「以意逆志」是為得之。[69]

---

65 〔清〕黃生：《杜詩說》，〈杜詩說序〉，頁5。

66 〔清〕黃生：《杜詩說》，〈杜詩概說〉，頁12。

67 〔清〕黃生等撰：《唐詩評三種》，頁6。另亦可見黃生：《黃生全集》（合肥：安徽大學出版社，2009年），第3冊，頁9。

68 黃生以句法詮釋杜詩，另可參拙著〈黃生的杜詩句法與詮釋〉，《慈濟技術學院學報》，16期（2011年），頁173-193。

69 〔清〕吳瞻泰：《杜詩提要》，頁19。

吳瞻泰在此標舉杜甫〈進鵰賦表〉「沉鬱頓挫」之言。從杜甫創作來看，杜甫自言其藉由法來表現其意，亦即透過頓挫正反之道來表現心中沉鬱的情志，這裡的說明著重在杜甫自言有「法」，此可用以補充黃生「知其所由之道，然後從而迎之」兩句，證明杜甫確實心中有「法」的觀念，如此，說詩者始有依順作者創作時從來之道的可能性；說詩者始能依循詩人創作技法來解讀杜詩。接著，吳瞻泰主張藉由孟子「以意逆志」的方法可以解得「沈鬱頓挫」之旨。從杜詩解讀來看，讀者心中之意如何能逆作者之志呢？吳瞻泰雖未多加說明，然而，從上述這段文獻可知，杜甫與說詩者的交集在於「法」上，亦即：杜甫透過「法」來表現沉鬱的情意；讀者則利用「法」來解讀杜甫的沉鬱情志。亦即：吳瞻泰仍用「以意逆志」來解說杜詩，而其解說的樞紐乃在「法」上。翻檢是書，其法仍是字、句、章法等等。那麼，黃、吳兩家詮釋杜詩的精神與方法其基本立場仍是一致的，精神上都是透過「以意逆志」說來解讀杜詩；方法上則是提出「法」的途徑來解讀杜詩。

前嘗述及余成教提出的「指事麗辭，察辭辯志」，此中之「辭」，包含文辭與辭句，那麼，「察辭辯志」即指：憑據載明時事之文辭辭句，嘗試辨別作者創作情志。就此而言，倘若我們接著再綰合黃、吳兩人讀杜之字、句法，那麼，憑藉載明時事之文辭辭句，察看其中字法句法，亦可嘗試辨明作者創作情志。此說若是，這意指：作者志意可以藉由作者創作技法逆溯得到。

值得一提的是，說詩者無論是藉由「以意逆志」、「知人論世」這一路，或透過「以意逆志」這一路來解讀作品，如何能避免詩歌解讀錯舛呢？關鍵在於「題目」。譬如，清・張玉穀《古詩賞析・凡例》即曾說：

題目不明，則詩意不顯。[70]

倘若讀者不明瞭詩題之意，則詩中主意即無法顯露。今若欲掌握詩
旨，即須明白詩題。又如，清・龐塏（1640-1708）《詩義固說》也
曾說：

> 詩有題，所以標明本意，使讀者知其為此事而作也。古人立一
> 題於此，因意標題，以詞達意，後人讀之，雖世代懸隔，以意
> 逆志，皆可知其所感，詩依題行故也。[71]

詩歌除了未標明題目與〈無題〉詩外，基本上，詩歌作者往往標定詩
題，這主要是因為作者要說明其觸事興詠，因事而發；作者為使讀者
明瞭其緣事而作，所以標明詩歌本意，立有詩題。那麼，題目是解讀
作品的要訣，也是理解作品的蹊徑。無論是藉由「以意逆志」、「知人
論世」，或者利用「以意逆志」來理解作品，透過題目來詮釋作品都
是不可或缺的步驟。

　　這種用「以意逆志」來理解作品，卻又不以「知人論世」為要件
的讀詩方法，由於僅是讀者為了顯豁詩歌的創作意旨、作者情志與創
作技法，並展示其理解過程，而非追求作者創作時興詠的本事，僅要
求解讀通情達理，無前後矛盾之弊，而此擁有極大的解讀空間，所有
技法的探究皆可籠括在此，實屬於推舉介紹的理解方式，這可稱為逆
測解讀法。

　　總之，解讀杜詩可以有兩種理解的方式：一、「以意逆志」以
「知人論世」為要件：亦即讀者逆測作者之志時，須以知其人、論其

---

70 〔清〕張玉穀撰，許逸民點校：《古詩賞析》，頁4。
71 〔清〕龐塏：《詩義固說》，見《清詩話續編》，第1冊，頁729。

世為條件。在步驟上，須先對作品進行繫年、編撰年譜，使讀者可以知其人、論其世，接著，再「以意逆志」。二、「以意逆志」不以「知人論世」為要件：亦即讀者逆測作者之志時，不須以知其人、論其世為條件，或者不特別強調知其人、論其世的重要。在步驟上，未對作品進行繫年，亦未編定年譜，而是以讀者之意逆測作者之志。值得注意的是，前人注杜有時也非常著重解讀詩歌的方法，譬如黃生與吳瞻泰兩人的杜詩字、句、章法研究，藉由杜詩技法這個途徑來逆知杜甫創作的情志。

　　最後，「知人論世」與「以意逆志」兩者有交疊之處，其交集在於「作品內之作者」。從「知人論世」言，其探究對象本即包括了「作品內的作者」；從「以意逆志」言，讀者以其心中之意逆測古人之志時，其中憑藉的即是「作品內古人之意」，此即孟子「知人論世」與「以意逆志」兩說的重疊所在。此意謂：作品自身為一切解讀的根柢。

小結

　　孟子的「以意逆志」與「知人論世」兩說是儒家經典詮釋的議題，也是古典詩學的重要論題。古人於論述時亦多所著墨。然而，目前學界卻較少探討「以意逆志」、「知人論世」與杜詩詮釋間的聯繫。

　　事實上，自宋以降，前人詮釋杜詩的方法，受這兩說的影響甚深。總體而言，古人認為：讀者為逆知杜甫創作的情志，須能正確地理解杜詩；讀者為能正確詮釋杜詩，須能知悉杜甫為人，並論及所處時世；而知人論世的關頭即在杜詩繫年與編定年譜上。因此，讀者逆知杜甫之志與知其人、論其世的關鍵，即在杜詩繫年與年譜編纂。杜詩繫年與少陵年譜不僅是「知人論世」的產物，背後更是「以意逆

志」的運用。反過來說，繫年與年譜是臻至「知人論世」、「以意逆志」的要津。這解釋了為何宋代以下注杜者往往多對杜詩進行繫年或編定年譜這個特殊現象。

另一面向，明清兩朝也有揭舉「以意逆志」說來詮釋杜詩者，其中發展的新方向乃是讀者所逆測的對象不僅只有杜甫的創作情志而已，也包含杜甫表現創作情志的方法，這顯示「以意逆志」與「知人論世」的關係似乎也可以不那麼密切；就杜詩而言，藉由「以意逆志」來詮釋杜詩，這方法替杜詩的詮釋拓展了新的空間，這擺脫了「知人論世」的限制，使得在本事解讀之外，也為逆測解讀預留了廣闊的天地。

上述這兩種傳統解讀路徑實可應用於詮釋其他詩人的作品，然而，無論是理解杜詩或其他詩人作品這仍關涉讀者的詮釋對象與詮釋目的。

就詮釋對象而言，作品須有顯而易見、可供辨識時事、時間、年齡、官名與地名等等訊息，以及另有確實無誤、可供查考的史書、筆記、地志與他人著作等等文獻，使得以兩相考核辨證並對作品繫年，編定作者年譜，以作為詮釋的階梯。

就詮釋目的而言，如果欲以詮解作者興詠本事為目的，讀者可採用「知人論世」之法，藉由繫年、年譜所概括的作者成長交遊、生活學思、行跡出處等資訊，與作品兩相對照逆測作者創作情志，而此有賴於繫年考證與年譜編定。假若僅以推舉介紹理解方法為目的，讀者可採用「以意逆志」之方，展示讀者的詮釋進路與解讀歷程，逆測作者創作心志與表現情志的詩法，甚至是透過創作技法來逆知作者創作心志。倘若欲綰合「以意逆志」與「知人論世」兩門徑，就目前言，「以意逆志」須以「知人論世」為條件，透過繫年與年譜來辨查詩句敘述的事件，使作為解讀詩語意義的依據與資源，以逆測作者之志。

　　本文依孟子「知人論世」說及其在杜詩學史上的實際應用，提出「本事解讀法」。「本事解讀法」的基礎關鍵在於：杜甫生卒年、授官與生平重要行迹等議題。這是杜甫「身」、「世」的基本內涵與概括認識。讀者接著始能進一步從「作品內」與「作品（內）外」來「知人論世」。

　　就前者言，這是憑據「作品內」描寫作者自身、身處時世暨如何面對時世，來理解其為人處事的方式。從儒家文化說，就是透過杜詩內容來品評杜甫的道德人格。就後者言，這是憑藉作品載明時事（作品內），援引史料（作品外）查考時事內容及發生時地；或者，藉由作品敘明時事（作品內），與作家年譜所附時事（作品外）兩相對照，嘗試考查詩中時事乃創作本事，建立可供解讀作品的背景，試圖解釋創作緣由與創作時地。當然不可否認，憑藉杜甫年譜的編定，讀者對於杜甫其人其世將有更概括且清楚的掌握。

　　本文再依孟子「以意逆志」說及其在杜詩學史上的實際運用，提出「逆測解讀法」。「逆測解讀法」是用以逆測杜詩的情意與主旨，此外，也可以逆測杜甫在創作上最重要的特色——賦法。進而可以討論杜甫如何藉由「賦法」使其詩歌可以臻至「含蓄」之境。我們因而可以判斷杜甫是否精於詩事，其詩是否「含蓄蘊藉」、「溫柔敦厚」，詩作是否可繼《風》、《雅》遺意。更重要的是，杜詩的研究絕對不能僅僅止於杜甫及其作品的「考證」上，考據只是方法，考證成果只是研究的基礎，它的目的是「在可以說清楚的地方，解讀者必須要講明白」。考據只是作為詮釋杜詩的基礎而已，更是從屬於「詩藝」的探究之下。杜詩的研究當不可捨本逐末、本末倒置，否則，杜詩的研討將淪於考據的一個對象，而非在文藝美學上。

第三章
「知人論世」
——作品內外身世

　　在「知人論世」觀念的運用之下，本章嘗試探究杜甫身世的基本議題，包括杜甫生卒年、授官、生平經行足迹等等。關於杜甫身世的相關論題，宋人即多所研究，此尤以宋代杜甫年譜中的討論最多。

　　就杜詩學言，現存早期記錄杜甫生平重要事迹等文獻，諸如：元稹（779-831）〈唐故工部員外郎杜君墓係銘並序〉、《舊唐書・杜甫傳》，王洙（997-1057）〈杜工部集記〉與《新唐書・杜甫傳》等等，這些文獻皆屬於杜甫之史料傳記，多只記錄杜甫生平若干大事；平生大事之證明，並非關注之要項，僅〈集記〉偶加舉證而已。迨及宋代，杜甫年譜面世，始漸言及相關討論，其所探析者多屬基礎論題，甚至以詩文為證，某些結論或有錯訛，某些則立論精詳，因此仍然極具研究價值。目前僅存可見的宋代杜甫年譜計有：呂大防〈杜詩年譜〉、趙子櫟〈杜工部草堂詩年譜〉、蔡興宗〈重編杜工部年譜〉、魯訔〈杜工部詩年譜〉、黃鶴《補注杜詩・年譜辨疑》、劉辰翁〈杜工部年譜〉等。

　　不可諱言，宋人的杜甫年譜內容存有不少錯訛與遺漏，但是如果宋人當時提出的證據與論述，就已足以分析證明杜甫的生平重要行迹，或能夠解釋杜甫的足履行蹤，我們是不是也應該肯認宋人在杜詩學上的貢獻與價值。

　　宋人撰作的杜甫年譜，不僅證明了杜甫生平某些重要議題，更援引若干證據，加以證成。此一證明與除錯的歷史發展過程中，宋人在

杜甫年譜裡所提出的證據與文獻，即顯得格外重要；相較於若干詩話與筆記中有關杜甫生平的片斷文獻，就更加突顯出宋代杜甫年譜具備系統、目的與全面性。不僅如此，由於宋代杜甫年譜在杜詩學中實屬早期，是明清以來杜甫年譜的共同淵源，明清兩代的杜甫年譜基本上即是在宋人研究的成果中再向前邁出一步，因此，宋代杜甫年譜在杜詩學中頗具價值，實有承先啟後的階段功能。事實上，宋人考證而得的杜甫身世成果，不只是杜甫年譜中的構成要素，也是知杜甫其人其世的必要依據，更是「本事解讀法」實踐的關鍵，其重要性不言可喻。基於上述理由，本章嘗試梳理、比較宋代杜甫年譜的內容，以探究杜甫身世，並作為知其人、論其世的重要據依。

目前杜甫「身世」傳記文獻與研究資料甚多，今囿於篇幅字數，在議題上，僅研討較為重要部分，諸如生卒年、授官與行旅足迹；在文獻上，將以宋代杜甫年譜的討論為主，至於其他相關的杜集序跋、筆記、詩話、地志與《唐史》等資料，若有資證明者，也一併討論，或附於註解之中。本章也希望透過此等的討論能揭露宋人杜甫年譜的成果與價值，作為知杜甫其人、論其世的依據。

最後，杜甫生卒年、授官與行旅足迹只是其「身世」的基礎探究與必備條件。但植基於這個根柢之上，我們才能進一步從「作品內外」對杜詩繫年，撰作年譜；才能進一步從「作品內」認識杜甫其人其世。也就是說，「本事解讀法」無論是從「作品內外」或「作品內」來「知人論世」，都須以杜甫「身世」議題作為根基，讀者倘若無法確認作者生卒歲月，那麼，如何確定作者身在哪一時代，如何對其作品編年，如何撰作年譜？如何詮釋杜詩？因此，「本事解讀法」須對作者身世有一基本的探究。

第一節 生卒年

　　杜甫生卒年是個重要問題，這是因為它是研究杜甫生平的核心問題，也是杜詩繫年與杜甫年譜的研究基石。然而時至今日，學界對於杜甫生卒年仍存有不同的見解。[1]杜甫生卒年之問題形成疑難，這主要是由於元稹〈唐故工部員外郎杜君墓係銘並序〉、《舊唐書·杜甫傳》與《新唐書·杜甫傳》記載未全與錯訛的緣故，〈墓係銘〉僅云「享年五十九」；[2]《舊唐書·杜甫傳》則云「永泰二年，啗牛肉白酒，一夕而卒於耒陽，時年五十九」；[3]《新唐書·杜甫傳》則另云「大曆中，出瞿唐，下江陵，泝沅、湘以登衡山，因客耒陽。游嶽祠，大水遽至，涉旬不得食，縣令具舟迎之，乃得還。令嘗饋牛炙白酒，大醉，一昔卒，年五十九」。[4]此中，三者皆未載杜甫出生年份，且《舊唐書·杜甫傳》、《新唐書·杜甫傳》記載之卒年不一；依〈墓係銘〉，較具體且可信者僅有「享年五十九」一語。

　　由於〈墓係銘〉與〈本傳〉記載未全及錯謬的緣故，宋人重新覈辨探究杜甫生卒問題時，在享年五十九的基礎上，至少尚須確證下列一個條件：或卒年年份；或出生年份。如此始可依杜甫歲數推算其出生或死亡歲月。

1　或以為杜甫卒於唐代宗大曆六年（771），生於唐睿宗先天二年（713），見丘良任〈杜甫之死及其生卒年考辨〉，《深圳大學學報》（人文社會科學版），17卷4期，2000年8月，頁110-112；或以為卒於唐代宗大曆七年（772）春後，生於唐玄宗開元二年（714），見王輝斌：〈再談杜甫的卒年問題──兼與傅光《杜甫研究》（卒葬卷）商榷〉，《荊楚理工學院學報》，24卷4期，2009年4月，頁32-37。

2　〔唐〕元稹撰，冀勤點校：《元稹集》（北京：中華書局，2000年），卷56，頁602。或見〔清〕董誥等編：《全唐文》（北京：中華書局，2001年），第7冊，卷654，頁6650。

3　〔後晉〕劉昫等撰：《舊唐書》（北京：中華書局，2002年），卷190下，頁5055。

4　〔宋〕歐陽修、宋祁等撰：《新唐書》（北京：中華書局，2003年），卷201，頁5738。

　　杜詩學中，宋・王洙首先提出杜甫卒於大曆五年（770）夏之說。王洙〈杜工部集記〉說：「大曆三年春，下峽，至荊南。又次公安，入湖南，泝沿湘流，遊衡山，寓居耒陽。嘗至嶽廟，阻暴水，旬日不得食。耒陽聶令知之，自具舟迎還。五年夏，一夕，醉飽卒，年五十九。觀甫詩與唐實錄，猶概見事迹，比《新書》列傳，彼為踳駁。……〈傳〉云：甫永泰二年卒，而《集》有〈大曆五年正月追酬高蜀州〉詩及別題大曆年者數篇。……。寶元二年（1039）十月，王原叔記。」[5]王洙提出之杜甫大曆「五年夏，一夕，醉飽卒」結論。而此有兩個錯舛，首先，就「一夕，醉飽卒」而言，此說是受唐・鄭處晦《明皇雜錄》（成書於唐宣宗大中九年，855）「飫死說」以來傳聞的影響，《明皇雜錄・補遺》曾說：「杜甫後漂寓湘、潭間，旅於衡州耒陽縣，頗為令長所厭。甫投詩於宰，幸遂致牛炙白酒以遺；甫飲過多，一夕而卒。《集》中猶有〈贈聶耒陽〉詩也。」[6]此傳聞的疑竇在於沒有提出任何的證據，事實上，〈贈聶耒陽〉詩僅能說明杜甫曾至耒陽縣北，無法用以支持「甫飲過多，一夕而卒」確為一真相。

　　其次，就「五年夏」「卒」而言，王洙的想法極可能是：由於杜甫大曆五年夏嘗舟泊衡州耒陽縣北之方田驛，並有〈聶耒陽以僕阻水，書致酒肉，療饑荒江。詩得代懷，興盡本韻，至縣呈聶令。陸路去方田驛四十里，舟行一日。時屬江漲，泊於方田〉詩，因此，杜甫

5　〔唐〕杜甫：《杜工部集》（臺北：臺灣學生書局，1967年），影宋本，頁2-4。

6　〔唐〕鄭處晦撰：《明皇雜錄》（北京：中華書局，2011年），頁47。或參見《文津閣四庫全書》，第1039冊，頁508；據《四庫全書提要》，是書成於唐宣宗大中九年（頁491）；《明皇雜錄》記載杜甫飫死之說另亦可參〔宋〕李昉編纂：《太平御覽》（石家莊：河北教育出版社，2000年），卷863，頁965。最後，關於杜甫「飫死說」之產生與發展，詳見陳文華：《杜甫傳記唐宋資料考辨》，第3篇・2、「卒聞之流傳及辨正」，頁176-183。

當卒於大曆五年夏。事實上，杜甫並非死於大曆五年夏天，是年秋天杜甫嘗舟返長沙，有〈長沙送李十一銜〉詩；是冬並有〈風疾舟中伏枕書懷三十六韻奉呈湖南親友〉詩；[7]至於大曆五年冬杜甫最後出現的地點，據陳文華的考證結果，「其臥病之舟，當在洞庭之東偏」。[8]因此，王洙所提大曆五年夏卒之說有誤。

　　暫不論上述王洙之誤，王洙在其〈集記〉之中雖未明言杜甫生年，然而這一種以「享年五十九」為根柢，倘若再能確證杜甫之卒年，其生年已可逆算而出。藉由「享年五十九」，並確證杜甫卒年，以推算杜甫生年，這一個思路是宋代早期杜甫與其〈年譜〉研究者所採行的重要方法，代表人物之一即為呂大防。

　　呂大防〈杜詩年譜〉「先天元年（712）」下曾說：「甫生於是年。按：甫〈誌〉及〈傳〉皆云：年五十九；卒於大曆五年辛亥故也。」[9]首先，呂氏依據〈墓係銘〉與《唐書‧本傳》記載確定杜甫享年五十九。其次，呂氏再以杜詩為證，確認大曆五年正月時杜甫尚有詩，〈追酬故高蜀州人日見寄并序〉即有「大曆五年正月二十一日却追酬高公此作，因寄王及敬弟」諸字，其並認為杜甫當卒於是年夏。〈年譜〉說：「大曆五年辛亥。有〈追酬高適人日〉詩；是年夏，甫還襄漢，卒於岳陽。」[10]由於杜甫當卒於大曆五年，且享年五十九歲，因此，逆算出杜甫當生於先天元年。然而呂大防立論的問題在於：僅提出大曆五年正月杜甫時尚有作品，但卻沒有提出任何證據，證明杜甫死於大曆五年夏。這使得呂氏的論述有尚待補強證據之處。

7　兩詩繫年參見《杜詩繫年考論》，大曆年間，頁433-436。或參〔清〕仇兆鰲：《杜詩詳注》，卷23，頁2090-2091。

8　《杜甫傳記唐宋資料考辨》，第3篇‧2、「卒聞之流傳及辨正」，頁194。

9　〔宋〕闕名集註：《分門集註杜工部詩》，年譜，頁57。

10　〔宋〕闕名集註：《分門集註杜工部詩》，年譜，頁60。「大曆五年」當為「庚戌」，非「辛亥」。

　　從王洙至呂大防的論述顯示出一個困境：僅知杜甫享年五十九歲，且缺乏具體可信史料記載杜甫卒年的情形下，想要確證卒年是件不容易的事情。如果無法確證杜甫卒年，那又如何能藉由杜甫享年五十九歲，推算出杜甫的生年呢？倘若無法確定出杜甫的生年，杜甫年譜或詩譜的撰作綱領即無法提挈。更何況是在沒有任何杜詩（或賦、文）可以直接證明其卒於五十九歲的情形下。這個問題一直要到蔡興宗與黃鶴，始能得到徹底的解決，蔡、黃兩人另闢蹊徑，以杜甫賦、文為直接證據，查考《唐書》記載之史事；再藉由杜甫賦、文自述之年紀，以推算杜甫生卒年，補強王、呂之說。

　　蔡興宗首先根基於元稹〈墓係銘〉記載杜甫「享年五十九」之說，〈重編杜工部年譜〉「先天元年」下云：「先生生於是歲。元微之撰〈墓係〉云：『享年五十九。』王原叔〈集記〉云『卒於大曆五年』是也。」[11]問題是：現在該如何確證杜甫生於先天元年，卒於大曆五年呢？蔡興宗另以杜甫進賦之文所載時事為據，並參諸唐史該時事發生之時間，因而可以斷定杜甫進賦時之年份；現既已知杜甫進賦之具體年份，再據該賦文中所載明杜甫之歲數，因此即可以得知杜甫於某年時之歲數。最後，再據元稹〈墓係銘〉所言「享年五十九」，即可推算出杜甫生卒之時間。

　　具體說明如下：蔡興宗引〈朝獻太清宮賦〉之「冬十有一月，天子既納處士之議，……。明年孟諏，將攄大禮」諸語。而朝獻太清宮事在天寶十載（751）春正月上旬，《舊唐書‧玄宗本紀》云：「（天寶）十載春正月……。壬辰（初八），朝獻太清宮。癸巳（初九），朝饗太廟。甲午（初十），有事于南郊，合祭天地。」[12]此外，《新唐

---

11 〔宋〕闕名集註：《分門集註杜工部詩》，年譜，頁62。
12 〔後晉〕劉昫等：《舊唐書》，卷9，頁224。另亦可參〔宋〕司馬光撰，胡三省注，
　　章鈺校記：《資治通鑑》（臺北：新象書店），卷216，頁6902。

書‧玄宗本紀》亦云：「（天寶）十載正月壬辰，朝獻于太清宮。癸巳，朝享于太廟。甲午，有事于南郊。」[13]那麼，杜甫預獻賦事當在此前一年──天寶九載（750）冬。

而天寶九載時杜甫幾歲呢？蔡興宗再援引〈進三大禮賦表〉「臣生長陛下淳樸之俗，行四十載矣」之語以為證明。此中，「行」字指將要、行將之意。[14]換言之，其時杜甫年歲三十九，因此，蔡興宗考訂天寶九載冬杜甫預獻賦時正值三十九歲。

〈重編杜工部年譜〉「天寶九載」下說：「時年三十九，是歲冬進〈三大禮賦〉，〈進表〉曰：『臣生陛下淳樸之俗，行四十載矣。』其賦曰：『冬十有一月，天子將納處士之議。』（〈朝獻太清宮賦〉）又曰：『明年孟陬，將攄大禮。』（〈朝獻太清宮賦〉）又曰：『壬辰（初八），既格于道祖。』（〈朝享太廟賦〉），又曰：『甲午，方有事於采壇。』（〈朝享太廟賦〉）桉《唐史》：十載春正月，壬辰，上朝獻太清宮。癸巳，朝享太廟。甲午，合祀天地於南郊。」[15]蔡興宗今既已考得天寶九載杜甫正值三十九歲，再依〈墓係銘〉所云「享年五十九」，即可算出杜甫生於「先天元年（712）」，卒於「大曆五年（770）」。這是現存杜詩學文獻中首次確證了杜甫之生卒年，當屬重要成就。

黃鶴再舉杜文為證，憑據杜文錄記之時事，並與唐書中之史事兩相覈實，以斷定杜文的創作時間；同時憑藉杜文中杜甫自述自己年

13　〔宋〕宋祁等撰：《新唐書》，卷5，頁147。

14　「行」字指將要、行將之意，譬如，陳文華即曾說：「趙子櫟注意到其中的『行』字，認為未滿四十，故斷為三十九歲。」（《杜甫傳記唐宋資料考辨》，第2篇‧1、「生平」，頁51）又如，張忠綱亦曾云：「行，行將也。即將近四十歲，也就是三十九歲。……『行』的這一用法，可從陶淵明〈責子〉詩得到證明。詩云：『阿宣行志學，而不愛文術。』逯欽立注：『行，將要。』……袁行霈注：『行志學：行將十五歲。』」見〈杜甫獻〈三大禮賦〉時間考辨〉，《文史哲》，2006年第1期（總第292期），頁66。

15　〔宋〕闕名集註：《分門集註杜工部詩》，年譜，頁63。

歲，如此，即可確信杜甫於某年時之年華。若再依杜甫享年五十九歲，即可知其生卒之年。

　　杜甫〈秋述〉一文云「秋，杜子臥病長安旅次，多雨生魚，青苔及榻。……。我，棄物也，四十無位」，此中，「秋」「長安」「多雨生魚，青苔及榻」與《舊唐書・玄宗本紀》「天寶十載（751）」之「是秋，霖雨積旬，牆屋多壞，西京尤甚」，[16]兩相符應，因此，〈秋述〉當作於天寶十載秋。再據「我，棄物也，四十無位」一語，因而黃鶴可以證明：天寶十載杜甫時乃四十歲。進一步，藉由〈墓係銘〉與史傳所言「五十九歲」，黃鶴即可逆算杜甫生於「先天元年」，卒於「大曆五年」。黃鶴於〈年譜辨疑〉「先天元年」下說：「先生生於是年。蔡興宗引元微之〈墓誌〉、王原叔〈集記〉；魯訔引《唐書・列傳》，皆云：先生年五十九歲；卒於大歷五年。則當生於是年。……按《舊史》：天寶十載云『是秋，霖雨積旬，墻屋多壞，西京尤甚』。公作〈秋述〉云『秋，杜子臥病長安旅次，多雨生魚，青苔及榻』；又云『我，弃物也，四十無位』。則是（天寶）十載年四十，其生於是年又無疑。」[17]故而黃鶴可以推算出杜甫生卒年。

　　今歸納蔡興宗與黃鶴兩人對杜甫生卒年的考訂方法，可發現兩人考據方式須有兩個條件：一、杜甫作品中須有可藉由史書查核其發生時間之事件紀錄；二、杜甫於該作品中同時須述及自己年齡。若能滿足上述這兩個條件，即能推算出杜甫生卒之年。就現存可見資料言，蔡興宗〈年譜〉價值之一乃在於杜詩學中首次以考據方式確證了杜甫生卒年──生於「先天元年」（712），卒於「大曆五年」（770）。黃鶴的價值則在於沿用與蔡興宗相同的方式、不同的作品輔證了杜甫生卒

16　〔後晉〕劉昫等：《舊唐書》，卷9，頁225。

17　〔宋〕黃希原注，黃鶴補注：《補注杜詩》，《文淵閣四庫全書》本，第1069冊，頁
　　17。

年。這種利用杜甫作品與史書兩相查核來考訂杜甫生卒年的方式，不僅另啟蹊徑解決了王洙〈集記〉與呂大防〈年譜〉無法證明杜甫死在大曆五年的難題；兩人不只考信出杜甫之生卒年，亦使得杜甫年譜與杜詩繫年的經緯能夠確立，為繫年與年譜的排編與研究立基。此是蔡、黃兩人在杜詩學中的貢獻。

第二節 授官

今姑不論是否赴任，杜甫一生所授官職計有：河西尉、右衛率府兵曹、左拾遺、華州司功參軍、京兆功曹、檢校尚書工部員外郎等等。此在宋代杜甫諸譜中亦多有著墨，諸譜不僅曾辨駁〈本傳〉與〈集記〉中記載杜甫授官之訛誤，並提出諸多可信之確證，以下分述之：

一 河西尉、右衛率府兵曹

王洙〈杜工部集記〉與《新唐書·杜甫傳》皆明言杜甫授尉改曹的時間在天寶十三載（754），〈集記〉說：「天寶十三年，獻三賦，召試文章，授河西尉，辭不行，改右衛率府冑曹。」[18]《新唐書·杜甫傳》則說：「天寶十三載，玄宗朝獻太清宮，饗廟及郊，甫奏賦三篇。帝奇之，使待制集賢院，命宰相試文章，擢河西尉，不拜，改右衛率府冑曹參軍。」[19]趙子櫟則認為授尉改曹的時間當在天寶十載（751），〈杜工部草堂詩年譜〉「天寶十載」下說：「〈明皇紀〉：天寶十載春正月，朝見太清宮、朝饗太廟及有事於南郊。甫上〈三大禮

---

18 〔唐〕杜甫：《杜工部集》，頁1。
19 〔宋〕宋祁等撰：《新唐書》，卷201，頁5736。

賦〉，授河西尉，改右衛事府冑曹。」[20]蔡興宗對此曾提出兩點加以反駁，首先，授尉改曹並不在天寶十載與十三載，這是因為天寶十載與十三載時杜甫並無官職。

就天寶十載言，蔡興宗以杜甫〈秋述〉一文中之「我，棄物也，四十無位」諸語為無官之例證。前已述及蔡興宗曾考得天寶九載（750）時杜甫正值三十九歲，那麼，明年天寶十載杜甫時四十歲，今依「四十無位」一語，因此，杜甫於天寶十載時並無官職。

就天寶十三載言，蔡興宗以〈進封西岳賦表〉「臣本杜陵諸生，年過四十，……，退嘗困於衣食，蓋長安一匹夫耳」為證，說明杜甫創作〈封西岳賦〉時亦無官位；而〈封西岳賦〉創作時間在天寶十三載（754），分述如下：

趙子櫟即曾據〈進封西岳賦表〉之「維岳，授陛下元弼，克生司空」諸字，而將〈封西岳賦〉繫於是年，這是因為《唐書》曾云：天寶十三載楊國忠受冊司空的緣故，[21]趙子櫟於〈杜工部草堂詩年譜〉「天寶十三載」下云：「甫〈進封岳表〉：『杜陵諸生，年過四十。』丞相國忠，今春二月丁丑，陟司空，〈賦〉曰『維岳』，『克生司空』，則賦當在今載。」[22]

蔡興宗則另依〈封西岳賦序〉之「上既封泰山之後，三十年間」兩語為據，而將〈封西岳賦〉繫於天寶十三載。《唐史》記載：玄宗曾於開元十三年（725）十一月封于泰山，《新唐書・玄宗本紀》「開

---

20 〔宋〕魯訔編次，蔡夢弼會箋：《杜工部草堂詩箋》（臺北：藝文印書館，1965年），原刻景印百部叢書集成，頁30-31。

21 《舊唐書・玄宗本紀》「天寶十三載二月」曾說：「戊寅，右相兼文部尚書楊國忠守司空，餘如故。甲申，司空楊國忠受冊。」（卷9，頁228）《新唐書・玄宗本紀》「天寶十三載二月」也說：「丁丑，楊國忠為司空。」（卷5，頁150）

22 〔宋〕魯訔編次，蔡夢弼會箋：《杜工部草堂詩箋》，頁31。

元十三年」說：「十一月庚寅，封于泰山。」[23]那麼，玄宗封於泰山當在開元十三年，今依「三十年間」諸字，若自開元十三載（725）玄宗封泰山起算，則三十年當指天寶十三載（754），因此，〈封西岳賦〉當作於是年。蔡興宗於〈重編杜工部年譜〉「天寶十三載」下云：「……進〈封西岳賦〉，〈賦序〉曰『上既封太山之後，三十年』。按《唐史》：開元十三年乙丑，歲封太山。至是三十年矣。」[24]今在宋代趙子櫟與蔡興宗的考索下，已可確定〈封西岳賦〉作於天寶十三載。

今既已知〈封西岳賦〉創作於天寶十三載，再依〈進封西岳賦表〉「長安一匹夫耳」一語，則杜甫時無官位，因此，天寶十三載杜甫當無官職。歸結而言，蔡興宗即依上述這兩點來說明授尉改曹非在天寶十載與十三載。

其次，授尉改曹當在天寶末載，蔡興宗曾舉杜詩〈夔府書懷四十韻〉之「昔罷河西尉，初興薊北師」為證，說明杜甫罷河西尉在天寶末年。蔡興宗於〈重編杜工部年譜〉「天寶十載」下云：「按：《新書・列傳》、〈集記〉皆以先生獻〈三大禮賦〉，明皇奇之，召試文章，授河西尉，不拜，改右衛率府冑曹，則或在此載下。而考〈秋述〉文曰『我，棄物也，四十無位』；又，十三載，〈進封西岳賦表〉略曰：『臣本杜陵諸生，年過四十，嘗困於衣食，蓋長安一疋夫耳。頃歲，國家有事於郊廟，幸得奏賦，待制於集賢，委學官試文章，再降恩澤，送隸有司，參列選序。』……。乃知先生進〈三賦〉後，纔俾參列選序；則罷尉河西，改授冑曹，其在天寶之末載乎！故〈夔府書懷〉詩有曰『昔罷河西尉，初興薊北師』是也。」[25]此中，「天寶末載」當指十四年（755），是年十一月安祿山即反於河北，〈重編杜工

23 〔宋〕宋祁等撰：《新唐書》，卷5，頁131。

24 〔宋〕闕名集註：《分門集註杜工部詩》，年譜，頁66。

25 〔宋〕闕名集註：《分門集註杜工部詩》，年譜，頁63-64。

部年譜〉「天寶十四載」下又云:「冬十一月,有〈自京赴奉先縣詠懷詩〉。桉《唐史》:是月安祿山反於范陽。」[26]那麼,罷尉當在祿山兵反之前。罷尉既在天寶十四載末,那麼,〈杜工部集記〉與《新唐書·杜甫傳》所云事在天寶十三載之說即有誤。然而,蔡興宗所言僅能說明杜甫罷尉之事在天寶十四載。事實上,罷尉改曹乃為一連串事件,這極有可能是蔡興宗僅為強調罷尉事件發生之時間,而忽略罷尉授曹之舉證。

魯訔則更具體以杜詩為據,明確地補充說明《新唐書·杜甫傳》之罷尉改曹為一連續事件,〈杜工部詩年譜〉「天寶十載(751)」下云:「〈吏〉(筆者按:當作史)云:公奏賦,帝奇之,命待制集賢院,召試文,授河西尉,不拜,改右衛率府冑曹。公〈官定後戲贈〉曰『不作河西尉,淒涼為折腰。老夫怕奔走,率府且逍遙』。」[27]可惜的是,魯訔將罷尉改曹的時間繫在天寶十載。

此後,黃鶴總結前人之證,並將授尉改曹繫於天寶十四年冬安祿山兵反前,黃鶴〈年譜辨疑〉「天寶十四載」下說:「是年先生授河西尉,不樂,改授率府冑曹,故〈官定戲贈〉曰『不作河西尉,淒涼為折腰。老夫怕奔走,率府且逍遙』;而〈夔府書懷〉云『昔罷河西尉,初興薊北師』,則改授率府冑曹,當在是年之冬,蓋是年十一月祿山反也。」[28]

最後,杜甫時任官名當為「右衛率府兵曹」,而非「右衛率府冑曹」或「右衛率府冑曹參軍」,且罷尉授曹確為一連續事件。杜甫有

---

26 〔宋〕闕名集註:《分門集註杜工部詩》,年譜,頁66。

27 〔宋〕闕名集註:《分門集註杜工部詩》,年譜,頁84。此前,〔宋〕趙次公亦以為罷尉授曹在天寶十載,《杜詩趙次公先後解輯校》(上海:上海古籍出版社,1994年)說:「天寶九載冬,公預獻〈三大禮賦〉。明年十載,乃召試文章,初授河西尉,辭不行,更授衛率府兵曹。」(甲帙卷之4,頁99)趙說亦誤。

28 〔宋〕黃希原注,黃鶴補注:《補注杜詩》,頁24。

〈官定後戲贈〉一詩，諸本題下即有杜甫原注「時免河西尉，為右衛率府兵曹」諸字。[29]今依杜詩原注，官名當是「右衛率府兵曹」，此可為明證。

二　左拾遺

　　元稹〈墓係銘〉曾言杜甫拜為「左拾遺」；[30]《舊唐書》、《新唐書·杜甫傳》則皆言杜甫拜為「右拾遺」。[31]王洙〈杜工部集記〉進一步指明時間在至德二載（757），他說：「至德二載，竄歸鳳翔，謁肅宗，授左拾遺。」[32]宋代諸譜之中，呂大防首先舉證說明杜甫拜左拾遺事乃在至德二載，呂大防〈杜詩年譜〉「至德二年」下云：「是年，自城中竄歸鳳翔，拜左拾遺，有〈薦岑參〉、〈謝口敕放推問狀〉。」[33]呂〈譜〉行文極為簡潔，未多加引述說明。

　　然依《杜工部集》，杜甫有〈至德二載，甫自京金光門出，間道歸鳳翔。乾元初，從左拾遺移華州掾，與親故別，因出此門，有悲往事〉詩，是詩即標舉「左拾遺」三字；此外，〈為遺補薦岑參狀〉末即有「至德二載六月十二日……左拾遺內供奉臣杜甫……」諸字；[34]最後，〈奉謝口勑放三司推問狀〉亦有「至德二載六月一日宣議郎行

29　〔唐〕杜甫：《杜工部集》，卷9，頁393。另亦可參〔宋〕郭知達集註：《九家集註杜詩》（臺北：臺灣大通書局，1974年），《文瀾閣四庫全書》本，見《杜詩叢刊》，卷18，頁1310。〔清〕錢謙益箋註，季滄葦校閱：《錢牧齋先生箋註杜詩》，見《杜詩叢刊》，卷9，頁648。〔清〕仇兆鰲：《杜詩詳注》，卷3，頁244。

30　〔唐〕元稹：《元稹集》，卷56，頁601；〔清〕董誥等：《全唐文》，卷654，頁6650。

31　《舊唐書》，卷190下，頁5054；《新唐書》，卷201，頁5737。

32　〔唐〕杜甫：《杜工部集》，頁1。

33　〔宋〕闕名集註：《分門集註杜工部詩》，年譜，頁58-59。呂大防所言之「城」字當指京城長安。

34　〔唐〕杜甫：《杜工部集》，卷20，頁867-868。

左拾遺臣杜甫狀奏」諸字，[35]因此，至德二載六月一日杜甫已為左拾遺。那麼，依《杜集》這三條證據，杜甫於至德二載所授官職當為「左拾遺」，而非「右拾遺」。《舊》、《新唐書‧杜甫傳》所謂杜甫拜為「右拾遺」之說，當為錯訛。

蔡興宗另以杜甫〈述懷〉詩為證，說明拜左拾遺在二載夏，〈重編杜工部年譜〉「至德二載」下說：「夏，竄歸行在所，於鳳翔拜左拾遺。有〈述懷〉……。」[36]魯訔則更為具體引諸〈述懷〉詩句，試圖說明拜左拾遺在至德二載夏，〈杜工部詩年譜〉「至德二載」下亦云：「公西走鳳翔，達鳳翔行在，……；又，〈述懷〉曰『去年潼關敗，妻子隔絕久。今夏草木長，脫身得西走』。元微之〈誌〉云『步謁肅宗行在，拜左拾遺』；……；《新書》云『拜右拾遺』，非是。」[37]據史，潼關破於天寶十五載（756）六月，[38]今詩既云「去年潼關破」，那麼，今年當為至德二載（757），因此，杜甫拜左拾遺當在至德二載夏，並且，官名當為左拾遺，而非《新唐書‧本傳》所云之右拾遺。

黃鶴進一步認為拜左拾遺當在二載五月，一方面這是因為杜甫脫身西走在夏四月，所謂「今夏草木長」；另一方面也是由於〈奉謝口敕放三司推問狀〉有「六月一日宣議郎行左拾遺臣杜甫狀奏」諸字，換言之，此前杜甫已為左拾遺，因此，黃鶴將杜甫拜左拾遺訂於五月。黃鶴於〈年譜辨疑〉「至德二年」下說：「夏，得脫賊中，故〈述

---

35 〔唐〕杜甫：《杜工部集》，卷20，頁870。

36 〔宋〕闕名集註：《分門集註杜工部詩》，年譜，頁67。

37 〔宋〕闕名集註：《分門集註杜工部詩》，年譜，頁88-89。〈述懷〉詩後又有「涕淚受拾遺，流離主恩厚」諸字，然魯訔徵引並未整全，若能援引，則其說明當更為清楚。

38 《新唐書‧玄宗本紀》「天寶十五載六月」說：「辛卯，蕃將火拔歸仁執哥舒翰叛降于安祿山，遂陷潼關、上洛郡。」（卷5，頁152）《資治通鑑》「至德元載六月」說：「辛卯，（崔）乾祐進攻潼關，克之。」（卷218，頁6969）

懷〉詩云『今夏草木長，脫身得西走』。謁肅宗于鳳翔，有〈喜達行在所〉詩。六月一日有〈奉謝口敕放三司推問狀〉，時結銜云『宣義郎行左拾遺』，則拜拾遺，必在五月。」[39]

最後，〈杜甫授左拾遺誥〉云：「襄陽杜甫，爾之才德，朕深知之，今特命為宣義郎行在左拾遺，授職之後，宜勤是職毋殆。命中書侍郎張鎬齎符告諭。至德二載五月十六日行。」[40]此外，錢謙益亦曾見此誥命，他說：「右敕用黃紙，高廣皆可四尺，字大二寸許，年月有御寶，寶方五寸許。今藏湖廣岳州府平江縣裔孫杜富家。」[41]據此，黃鶴考訂杜甫拜左拾遺在至德二載夏五月乃為一事實。

三 華州司功參軍

〈墓係銘〉、《舊唐書·杜甫傳》與〈集記〉皆言杜甫曾出貶華州。元稹〈墓係銘〉說「拜左拾遺。歲餘，……，出為華州司功」；[42]《舊唐書·杜甫傳》則言「明年……，出甫為華州司功參軍」；[43]王洙〈杜工部集記〉也說：「出甫為華州司功。」[44]那麼，杜甫曾出為華州司功參軍。

---

39 〔宋〕黃希原注，黃鶴補注：《補注杜詩》，頁24。此外，「今夏草木長」是暗用陶淵明「孟夏草木長」的典故，因此杜甫脫身西走乃在四月，陳文華《杜甫傳記唐宋資料考辨》說：「『草木長』是用了陶淵明『孟夏草木長』的暗典，標示出脫身西走是在四月。」（第2篇，頁100）又云：「陶潛『讀山海經』：『孟夏草木長，遶屋樹扶疏。』」（頁107）

40 陳尚君輯校：《全唐文補編》（北京：中華書局，2005年），卷39，頁465。

41 〔清〕錢謙益：《錢牧齋先生箋註杜詩》，卷2，頁223。

42 《元稹集》，卷56，頁601-602；《全唐文》，卷654，頁6650。

43 《舊唐書》，卷190下，頁5054。此外，《新唐書·杜甫傳》說：「出為華州司功參軍。」（卷201，頁5737）

44 〔唐〕杜甫：《杜工部集》，頁1。

　　宋代諸譜關注的焦點是在舉證說明其事在乾元元年（758），並努力進一步確證時乃六月。首先是呂大防以杜甫之〈為華州郭使君進滅殘寇形勢圖狀〉與〈乾元元年華州試進士策問五首〉來說明：乾元元年杜甫遷官華州。〈杜詩年譜〉「乾元元年」下云：「是年移華州司功，有〈試進士策〉、〈為郭使君論殘寇狀〉……。」[45]趙子櫟基本上亦承襲呂〈譜〉之說，但更進一步將時間訂在六月，〈杜工部草堂詩年譜〉「乾元元年」下云：「夏六月，出為華州司功，其秋，有〈試進士策〉、〈代華州郭使君論殘寇狀〉……。」[46]呂大防與趙子櫟兩人可能皆以上述兩篇有「乾元元年」諸字，於是認為杜甫出貶華州當在是年；趙子櫟可能再以〈為華州郭使君進滅殘寇形勢圖狀〉末有「乾元元年七月日某官臣狀進」一語，因而認為乾元元年秋七月杜甫已為華州司功參軍，那麼，其出貶華州乃在是年六月，當是合理的推斷。

　　魯訔則另行舉證說明杜甫出貶華州當在乾元元年。杜甫本有〈至德二載，甫自京金光門出，間道歸鳳翔。乾元初，從左拾遺移華州掾，與親故別，因出此門，有悲往事〉詩；魯氏再藉由元稹〈墓係銘〉中有「拜左拾遺。歲餘，……，出為華州司功」諸字為基礎，並以杜甫授左拾遺在至德二載（757）起算，則「歲餘」出遷華州當在乾元元年（758）。〈杜工部詩年譜〉「乾元元年」下云：「微之〈誌〉：公左拾遺，歲餘，以直言出華州司戶。『悲往事』繫曰『至德二載，甫自京金光門出，道歸鳳翔。乾元初，從左拾遺移華州掾，與親故別，因出此門，有悲往事』。」[47]因此，魯訔將杜甫出遷華州訂在乾元元年。

45　〔宋〕闕名集註：《分門集註杜工部詩》，年譜，頁59。

46　〔宋〕魯訔編次，蔡夢弼會箋：《杜工部草堂詩箋》，頁32。此外，〔宋〕蔡興宗〈重編杜工部年譜〉「乾元元年」亦云：「夏六月，出為華州司功，有〈為郭使君進滅殘寇形勢狀〉、〈試進士策問〉……。」（《分門集註杜工部詩》，年譜，頁68）

47　〔宋〕闕名集註：《分門集註杜工部詩》，年譜，頁90-91。

　　前已言及，趙子櫟將杜甫出貶華州推斷在是年六月，然而趙氏仍
遺留一個待決的問題：既然乾元元年七月杜甫已為華州司功，那麼，
其出貶華州何以訂在六月，而非五月呢？這個問題在宋代諸譜中主要
是由黃鶴加以解決。

　　黃鶴以〈端午日賜衣〉詩為證，說明時杜甫當仍為左拾遺。這是
由於乾元元年五月杜甫仍為左拾遺，始得授宮衣。黃鶴於〈端午日賜
衣〉題下補注說：「公乾元元年端午見諫省，未出為華州司功，宜與
宮衣之賜，故有此作。」[48]那麼，端午日授宮衣乃為左拾遺之證。乾
元元年端午日既仍為左拾遺；是年七月又有〈為華州郭使君進滅殘寇
形勢圖狀〉。那麼，杜甫出貶華州當在六月。〈年譜辨疑〉「乾元元
年」下云：「是年春，先生在諫省，有〈春宿左省〉、〈曲江對酒〉、
〈答岑補闕〉、〈送賈閣老出汝州〉等詩。夏，有〈端午日賜衣〉詩。
六月，出為華州司功，……有〈出金光門與親故別〉、〈望岳〉等詩。
七月，有〈為華州郭使君進滅殘寇形勢圖狀〉，有〈策進士文〉，元微
之〈誌〉云『左拾遺。歲餘，以直言出華州司戶』，蓋至德二載五月
為拾遺，至今六月，為『歲餘』。」[49]問題是：〈端午日賜衣〉何以不
繫於至德二年（757）作，而繫於乾元元年（758）呢？這是因為至德
二年端午日杜甫尚未為左拾遺，其授左拾遺乃在至德二載五月十六
日。是年朝廷若授宮衣，杜甫亦非授衣之列。今詩既云於授衣之列，
時當為左拾遺，那麼，詩當非作於至德二載端午日，當作於乾元元年
五月五日。

48　〔宋〕黃希原注，黃鶴補注：《補注杜詩》，卷19，頁380。
49　〔宋〕黃希原注，黃鶴補注：《補注杜詩》，頁25。

四　京兆功曹

　　王洙〈杜工部集記〉與《新唐書・杜甫傳》皆以為杜甫補京兆功曹在上元年間,〈集記〉說:「遂入蜀,卜居成都浣花里,復適東川。久之,召補京兆府功曹,以道阻不赴,欲如荊楚。上元二年(761),聞嚴武鎮成都,自閬州挈家往依焉。」[50]此外,〈杜甫傳〉則云:「流落劍南,結廬成都西郭。召補京兆功曹參軍,不至。」[51]杜甫結廬成都始於上元元年(760),所謂「經營上元始」(〈寄題江外草堂〉),那麼,〈集記〉與〈本傳〉所云可能即指上元年間。

　　呂大防則以為事當在永泰元年(765),〈杜詩年譜〉「永泰元年」下說:「嚴武平蜀亂,甫遊東川,除京兆功曹,不赴。」[52]此外,趙子櫟與劉辰翁以為杜甫補京兆功曹或在廣德二年(764),或在上元二年(761)。趙子櫟〈杜工部草堂詩年譜〉「廣德二年」下說:「除京兆功曹,不赴。」[53]劉辰翁〈杜工部年譜〉「上元二年」則說:「冬,召補京兆功曹參軍,不赴。」[54]然此三說,皆未舉證。

　　蔡興宗針對〈集記〉、〈本傳〉與呂〈譜〉之說提出糾斥,並引杜甫原注認為事乃在廣德元年(763)春。蔡興宗〈重編杜工部年譜〉「廣德元年」下云:「是歲召補京兆功曹,不赴,時嚴武尹京,有春日寄馬巴州詩,注曰:『時除京兆功曹,在東川。』而〈本傳〉與〈集記〉作『上元年間』;〈舊譜〉作『永泰年』,皆誤。」[55]

50　〔唐〕杜甫:《杜工部集》,頁2。

51　〔宋〕宋祁等撰:《新唐書》,卷201,頁5737。

52　〔宋〕闕名集註:《分門集註杜工部詩》,年譜,頁60。

53　〔宋〕魯訔編次,蔡夢弼會箋:《杜工部草堂詩箋》,頁33。

54　〔宋〕劉辰翁批點,高楚芳編:《集千家註批點補遺杜詩集》(臺北:臺灣大通書局,1974年),明嘉靖己丑靖江王府刊本,頁20。

55　〔宋〕闕名集註:《分門集註杜工部詩》,年譜,頁73。

　　杜甫有〈奉寄別馬巴州〉詩，諸本題下皆有原注「時甫除京兆功曹，在東川」之語[56]。那麼，官名當為「京兆功曹」。然而〈奉寄別馬巴州〉之繫年，目前至少有兩說，一說是蔡興宗所繫的廣德元年（763），一說是仇兆鰲所繫的廣德二年（764）。蔡興宗並未明確說明繫年理由，然而仇兆鰲卻曾加以闡釋。[57]

　　值得注意的是，雖然宋人對杜甫年譜及繫年有一定的成就，但宋代以後也曾對舊說多所反省檢討，杜詩學中如果沒有此類的對照與反省，也許我們就不會知悉宋人年譜與繫年依據與錯誤所在，但若能藉由不同時期、相異說法間的對照反思，則會使繫年與年譜更加清晰明白，會使杜甫與杜詩的詮釋更加完善。

　　最後，呂〈譜〉「永泰元年（765）」條（見前引文），除將「京兆功曹」繫於此年，卻未另行舉證外，尚有兩處頗值斟酌：一、據史，永泰元年四月嚴武卒，且〈本傳〉未嘗言其平蜀之亂，[58]黃鶴〈年譜辨疑〉「永泰元年」下即曾說：「呂〈譜〉云：『嚴武平蜀亂，甫遊東川，除京兆功曹，不赴。』不考，是年四月武已死，又未嘗平蜀亂。」[59]二、永泰元年正月杜甫即辭嚴武幕府，歸於成都草堂，〈正月三日歸溪上有作簡院內諸公〉詩中即有「白頭趨幕府，深覺負平生」

56　《杜工部集》，卷13，頁553；〔宋〕趙次公注，（今人）林繼中輯校：《杜詩趙次公先後解輯校》，丙帙卷之9，頁587；〔宋〕魯訔編次，蔡夢弼會箋：《草堂詩箋》（臺北：廣文書局，1971年），卷20，頁493；《錢牧齋先生箋註杜詩》，卷13，頁847；《杜詩詳注》，卷13，頁1098。

57　〔清〕仇兆鰲《杜詩詳注》說：「《杜律演義》：此必作於廣德元年以後，蓋不赴功曹之補，將東遊荊楚，而寄別巴州也。今按：〈本傳〉謂召補功曹，不至，在上元二年。王洙因之而誤。蔡興宗〈年譜〉，編此詩在廣德元年，亦尚未確。廣德二年〈奉待嚴大夫〉詩云：『欲辭巴徼啼鶯合，遠下荊門去鷁催。』此詩云『扁舟繫纜沙邊久』、『獨把釣竿終遠去』。兩詩互證，知同為二年所作矣。《杜臆》謂時欲適楚，以嚴武將至，故不果行。此說得之。」（卷13，頁1098）

58　詳見《舊唐書》，卷117，頁3395-3396。《新唐書》，卷129，頁4484。

59　〔宋〕黃希原注，黃鶴補注：《補注杜詩》，頁29。

之語；四月，嚴武卒；五月，杜甫離蜀南下，〈去蜀〉詩有「五載客
蜀郡，一年居梓州」之句。因此，永泰元年杜甫未遊東川（梓州）；
呂〈譜〉「永泰元年」條當再審度。

五　檢校尚書工部員外郎

《舊唐書・杜甫傳》以為嚴武（726-765）奏為檢校尚書工部員
外郎在上元二年（761）冬，〈舊書本傳〉說：「上元二年冬，黃門侍
郎、鄭國公嚴武鎮成都，奏為節度參謀、檢校尚書工部員外郎，賜緋
魚袋。」[60]王洙〈杜工部集記〉與《新唐書・杜甫傳》則未明言具體
時間，〈集記〉說：「武再鎮兩川，奏為節度參謀、檢校工部員外郎，
賜緋。」[61]〈新書本傳〉亦云：「武再帥劍南，表為參謀，檢校工部員
外郎。」[62]

宋代杜甫諸譜大體上皆以為嚴武奏杜甫為檢校尚書工部員外郎事
乃在廣德年間。首先，呂大防即以為事當在廣德元年（763），〈杜詩
年譜〉「廣德元年」下說：「嚴武再鎮西川，奏甫節度參謀、檢校工部
員外郎。」[63]然未舉證。此外，黃鶴亦曾批評呂大防未考嚴武入蜀與
奏為參謀乃在廣德二年（764），〈年譜辨疑〉「廣德元年」下說：「呂
〈譜〉謂：是年『嚴武再鎮西川，奏甫節度參謀、檢校工部員外
郎』。蓋不考武入蜀與奏參謀皆在二年。」[64]據考，嚴武初次鎮蜀在上
元二年（761）十月；[65]嚴武再次鎮蜀在廣德二年（764）正月，《資治

60　〔後晉〕劉昫等：《舊唐書》，卷190下，頁5054。

61　〔唐〕杜甫：《杜工部集》，頁2。

62　〔宋〕宋祁等撰：《新唐書》，卷201，頁5737-5738。

63　〔宋〕闕名集註：《分門集註杜工部詩》，年譜，頁60。

64　〔宋〕黃希原注，黃鶴補注：《補注杜詩》，頁28。

65　錢謙益即曾引趙抃《玉壘記》說：「『上元二年，東劍段子璋反，李奐走成都。崔光

通鑑》「廣德二年」下說：「（春正月）癸卯，合劍南東、西川為一道，以黃門侍郎嚴武為節度使。」[66]依此，嚴武再次鎮蜀當在廣德二年（764），非在元年，既非在元年，那麼，嚴武奏甫為檢校尚書工部員外郎亦非此時。呂〈譜〉之說當誤。

其次，趙子櫟則以為事當在廣德二年，〈杜工部草堂詩年譜〉「廣德二年」下說：「武辟劍南參謀、檢校工部員外郎。」[67]其後，蔡興宗更具體舉證說明兩個要點：一、嚴武再次鎮蜀在廣德二年春正月；二、杜甫返蜀在二年春晚。〈重編杜工部年譜〉「廣德二年」下云：「桉：《唐史》：『正月』『合劍南東、西川為一道，以黃門侍郎嚴武為節度使』。有〈奉待嚴大夫〉詩，略曰『不知旌節隔年回』是也。春晚，自閬携家歸蜀，再依嚴鄭公，奏為節度參謀，有〈先寄嚴鄭公五詩〉，及〈草堂〉、〈四松〉……諸詩。略曰『別來忽三歲』，以游梓、閬跨三年也。」[68]

就前者而言，蔡興宗除以《資治通鑑》「廣德二年正月」為例說明嚴武再次鎮蜀在廣德二年正月外，並舉〈奉待嚴大夫〉詩作證，是詩有「殊方又喜故人來，重鎮還須濟世才。常怪偏裨終日待，不知旌節隔年回」諸句。據杜詩，寶應元年（762）四月肅宗駕崩，代宗即位，朝廷召嚴武入朝，〈奉送嚴公入朝十韻〉詩即曾云「鼎湖瞻望遠，象闕憲章新。四海猶多難，中原憶舊臣」。[69]今若自寶應元年（762）嚴武受朝廷之召入朝起算，中間隔了一年──廣德元年

遠命花驚定平之，縱兵剽掠士女，至斷腕取金。監軍按其罪。冬十月恚死。其月廷命嚴武。』此武代光遠之証。」（《錢牧齋先生箋註杜詩》，卷7，頁472）

66　〔宋〕司馬光撰：《資治通鑑》，卷223，頁7159。

67　〔宋〕魯訔編次，蔡夢弼會箋：《杜工部草堂詩箋》，頁33。

68　〔宋〕闕名集註：《分門集註杜工部詩》，年譜，頁74-75。

69　〈奉送嚴公入朝十韻〉當作於寶應元年，參《杜詩繫年考論》，寶應年間，頁193-194。

（763），則嚴武再次入蜀當於廣德二年（764），此即所謂「不知旌節隔年回」之句。因此，嚴武再次鎮蜀當在廣德二年（764）春正月。

就後者而言，蔡興宗以〈四松〉作為憑據，是詩云「別來忽三歲，離立如人長。……。避賊今始歸，春草滿空堂」，「賊」字指徐知道之輩。依史，徐知道反於寶應元年（762）七月，《新唐書‧代宗本紀》「寶應元年」云：「（七月）癸巳，劍南西川兵馬使徐知道反。」[70]此外，《資治通鑑》「寶應元年」亦云：「（七月）癸巳，劍南兵馬使徐知道反。」[71]今若自寶應元年（762）徐知道叛反起算，則「三歲」當指廣德二年（764）。亦即：杜甫自閬歸蜀當在廣德二年春。

蔡興宗進一步再以〈將赴成都草堂途中有作先寄嚴鄭公五首〉為證，其四詩云「三年奔走空皮骨，信有人間行路難」，若自杜甫寶應元年（762）送嚴武入朝，又遇徐知道之亂起算，則「三年」亦指廣德二年（764）；其二詩又云「處處清江帶白蘋，故園猶得見殘春」，蔡興宗可能即是以「殘春」二字，遂將杜甫自閬返蜀時間訂在是年春晚。然而，「殘春」非具體聞見之時間，當為預計返抵之詞。依此，嚴武再次鎮蜀既在廣德二年正月，那麼，杜甫自閬返蜀當在是年二月始為合理，而非在三月。

值得注意的是，蔡興宗一方面將「奏為節度參謀」繫於「廣德二年（764）」外，另一方面又將「檢校工部員外郎」繫於「永泰元年（765）」，〈重編杜工部年譜〉「永泰元年」下云：「春，在嚴公幕府，有〈正月三日歸溪上〉及〈春日江村〉、〈憶昔〉諸詩，時授檢校工部員外郎，賜緋。」[72]然此說明顯有誤，因為永泰元年春正月杜甫即辭嚴武節度使幕府並歸於成都草堂，〈正月三日歸溪上有作簡院內諸

70 〔宋〕宋祁等撰：《新唐書》，卷6，頁167。

71 〔宋〕司馬光撰：《資治通鑑》，卷222，頁7130。

72 〔宋〕闕名集註：《分門集註杜工部詩》，年譜，頁75。

公〉即有「白頭趨幕府,深覺負平生」之語。是年四月,嚴武卒;五月,杜甫即去蜀南下。因此,永泰元年杜甫授為檢校尚書工部員外郎之說有誤。然而無論如何,蔡興宗〈年譜〉仍有相當程度的貢獻,他說明了嚴武再次鎮蜀乃於廣德二年正月,以及是年春杜甫自閬返蜀。

最後,嚴武奏為節度參謀、檢校尚書工部員外郎,其時當在武再鎮蜀後未久,〈奉贈蕭二十使君〉「艱危參大府,前後間清塵」下即有杜甫原注:「嚴再領成都,余復參幕府。」[73]今人曹慕樊(1911-1993)也曾說:「『前後』字是說自己前後兩次參加嚴武幕府,都和蕭十二同事。可知杜在嚴武初鎮蜀時,即代宗寶應元年(七六二年)即已入幕。〈贈蕭十二使君〉詩自注是確證,足以補史缺。」[74]亦即:廣德二年(764)正月嚴武再領成都;二月,杜甫自閬攜家返蜀,有〈將赴成都草堂途中有作先寄嚴鄭公五首〉詩;三月,並抵成都,有〈草堂〉與〈四松〉。[75]依此,嚴武奏為節度參謀、檢校尚書工部員外郎,當在廣德二年二月。

第三節 生平重要行迹

宋代杜甫諸譜對於杜甫行蹤亦曾言及,然非敘述精詳整全,甚或錯訛漏舛。諸譜敘及之重要行迹約有:乾元元年「冬末以事之東都」;乾元二年「一歲四行役」;永泰元年次雲安,大曆初年居夔州;大曆三年正月離夔下峽,暮春次於江陵,秋移居公安,歲暮抵岳州等等。以下分而述之:

---

73 〔清〕錢謙益:《錢牧齋先生箋註杜詩》,卷18,頁1126。
74 曹慕樊:《杜詩雜說全編》(北京:三聯書店,2009年),「杜甫兩參嚴武幕」,頁74。
75 〈草堂〉與〈四松〉兩詩繫年詳見《杜詩繫年考論》,廣德年間,頁269-270。

一 「冬末以事之東都」

乾元元年冬末杜甫嘗至東都，然而〈墓係銘〉、〈集記〉與
《舊》、《新唐書·杜甫傳》皆闕之；[76]呂大防〈杜詩年譜〉與趙子櫟
〈杜工部草堂詩年譜〉亦無敘及。[77]

宋代杜甫諸譜中首先提及此事者乃蔡興宗，其並以若干杜詩為
據，試圖說明乾元元年冬末杜甫有洛陽之行，〈重編杜工部年譜〉「乾
元元年」下云：「『冬末以事之東都』，有……〈路逢楊少府入京，戲
題呈楊員外〉、〈閿鄉姜七少府設鱠〉、〈秦少公短歌〉、〈胡城東遇孟雲
卿〉、〈李鄠縣胡馬行〉詩。」[78]分述如下：

一、杜甫有〈戲贈閿鄉秦少府短歌〉詩，並有「去年行宮當太
白」與「今日時清兩京道」之句。「太白」指太白山，位於鳳翔府境
內。[79]那麼，「行宮當太白」指肅宗行次鳳翔。據史，其時在至德二載
（757）二月。[80]此既是「去年」之事，那麼，今年當為乾元元年
（758）。杜甫同期之作另有〈閿鄉姜七少府設鱠戲贈長歌〉詩，詩並
云及「姜侯設鱠當嚴冬」與「東歸貪路自覺難」兩句，那麼，杜甫此
次東歸洛陽當在乾元元年嚴冬。

---

76 詳參《元稹集》，卷56，頁600-602；《杜工部集》，頁1-4；《舊唐書》，卷190下，頁
　　5054-5055；《新唐書》，卷201，頁5736-5738。

77 詳參《分門集註杜工部詩》，年譜，頁59；《杜工部草堂詩箋》，頁32。

78 〔宋〕闕名集註：《分門集註杜工部詩》，年譜，頁68-69。此中，「胡」字當為
　　「湖」字之訛。

79 〔唐〕李吉甫撰，賀次君點校：《元和郡縣圖志》（北京：中華書局，2005年），卷
　　2，頁44。《新唐書》，卷37，頁966-967。

80 《舊唐書·肅宗本紀》「至德二載」說：「二月戊子，幸鳳翔郡。」（卷10，頁245）
　　《新唐書·肅宗本紀》「至德二載」亦云：「二月戊子，次于鳳翔。」（卷6，頁
　　157）

　　二、杜甫又有〈路逢襄陽楊少府入城，戲呈楊四員外綰〉詩，題
下有原注：「甫赴華州日，許（寄）員外茯苓」。[81]依前所述，杜甫出
為華州司功參軍在乾元元年（758）六月；二年（759）七月去華客
秦，有〈立秋後題〉與〈秦州雜詩二十首〉諸詩；其後杜甫前往成
州，轉赴劍南，去蜀抵夔，舟泊岳、潭、衡州間，未曾再東歸洛陽。
那麼，據此題下原注，詩當作於乾元元年六月後。今詩又云「寄語楊
員外，山寒少茯苓。歸來稍暄暖，當為斸青冥」，此中，「歸來」指東
歸洛陽回來。依此詩意，詩當亦冬日前往洛陽時作。黃生即曾說：
「公在華州，嘗冬末以事之東都，此詩蓋作於是時。」[82]

　　三、杜甫又有〈冬末以事之東都，湖城東遇孟雲卿，復歸劉顥宅
宿宴飲散，因為醉歌〉詩，[83]並有「天開地裂長安陌，寒盡春生洛陽
殿。豈知驅車復同軌，可惜刻漏隨更箭」諸語，詩言及「收復兩
京」。[84]據史，兩京收復在至德二載（757）九、十月。[85]依「冬末以
事之東都」諸字，此次杜甫東歸洛陽可能在至德二載（757）冬末或
乾元元年（758）冬末。然而，至德二載冬末杜甫前往洛陽的機會不
高，因為是年十二月上旬或十三日杜甫在長安受賜口脂面藥，有〈臘
日〉詩可為證，[86]因此，至德二載冬末當無洛陽之行。依此，杜甫東
歸洛陽當在乾元元年冬末。

　　四、杜甫又有〈李鄠縣丈人胡馬行〉詩，詩云「丈人駿馬名胡

81　《杜工部集》，卷10，頁428；《錢牧齋先生箋註杜工部集》，卷10，頁689。

82　〔清〕黃生：《杜詩說》，卷6，頁321。

83　〔清〕朱鶴齡：《杜工部詩集》，卷5，頁481；〔清〕仇兆鰲：《杜詩詳注》，卷6，頁
　　500。

84　〔宋〕魯訔編次，蔡夢弼會箋：《草堂詩箋》，卷13，頁311。

85　《舊唐書》，卷10，頁247；《新唐書》，卷6，頁159。

86　據陳文華考證結果：「在（至德二載）十二月十三日以前，杜甫必已回到長安。」
　　參見《杜甫傳記唐宋資料考辨》，第2篇，頁106；另亦可參是書頁109。

驅,前年避賊過金牛」,「過金牛」指「扈從明皇」。[87]據史,玄宗西狩乃在天寶十五載六月。[88]天寶十五載(756)既稱為「前年」,那麼,今年當是乾元元年(758)。今詩又云「洛陽大道時再清,累日喜得俱東行」,因而,乾元元年杜甫有洛陽之行。

今歸結上述這四點,杜甫乾元元年冬末確有洛陽之行。蔡興宗所言當屬可信。

其後,魯訔〈年譜〉僅云「冬出潼關,東征洛陽道」,並稍作舉證,〈杜工部詩年譜〉「乾元元年」下云:「冬出潼關,東征洛陽道,《史》不載,有〈閿鄉姜七少府設鱠〉及〈湖城遇孟雲卿,歸劉顥宅飲宿〉等詩。」[89]魯〈譜〉於此僅言「冬」字,並未具體明言杜甫東征洛陽之時間。然而,今核閱蔡夢弼《草堂詩箋》之目錄,此目錄乃據魯訔之編次,目錄下即有「嘉興魯訔編次」諸字;[90]檢核目錄第十三卷下亦有「乾元元年夏六月出為華州司功、冬末以事之東都至乾元二年七月立秋後欲棄官以來所作」。[91]此外,再核檢《王狀元集百家注編年杜陵詩史》之目錄,是書目錄亦依魯訔之編次,是書卷一下亦有「嘉興魯訔編年并注」諸字,[92]核閱目錄卷八下亦有「乾元元年夏六月出為華州司功、冬末以事之東都至乾元二年七月立秋後欲弃官所作」。[93]魯〈譜〉所言甚為略簡,當指「冬末」而言。亦即:魯訔亦以為乾元元年冬末杜甫曾以事之東都。

---

87 〔清〕楊倫:《杜詩鏡銓》,卷5,頁211。

88 《舊唐書》,卷9,頁232;《資治通鑑》,卷218,頁6969-6971。

89 〔宋〕闕名集註:《分門集註杜工部詩》,年譜,頁91。

90 〔宋〕魯訔編次,蔡夢弼會箋:《草堂詩箋》,目錄,頁1。

91 〔宋〕魯訔編次,蔡夢弼會箋:《草堂詩箋》,目錄,頁19。

92 〔宋〕王十朋集註:《王狀元集百家注編年杜陵詩史》(京都:中文出版社,1977年),景民國二年貴池劉氏玉海堂景宋刊本,見《杜詩又叢》,卷1,頁59。

93 〔宋〕王十朋集註:《王狀元集百家注編年杜陵詩史》,目錄,頁11。

　　蔡興宗藉由杜詩來說明杜甫乾元元年冬末嘗以事之東都；黃鶴更進一步舉證說明乾元元年冬至日杜甫尚在華州，那麼，杜甫啟程前往東都洛陽當在其後。黃鶴〈年譜辨疑〉「乾元元年」下云：「冬，尚留華，有〈至日遣興，寄北省舊閣老、兩院故人〉，詩云『孤城此日堪腸斷』是也。魯與蔡〈譜〉謂弃官至東都，有〈閿鄉姜七少府設膾〉及〈湖城遇孟雲卿，劉顥宅飲宿〉等詩，當是冬晚至東都。」[94]

　　杜甫〈至日遣興，奉寄北省舊閣老、兩院故人二首〉詩有「去歲茲晨捧御牀，五更三點入鵷行」，又有「憶昨逍遙供奉班，去年今日侍龍顏」諸語，詩言去歲冬至日近侍為官，杜甫時當為左拾遺，那麼，「去歲」當指至德二載（757），因此，今年當為乾元元年（758）。詩又有「孤城此日腸堪斷，愁對寒雲雪滿山」，詩言「孤城」，則時當在華州。依此，乾元元年冬至日杜甫當在華州。黃鶴說：「詩云『去歲茲辰捧御牀』，謂至德二載至日在近侍也。又云『孤城此日堪腸斷』，則在華州也，當是乾元元年。」[95]乾元元年冬至日杜甫尚未東征洛陽道。黃鶴於是將杜甫前往洛陽訂在是年冬末。他的貢獻即在於藉由杜詩提出一輔助性證據，說明是年冬至日杜甫尚未前往洛陽，杜甫東行當在其後。若再據〈閿鄉姜七少府設膾戲贈長歌〉詩「姜侯設膾當嚴冬」之語，則至東都當在冬晚。

　　此外，劉辰翁〈杜工部年譜〉「乾元元年」下也說：「冬晚，離官，間至東都。」[96]

94　〔宋〕黃希原注，黃鶴補注：《補注杜詩》，頁25。
95　〔宋〕黃希原注，黃鶴補注：《補注杜詩》，卷19，頁385。此外，〔元〕方回亦曾云：「此二詩乾元元年戊戌作於華州為司功時。『去歲』，即至德二年丁酉為左拾遺時也。」見《瀛奎律髓彙評》（上海：上海古籍出版社，2005年），卷16，頁602。
96　〔宋〕劉辰翁批點，高楚芳編：《集千家註批點補遺杜詩集》，頁19。

二 「一歲四行役」

杜甫〈發同谷縣〉有「奈何迫物累，一歲四行役」之句。然而
〈墓係銘〉並未言及杜甫此行足迹。〈本傳〉僅言其或客秦，或居成
州，《舊唐書·杜甫傳》說「時關畿亂離，穀食踴貴，甫寓居成州同谷
縣」；[97]《新唐書·杜甫傳》則說「關輔饑，輒棄官去，客秦州」。[98]
王洙對於杜甫此段行蹤的敘述較為完整，〈杜工部集記〉說：「屬關輔
饑亂，弃官之秦州，又居成州同谷，自負薪採梠，餔糒不給。遂入
蜀，……。」[99]換言之，杜甫曾棄官客秦，居成，後並入於蜀。但
是，〈本傳〉與〈集記〉皆未提及杜甫此段行蹤之具體時間。

呂大防〈年譜〉乃宋代諸譜中將杜甫此行之部分蹤跡繫於乾元二
年（759）者，〈杜詩年譜〉「乾元二年」下說：「是年棄官之秦州，自
秦適同谷，自同谷入蜀。」[100]呂氏的敘述頗為簡要。

蔡興宗則更完整標舉杜甫此段之行蹤，並以若干杜詩嘗試說明：
乾元二年春三月杜甫自洛陽西返華州；是年夏在華州；秋往居於秦
州；十月赴成州同谷縣；十二月一日赴劍南，此即杜甫所謂「一歲四
行役」者。〈重編杜工部年譜〉「乾元二年」下云：「春三月，回，自
東都，有〈新安吏〉、〈石壕吏〉、〈潼關吏〉、〈新昏別〉、〈垂老別〉、
〈無家別〉詩。桉《唐史》：是月八日壬申，九節度之師潰於相州。
夏，在華州，有〈夏日歎〉、〈夏夜歎〉詩。秋，七月，棄官往居秦
州；有寄賈至、嚴武詩，略曰『舊好腸堪斷，新愁眼欲穿』。其一秋
賦詩至多。冬十月，赴同谷縣，有紀行十二首、〈七歌〉、〈萬丈潭〉

97　〔後晉〕劉昫等：《舊唐書》，卷190下，頁5054。

98　〔宋〕宋祁等撰：《新唐書》，卷201，頁5737。

99　〔唐〕杜甫：《杜工部集》，頁1-2。

100　〔宋〕闕名集註：《分門集註杜工部詩》，年譜，頁59。

詩。十二月一日，自隴右赴劍南，又有紀行十二首，首篇曰『一歲四
行役』是也。又，〈成都府〉詩曰『季冬樹木蒼』，乃以是月至劍
南。」[101]分述如下：

一、乾元二年三月杜甫自洛陽回華州。〈新安吏〉有「我軍取相
州，日夕望其平。豈意賊難料，歸軍星散營」諸句；〈垂老別〉有
「勢異鄴城下，縱死時猶寬」詩語；〈石壕吏〉有「急應河陽役，猶
得備晨炊」兩語；〈新婚別〉則有「君行雖不遠，守邊赴河陽」詩
句。據史，乾元元年（758）冬唐軍圍安慶緒於相州（鄴郡），二年
（759）三月六日（壬申）九節度使與史思明戰而兵潰，郭子儀以朔
方軍斷河陽橋，以兵保洛陽。[102]依此，上述四詩當作於九節度使兵潰
後不久。此外，〈無家別〉詩又云「方春獨荷鋤，日暮還灌
畦。……。永痛長病母，五年委溝溪」，若以天寶十四載（755）十一
月安史兵反起算，則「五年」「春」當指乾元二年（759）春。最後，
〈潼關吏〉又有「士卒何草草，築城潼關道。……。借問潼關吏，修
關還備胡。……。胡來但自守，豈復憂西都」諸語，則此詩當是乾元
二年春三月杜甫自洛陽西返華州途經潼關所作。那麼，前述諸詩極有
可能是同一時期之作，亦即作於乾元二年三月六日九節度使兵潰之
後，時杜甫自東都洛陽返回華州，途經河南府洛州新安縣、陝州陝縣
石壕鎮與華州華陰縣之潼關諸地。[103]

二、是秋，在秦州。〈寄岳州賈司馬六丈、巴州嚴八使君兩閣老
五十韻〉詩有「隴外翻投跡，漁陽復控弦」兩句；「隴外」句言「棄

---

101 〔宋〕闕名集註：《分門集註杜工部詩》，年譜，頁69-70；此段文獻原文作「新昏
　　別」與「桉」字。此中，乾元二年三月壬申當為六日，而非八日。不久，趙次公
　　亦曾提及杜甫此段之足跡，《杜詩趙次公先後解輯校》說：「自東都西趨華，自華
　　而居秦，而赴同谷，自同谷而赴劍南，為四度行役也。」（乙帙卷之10，頁371）
102 詳參《舊唐書》，卷10，頁253-255；《資治通鑑》，卷220-221，頁7062-7069。
103 諸詩繫年與地點詳見《杜詩繫年考論》，乾元年間，頁126-132。

官居秦、隴」，[104]那麼，時杜甫當在秦州。而杜甫去華客秦乃在是年之秋。

　　三、十月，赴同谷縣；十二月一日，赴劍南，是月並抵成都，〈成都府〉詩即有「季冬樹木蒼」之句，可為是月抵成都之證。

　　蔡興宗的貢獻主要是在標識杜甫乾元二年「一歲四行役」之足跡，然其敘述證明仍嫌略簡，行蹤之間仍有諸多斷裂，恐無法令人完全信服。

　　魯訔認為乾元二年秋杜甫有罷華州司功之念，並以〈立秋後題〉詩為證；其後，並客秦州。〈杜工部詩年譜〉「乾元二年」下說：「〈立秋後題〉曰『平生獨往願，惆悵年半百。罷官亦由人，何事拘形役』。自是有浩然志。《史》云：關輔餓，輒棄官去，客秦州，貧採橡栗自給。有秦州二十首，曰『滿目悲生事，因人作遠遊。遲回度隴怯，浩蕩及關愁』。」[105]魯訔藉由〈立秋後題〉詩指出了一個具體的時間斷點，亦即：乾元二年（759）立秋後杜甫有罷官之念，時當仍在華州；其後，即去華客秦。

　　黃鶴更進一步指出，杜甫抵秦州當在七月末，是說甚有可能；其並以〈秦州雜詩二十首〉中多有「秋」字說明：二年秋杜甫在秦州。十月，去秦州赴成州同谷縣，〈發秦州〉詩即有「漢源十月交，天氣涼如秋」之句；十一月，途經成州寒峽，〈寒峽〉詩即有「況當仲冬交，泝沿增波瀾」兩語。後抵成州同谷縣；十二月一日，自隴右赴劍南，並引趙次公注本杜甫題下原注「乾元二年十二月一日，自隴右赴劍南」諸字為證。另外，杜甫入蜀之行途經木皮嶺，時乃在十二月，〈木皮嶺〉詩有「季冬攜童稚，辛苦赴蜀門」兩句；又經水會渡，亦

104　〔宋〕趙次公注，林繼中輯校：《杜詩趙次公先後解輯校》，乙帙卷之7，頁293。
105　〔宋〕闕名集註：《分門集註杜工部詩》，年譜，頁92。

在十二月初，〈水會渡〉詩有「微月沒已久」之句。黃鶴所舉兩詩皆
輔證了十二月一日杜甫赴成都之行。那麼，此中杜甫居於同谷縣，並
未踰月。〈年譜辨疑〉「乾元二年」下說：「〈本傳〉：關輔饑，弃官
去，客秦州。當在其年七月末。……。又，〈秦州雜詩二十首〉多言
秋時景物。去秦州，赴同谷縣，有〈發秦州〉，詩云：『漢源十月交，
天氣如秋涼。』指同谷十月。如此，則去秦亦必在十月，故至寒破峽
有詩云『況當仲冬交，泝沿增波瀾』。考秦至成之界，垂二百里，又
七十里至成。今寒峽尚為秦地，而已『交十一月』，則先生去秦，又
可知在十月之末。至同谷，不及月，遂入蜀。有〈發同谷縣〉，詩云
『賢有不黔突，聖有不煖席』。趙註云：『公嘗自註此詩，云：『乾元
二年十二月一日，自隴右赴劍南。』』今書雖無此註，而〈木皮嶺〉
詩云：『季冬攜童稚，辛苦赴蜀門。』〈水會渡〉詩云：『微月沒已
久。』可知為十二月初也。至成都不出此月，故詩云：『季冬樹木
蒼。』」[106]至此，杜甫乾元二年（759）有「一歲四行役」之說始得到
確證。

三　次雲安，居夔州

　　杜甫嘗旅寓雲安縣，後並遷居夔州，然〈墓係銘〉與《舊唐書‧
杜甫傳》皆未嘗言及此段行蹤。[107]〈杜工部集記〉與《新唐書‧杜甫
傳》亦曾略及此行，然頗略簡錯舛，〈集記〉云「永泰元年夏，武
卒，……，蜀中大亂，甫逃至梓州。亂定，歸成都，無所依，乃泛

106　〔宋〕黃希原注，黃鶴補注：《補注杜詩》，頁25-26。此中，「寒破峽」之「破」為
　　衍字。另亦可參《杜甫傳記唐宋資料考辨》，是書有詳細解說（第2篇，頁113-
　　114）。

107　《元稹集》，卷56，頁602；《舊唐書》，卷190下，頁5054-5055。

江,遊嘉戎,次雲安,移居夔州」;[108]《新唐書・杜甫傳》則云:「武卒,崔旰等亂,甫往來梓、夔間。」[109]據杜詩,永泰元年(765)嚴武死後,杜甫即離蜀南下,未曾至梓州。

永泰元年(765)秋晚杜甫旅次夔州雲安縣,明年大曆元年(766)暮春仍在雲安縣,蔡興宗之〈年譜〉乃是宋代諸譜中首先言及杜甫此行蹤者,並有詩證。〈重編杜工部年譜〉「永泰元年」下說:「秋末,留寓夔州雲安縣,有九日及〈十二月一日〉諸詩。」[110]杜甫永泰元年五月離蜀,途經嘉、戎、渝州;秋,抵達忠州;[111]九日,在雲安縣,有〈雲安九日鄭十八攜酒陪諸公宴〉詩;歲末,仍在雲安縣,〈十二月一日三首〉其一詩即有「今朝臘月春意動,雲安縣前江可憐」兩句。明年暮春仍居雲安,〈重編杜工部年譜〉「大曆元年」下說:「春,在雲安,有〈杜鵑〉……諸詩。」[112]杜甫〈杜鵑〉詩即有「涪萬無杜鵑,雲安有杜鵑。……。今忽暮春間,值我病經年」諸語,那麼,大曆元年暮春杜甫仍在雲安縣。

大曆元年(766)春晚,杜甫移居夔州。呂大防〈年譜〉雖曾述及杜甫是年移居夔州,然僅約略言之,〈杜詩年譜〉「大曆元年」下說「移居夔」。[113]蔡興宗進一步標舉其時乃在春晚,〈重編杜工部年譜〉「大曆元年」下云:「春晚移居夔州。」[114]惜無詩證。魯訔雖引諸杜

---

108 〔唐〕杜甫:《杜工部集》,頁2。

109 〔宋〕宋祁等撰:《新唐書》,卷201,頁5738。

110 〔宋〕闕名集註:《分門集註杜工部詩》,年譜,頁75。

111 《杜詩繫年考論》,頁449。

112 〔宋〕闕名集註:《分門集註杜工部詩》,年譜,頁76。

113 〔宋〕闕名集註:《分門集註杜工部詩》,年譜,頁60。

114 〔宋〕闕名集註:《分門集註杜工部詩》,年譜,頁76。此外,趙次公亦曾云:「丙午大曆元年,公時年五十五歲。三月過望,自雲安縣移於夔州。」(《杜詩趙次公先後解輯校》,丁帙卷之4,頁749)

詩，然卻未加以說明，〈杜工部詩年譜〉「大曆元年」下說：「題子
規，曰『峽裡雲安縣，江樓翼瓦齊』；移居夔州郭，曰『伏枕雲安
縣，遷居白帝城。春知催柳別，江與放船清』。」[115]黃鶴則既引詩
證，又云杜甫遷居夔州乃在大曆元年春晚。〈年譜辨疑〉「大歷元年」
下說：「是年春，先生在雲安，⋯⋯。移居夔州郭，詩云：『春知催柳
別。』則移居在春晚也。⋯⋯。終歲居夔州。」[116]杜甫大曆元年暮春
既仍在雲安縣，〈移居夔州作〉又有「伏枕雲安縣，遷居白帝城。春
知催柳別，江與放船清」諸語，既云「春」字，那麼，杜甫自雲安遷
居夔州白帝城當在大曆元年春晚。黃鶴之說可從。

　　大曆二年（767）春，杜甫自西閣移遷赤甲；三月，自赤甲移居
瀼西；是秋，又遷居東屯。魯訔對於杜甫此年之行止敘述頗詳，〈杜
工部詩年譜〉「大曆二年」下云：「在夔州西閣。⋯⋯。移居赤甲，有
〈入宅〉、〈赤甲〉二詩，曰『卜居赤甲遷居新，兩見巫山楚水春』。
三月，自赤甲遷居瀼西，有〈小居〉、〈暮春題瀼西新賃草居五首〉。
秋，又移居東屯，有〈瀼西荊扉且移居東屯茅屋四首〉，曰：『東屯復
瀼西，一種住青溪。來往皆茅屋，淹留為稻畦。』訖冬居夔。」[117]此
中，〈小居〉當為〈卜居〉之訛。杜甫行止說明如下：

　　一、杜甫〈赤甲〉詩即有「卜居赤甲遷居新，兩見巫山楚水春」
之句，若自大曆元年（766）暮春杜甫移居夔州起算，那麼，「兩見巫
山楚水春」當指二年（767）春。再依「卜居」之句，那麼，杜甫遷居
赤甲乃在二年春。此外，又有〈入宅三首〉，其一詩並有「奔峭背赤

---

115 闕名集註：《分門集註杜工部詩》，年譜，頁107-108。

116 〔宋〕黃希原注，黃鶴補注：《補注杜詩》，頁29。

117 〔宋〕闕名集註：《分門集註杜工部詩》，年譜，頁108-109。此前，趙次公即曾
　　云：「丁未大曆二年，時公五十六歲。正月在夔州西閣，尋遷赤甲，⋯⋯。」（《杜
　　詩趙次公先後解輯校》，戊帙卷之1，頁873）又云：「丁未大曆二年，時公五十六
　　歲。三月在夔州，新自赤甲遷瀼西⋯⋯。」（戊帙卷之2，頁901）

甲，斷崖當白鹽。客居愧遷次，春色漸多添」諸語，那麼，杜甫遷居赤甲當在春天。〈入宅〉詩亦可作為大曆二年春杜甫移居赤甲之輔證。

二、杜甫又有〈暮春題瀼西新賃草屋五首〉，其一詩又有「久嗟三峽客，再與暮春期」兩語，若自大曆元年（766）暮春杜甫移居夔州起算，那麼，「再與暮春期」當指二年（767）暮春。另外，杜甫又有〈卜居〉詩，詩云「雲嶂寬江北，春耕破瀼西」，那麼，杜甫移居瀼西當在春時。歸結而言，杜甫移居瀼西在大曆二年暮春。移居瀼西既在暮春，那麼，遷居赤甲當在暮春之前。

三、杜甫又有〈瀼西荊扉且移居東屯茅屋四首〉，詩云「烟霜淒野日，秔稻熟天風」，「霜」本秋候，因此，詩當作於大曆二年秋，時杜甫自瀼西移居東屯。

其後，黃鶴亦持與魯訔相近的看法，〈年譜辨疑〉「大曆二年」下云：「是年春，先生居赤甲。按：詩云：『卜居赤甲遷居新，兩見巫山楚水春。』則是今年春方遷赤甲。暮春，又遷居瀼西，有題瀼西草屋，詩云：『久嗟三峽客，再與暮春期。』秋，又移居東屯。」[118]明年大曆三年（768）春，杜甫即離夔下峽，有〈大曆三年春白帝城放船出瞿唐峽，久居夔府，將適江陵，漂泊有詩，凡四十韻〉詩，此後杜甫未再西返夔州。

四 離夔下峽，次江陵，移居公安，抵岳州

〈墓係銘〉與《舊唐書・杜甫傳》皆未具體提及杜甫嘗去夔出峽、舟泊江陵、居於公安、後至岳州此段行蹤。[119]《新唐書・杜甫

---

118 〔宋〕黃希原注，黃鶴補注：《補注杜詩》，頁29。
119 《元稹集》，卷56，頁602；《舊唐書》，卷190下，頁5054-5055。

傳》僅云「大曆中，出瞿唐，下江陵」；[120]王洙則具體言及大曆三年春杜甫出峽，後並抵江陵與公安諸地，〈杜工部集記〉云「大歷三年春，下峽，至荊南，又次公安」。[121]然諸篇敘述仍嫌於粗簡。

蔡興宗首先認為杜甫於大曆三年春自白帝城舟發下峽，後並泊於江陵；秋晚寓居公安縣數月；暮冬又自公安縣出發前往岳州，並有〈發劉郎浦〉、〈歲晏行〉、〈泊岳陽城下〉諸詩。〈年譜〉「大曆三年」下云：「春，發白帝，下峽，泊舟江陵。秋晚，遷寓公安縣數月。歲暮，發公安，至岳州，有〈發劉郎浦〉（在公安之下石首縣）、〈歲晏行〉、〈泊岳陽城下〉諸詩。」[122]分述如下：

一、杜甫有〈發劉郎浦〉詩，劉郎浦在江陵東南方之石首縣附近，[123]詩題既云「發」字，那麼，時當是大曆三年杜甫舟泊江陵以後；今〈發劉郎浦〉詩又云「十日北風風未迴，客行歲晚晚相催」，依「歲晚」兩字，詩當是三年歲暮所作，時杜甫自劉郎浦出發，南往岳州。

二、又有〈泊岳陽城下〉，詩云「岸風翻夕浪，舟雪灑寒燈」，今依「雪」字，詩當是三年歲暮所作。明年初春杜甫曾登岳州岳陽樓，〈陪裴使君登岳陽樓〉詩即有「雪岸叢梅發，春泥百草生」兩句。

三、又有〈歲晏行〉，詩云「去年米貴闕軍食，今年米賤太傷農」，據史，「闕軍食」事在大曆二年（767）冬天。[124]大曆二年既是去年，那麼，今年歲晏當是大曆三年（768）歲末。

蔡興宗〈年譜〉「大曆三年」的敘述主要是偏重在是年歲暮杜甫

120　〔宋〕宋祁等撰：《新唐書》，卷201，頁5738。

121　〔唐〕杜甫：《杜工部集》，頁2。

122　〔宋〕闕名集註：《分門集註杜工部詩》，年譜，頁77。

123　《杜詩繫年考論》，大曆年間，頁402。

124　《舊唐書》，卷11，頁287-288。另亦可參《補注杜詩》，卷15，頁295-296。

自劉郎浦出發，後並泊於岳州岳陽城下。至於〈年譜〉所云「春，發白帝，下峽，泊舟江陵。秋晚，遷寓公安縣數月」與「發公安」等，即略於引證。

其後，黃鶴則更加具體引諸詩證補充說明杜甫此段行蹤。〈年譜辨疑〉「大曆三年」下說：「是年春，先生出峽。案：〈贈南卿兄瀼西果園四十畝〉云『正月喧鶯末，茲辰放鷁初』，當是正月去夔。三月，至江陵，……，又有〈暮春江陵赴馬大卿〉詩。秋晚，遷公安縣，有〈移居公安縣衛大郎〉，詩云『水煙通徑草，秋露接園葵』；又有〈公安送韋二少府〉、〈公安懷古〉等詩。憩此縣數月。歲暮，去，之岳州，有〈泊岳陽城下〉、〈登岳陽樓〉等詩。」[125]說明如下：

一、杜甫有〈將別巫峽贈南卿兄瀼西果園四十畝〉詩，並云「具舟將出峽，巡圃念攜鋤。正月喧鶯末，茲辰放鷁初」。據〈大曆三年春白帝城放船出瞿唐峽，久居夔府，將適江陵，漂泊有詩，凡四十韻〉詩題，杜甫大曆三年春離夔下峽，舟往江陵。若再據「正月喧鶯末，茲辰放鷁初」兩句，則出峽去夔當在正月。

二、杜甫又有〈暮春江陵送馬大卿公恩命追赴闕下〉詩，據此詩題，則是年三月已抵江陵。

三、杜甫又有〈移居公安敬贈衛大郎鈞〉詩，「公安」約在江陵南方八、九十里路，[126]那麼，詩當是杜甫自江陵南下時，途經公安所作。此外，杜甫另有〈舟出江陵南浦，奉寄鄭少尹審〉詩，此詩題亦可為此行明證。那麼，杜甫南往公安時當在大曆三年。今〈移居公安敬贈衛大郎鈞〉詩又云「水烟通徑草，秋露接園葵」，那麼，杜甫移居公安當在秋天。然而，黃鶴〈年譜辨疑〉卻將杜甫移居公安繫於「秋

---

125 〔宋〕黃希原注，黃鶴補注：《補注杜詩》，頁29。
126 〔宋〕王存撰，王文楚、魏嵩山點校：《元豐九域志》（北京：中華書局，2005年），《中國古代地理總志叢刊》，卷6，頁266。

晚」，黃鶴的思量可能是杜甫另有〈秋日荊南述懷三十韻〉與〈秋日荊南送石首薛明府辭滿告別，奉寄薛尚書，頌德敘懷，斐然之作三十韻〉兩詩，據兩詩詩題，詩當作於大曆三年秋未移公安前作，[127]倘若三年秋杜甫尚在江陵，那麼，將杜甫移居公安繫在「秋晚」可能也是一種合理的推斷。然而作品繫年或年譜的編定原則當是寧寬勿嚴。依此，仍應將杜甫移居公安繫於秋日。此外，魯訔〈杜工部詩年譜〉「大曆三年」下亦曾云：「〈正月中旬定出三峽〉曰『自汝到荊府，書來數喚吾。頌椒涼風詠，禁火卜懽娛』。公因觀在荊……，遂發棹，有〈將別巫峽贈南卿兄瀼西果園四十畝〉，曰『正月喧鶯末，茲辰放鷁初』。……。秋，又不安於荊南，〈舟中出南浦，奉寄鄭少尹〉曰『更欲投何處，飄然去此都』。是秋，移居公安（荊南屬邑，府南九十里）。……。〈曉發公安〉系云『數月憩息此縣』。〈泊岳陽城下（巴陵郡）〉曰『岸風翻夕浪，舟雪灑寒燈』，則冬至岳陽矣。」[128]

　　歸結而言，大曆三年春正月杜甫離夔下峽；暮春，舟抵江陵；秋，在江陵，後南下移居公安，並憩息數月；歲晚，舟泊劉郎浦，後抵岳陽樓。

　　上述是宋代年譜對杜甫生卒年、官名與生平重要行迹的考證結果，其並可作為杜譜年譜的內容。然而，我們不能僅止於此，這只是杜甫「身世」的基礎探究之一而已，我們還必須在這些根柢上，從「作品內外」來「知人論世」，藉由作品內時事與作品外時事，相互查考，考據時事發生的時間與創作緣由等等，提供讀者解讀作品的資源，進而解釋作品；從「作品內」來「知人論世」，藉由討論作品內作者自身、時世暨出處進退，來認識其人其世，進而詮釋作家。

---

127 〔宋〕黃希原注，黃鶴補注：《補注杜詩》，卷34，頁626；《補注杜詩》，卷34，頁627-628。

128 〔宋〕闕名集註：《分門集註杜工部詩》，年譜，頁109-110。

第四節　繫年、年譜解讀與道德人格解讀

　　孟子「知人論世」說可從作品內、外來查考作者其人其世,本文以下分別從「作品內外」與「作品內」來說明「知人論世」對杜詩與杜甫解讀的價值。就前者而言,就是繫年、年譜解讀;就後者而言,就是道德人格解讀。因此,源於「知人論世」說的「本事解讀法」,從「作品內外」,可細分為繫年解讀與年譜解讀;從「作品內」,即道德人格解讀。分述如下:

一　繫年解讀與年譜解讀

　　從杜甫「作品內外」來「知人論世」,為清楚說明,姑以條列方式陳述如下:

　　一、憑據杜甫生卒年考證的成果,作為建立杜甫生平的基準點。

　　二、藉由杜詩敘明的具體時事,與史料交互考尋,查考時事相關內容與發生時地,證明該詩的創作歲月,此即「杜詩繫年」。

　　三、依據杜詩載明的實際地名,利用地志查驗詩中該地名的歷史沿革、所屬州郡與特色物產等等,證明該詩的創作地點,此為「杜詩繫地」。

　　四、憑藉杜詩、史料與地志等等資料,考證杜甫官名與生平重要行迹,作為杜甫生平的綱領概要。

　　五、以杜甫生卒年為基點,將考據而得之官名、生平行迹等成果作為構成要素,依杜詩創作先後為次第,排編杜詩,撰成年譜。譜中須有紀年,年下附有時事、杜甫所在地點,事、地下可繫詩,[129]如

---

129 「年譜」事、地下繫詩,這是年譜作者歸納彙整的成果,是為了方便讀者能於一

此，即以「考證」為方法完成了杜詩繫年繫地與杜甫年譜，[130]建立詩人創作的時空圖譜，藉以知其人、論其世。

六、利用杜詩載明的具體時事，援引史料查考時事相關內容與發生時地；或者，藉由杜詩中敘明的時事，與杜甫年譜所附時事的兩相對照。而「時事」的辨識乃是關鍵之一。若該時事為觸發作者創作的原因，則此時事為詩歌創作的緣由；而該時事之相關時空訊息，則為此詩歌的創作背景，亦即：（作品外）史料或年譜所述該時事暨時空訊息等等，皆可作為詮釋作品（內）的資源，而此可稱為「繫年解讀」或「年譜解讀」。

惟須留意者有二，首先，杜詩中（作品內）的時事須是具體而可辨識的。其次，詩歌（作品內）與史料、年譜（作品外）間的「正確比對」為「繫年解讀」或「年譜解讀」的必要條件；倘若兩者間的比對辨識錯訛，則解讀者的詮釋即流於錯謬。假若無法完成正確的辨識比對，則解讀當暫置待決。換言之，「繫年解讀」或「年譜解讀」須正確辨識比對出作品內敘明之時事，實乃作品外記載之時事。

事實上，藉由杜詩繫年暨所附史料已可詮釋作品了，翻檢杜詩注本，譬如黃鶴《補注杜詩》、仇兆鰲《杜詩詳注》與蕭滌非主編《杜甫全集校注》等等諸本，注者時常在杜詩詩題下，說明該詩「當是某年某月作」，甚至附以史料佐證與舊注說解，這就是為了嘗試說明該詩觸事興詠的創作緣由暨歲月，也是為了便於讀者詮釋作品的緣故。

然而，古人卻利用繫年繫地的成果，更進一步編撰詩人圖譜，一方面，這是為了便於讀者可以快速檢閱，查考創作本事，另一方面，

表之中，將史事、地點與作品兩相對照，免去讀者將史書、地志與作品並排案牘而交互查驗的體貼舉措。

130 筆者即曾依此法撰作「杜詩繫年」暨「杜甫年譜簡表」，「杜甫年譜簡表」參見《杜詩繫年考論》，結論，頁439-452。

這是為了撰寫整體性詩人創作時空圖譜，使從片斷式繫年的陳述中跳脫出來，此實為「知人論世」解讀、解釋的再進化。

七、如果藉由杜詩敘明之時事，解讀者依據與此時事相關的年譜（附及時事），比對查考出此時事確為興詠詩歌的本事，解讀者這就提出了一個理由，嘗試解釋杜甫創作此詩的原因，此為「因譜以釋其本事」，這是應用年譜（所附時事）來解釋杜甫創作的原因。其形式如下：

> 藉由（一）杜甫在詩中對某敘明時事有興詠感觸，（二）解讀者憑據杜詩與確證無誤年譜（所附時事）辨識比對，綜合查考出：此觸事興詠的感發即致使杜甫創作的原因，因而（三）杜甫創作此詩。

如果透過杜詩載明之事、地，與年譜所附時事、地點兩相核對，因而證成是詩當繫於某年，此為「因譜以釋其歲月」，這是利用年譜來解釋杜詩的創作時間。其形式有二：

> 藉由（一）杜詩敘明某一時事，（二）解讀者憑據經確證無誤的年譜，查考時事發生的時間，因此（三）疏通證明杜詩創作於某年。

或者：

> 藉由（一）杜詩敘明杜甫至某地之行迹或其於某地之見聞等等，（二）解讀者憑據經確證無誤的年譜，查考杜甫至某地的時間，因此（三）疏通證明杜詩創作於某年。

雖然利用作者陳述的「時事」「行迹」，即可判斷出作品的創作歲月，然而有時候，作者是在敘述過去某一段時間發生的事件與行迹，這時候讀者可將此史事與行迹作為基準點，再考量作品中敘及的「季節」「月分」「節日」等等其他時間訊息，綜合判斷實際創作年月，或定出創作時間的可能上下限。然而無論如何，解讀者這種運用杜甫年譜（所附時事）來嘗試解釋杜詩創作動機與年月，我們可以稱為「年譜解釋」，這也是年譜的重要價值之一。此中，詩歌與年譜（附及史事）間的「演繹」關係為「年譜解釋」的必要步驟。簡言之，「年譜」乃從作品內、外部文獻，考證歸納作者一生的時空結論，這當中概括的時空結論又可作為另一個演繹的前提（譬如詩中「時事」），用以支持詩人的創作緣由與創作歲月，而此即「年譜解釋」（如前所述）。如此，解讀者即從「年譜解讀」進階到「年譜解釋」，杜甫其人與其詩歌即獲得解釋，完成「知人論世」的詮釋過程。[131]

杜詩繫年與杜甫年譜的價值，不僅在於可知其人、論其世，更重要的是這可以考尋作者創作緣起與背景，解讀者若再進一步將此考尋的成果作為詮釋資源，填補回該作品的適切之處，不僅可以展示正確的理解，亦有助於他人明白作品，更可使杜詩獲得解釋。茲舉例如下：

譬如〈春望〉詩有「國破山河在，城春草木深。感時花濺淚，恨別鳥驚心。烽火連三月，家書抵萬金」諸句。

就繫年而言，「國破」兩句是說：國都被攻破了，只剩下山河還在。「國破」當指京師長安陷落。據史，長安淪陷是在天寶十五載

---

131 惟須說明的是，解釋須避免落入「循環」，「循環」至少有兩種形態：一、因為A，所以A，譬如「由於此詩創作於天寶十五年，所以此詩創作於天寶十五年」；二、A是因為B；B是由於A，譬如「杜甫忠愛國君，因為他一飯不忘君。何以知道杜甫一飯不忘君呢？因為杜甫忠愛國君」。

（756）六月，《新唐書·玄宗本紀》「天寶十五載」說：「六月，……己亥，祿山陷京師。」[132] 長安既在天寶十五載六月失陷，詩又云「春」字，那麼，詩當繫在至德二載（757）春天。據此，讀者就可將至德二載春作為創作時間；國都長安即是杜甫的創作地點；而安史兵反造成的感時傷事、恨別思家即是創作緣由。

就年譜而言，錢謙益的〈少陵先生年譜〉曾將此詩繫於至德二載（757）作，其並於「天寶十五載（756）」下「時事」敘及潼關失守之事，他說：「六月，哥舒翰戰敗于靈寶西，祿山陷潼關，上出延秋門。」[133] 換言之，錢謙益雖是以潼關失陷時間作為創作歲月的依據，然而他應當也有考量到「春」「三月」諸字，進而將此詩繫於至德二載作。

讀者若將作品與史料相互對照，或者，將作品與年譜（所附時事）相互比較，首句「國破」兩字讀者就可依史填補「天寶十五年六月」「安祿山陷京師」等訊息，第一句即可解讀為：天寶十五年六月國都長安被安祿山攻陷了，只剩下山河還在。據此，唐代史料與年譜所附時事，皆可作為杜詩的解讀資源，讀者可將相關訊息填補於文字空白之處。

另外，讀者可以主張〈春望〉詩當作於至德二載（春），一方面，這可以利用詩中時事與史料的比對，另一方面，也可以藉由詩中

---

132 〔宋〕宋祁等撰：《新唐書》，卷5，頁152-153。

133 〔清〕錢謙益：《錢牧齋先生箋註杜工部集》，見《續修四庫全書》，1308冊，頁6。此外，《舊唐書·玄宗本紀》「天寶十五載」下亦曾云：「六月……。庚寅，哥舒翰將兵八萬與賊將崔乾祐戰于靈寶西原，官軍大敗，死者十六七。……。辛卯，哥舒翰至潼關，為其帳下火拔歸仁以左右數十騎執之降賊，關門不守，京師大駭。……。甲午，將謀幸蜀，乃下詔親征，仗下後，士庶恐駭，奔走于路。乙未，凌晨，自延秋門出。」（卷9，頁231-232）另亦可參《新唐書·玄宗本紀》，卷5，頁152-153。

時事與年譜（所附時事）的參照，並將時事發生的時間作為詩歌創作歲月的依據，再綜合考量詩中其他時間訊息如「春」「花」「三月」等字，進而推論出「此詩當作於至德二載（春）」的結論。而安史兵亂觸動的感時傷事、恨別思家即為吟詠的理由。這就解釋了此詩的創作歲月與本事。這種藉由作品外的訊息，提供解讀作品的資源，暨解釋作品的功用，實是作品繫年與作家年譜的一種價值。

又如〈喜達行在所三首〉，王洙與錢謙益本題下皆有「自京竄至鳳翔」諸字。[134]詩有「西憶岐陽信，無人遂卻回」兩句，言及杜甫整天望向西邊想盼可以得到來自岐陽的訊息，結果終究每天都沒有人能傳回好消息。

就繫年而言，分述如下：

一、據地志，「岐陽」地屬鳳翔，譬如《元和郡縣圖志》、《舊》與《新唐書‧地理志》「鳳翔府」下皆有「岐陽縣」，[135]那麼，「岐陽」當借指鳳翔。

二、再依地志，「鳳翔」在長安之西，譬如《元和郡縣圖志》「鳳翔府」下說：「東至上都三百一十里。」[136]由於長安在鳳翔之東，杜甫故用「西」字。

三、詩題中的「行在所」乃肅宗之行在所，其在鳳翔。據史，肅宗至鳳翔在至德二載（757）二月，《資治通鑑》「至德二載」說：「二月，戊子，上至鳳翔。」[137]此外，《舊唐書‧肅宗本紀》「至德二載」

---

134 《杜工部集》，卷10，頁407。《錢牧齋先生箋註杜詩》，見《杜詩叢刊》，卷10，頁655。

135 《元和郡縣圖志》，卷2，頁42；《舊唐書》，卷38，頁1402-1403；《新唐書》，卷37，頁966。

136 〔唐〕李吉甫撰：《元和郡縣圖志》，卷2，頁40。

137 〔宋〕司馬光撰：《資治通鑑》，卷219，頁7017。

也說：「二月戊子，幸鳳翔郡。」[138]最後，《新唐書・肅宗本紀》「至德二載」亦云：「二月戊子，次于鳳翔。」[139]那麼，杜甫此詩當創作於至德二載二月戊子（十日）之後。而前文（第二節）「授官」「左拾遺」下（含注解）已言：杜甫自長安脫身安史賊中而西歸鳳翔乃在至德二載夏四月；而杜甫拜左拾遺又在至德二載五月十六日。因此，杜甫此詩當作於至德二載夏四月至五月十六日之間。

就年譜而言，黃鶴〈年譜辨疑（杜工部詩年譜）〉「至德二載」下曾說：「夏，得脫賊中，故〈述懷〉詩云『今夏草木長，脫身得西走』。謁肅宗于鳳翔，有〈喜達行在所〉詩。」[140]黃鶴在此舉杜甫〈述懷〉詩「今夏草木長，脫身得西走」為證，說明杜甫自京竄至鳳翔行在之時事乃在至德二載夏四月，黃鶴因此將〈喜達行在所三首〉詩繫於至德二載夏作。

今若將杜詩與地志、史料相互參照，或者，將作品與年譜（所附時事）相互對照，「西憶」兩句，讀者依地志、史書與年譜（所附時事）即可填補「至德二載夏日」；「肅宗行在所鳳翔」等訊息，首句即可解讀為：至德二載（初）夏我陷於京師長安，我整日自長安望向西邊鳳翔，想盼著來自肅宗行在鳳翔的信息。依此，地志、史料與年譜（所附時事）皆有助於杜詩的詮解，讀者亦可將有關訊息填補於文字空白之處，用以展示對詩作的理解。

此外，讀者可以主張〈喜達行在所三首〉詩當作於至德二載夏日，這是利用詩中事、地與史書、地志的相互對照，也可以運用詩中事、地與年譜（所附時事）的相互比對，並把時事發生時間當作詩歌創作年月的依據，綜合考量進而推論出「至德二載夏日」的結論，這

138　〔後晉〕劉昫等：《舊唐書》，卷10，頁245。
139　〔宋〕宋祁等撰：《新唐書》，卷6，頁157。
140　〔宋〕黃希原注，黃鶴補注：《補注杜詩》，年譜辨疑，頁24。

也是讀者利用繫年與年譜來解釋詩歌創作時間之例，而「喜達行在」則是杜甫吟詠的本事。

又如〈曲江陪鄭八丈南史飲〉，詩有「自知白髮非春事，且盡芳樽戀物華。近侍即今難浪跡，此身那得更無家」諸句。「近侍」本指在皇帝身邊侍從的臣子，即天子身邊近臣，在此詩中即指「左拾遺」，《草堂詩箋》即曾說：「『近侍』，謂為左拾遺也。」[141]

就繫年而言，宋代杜甫年譜已考得：杜甫拜左拾遺在至德二載（757）夏五月（十六日），出貶華州司功參軍在乾元元年（758）六月，元稹〈墓係銘〉所謂「拜左拾遺。歲餘，……，出為華州司功」。那麼，此詩當亦杜甫任左拾遺期間所作，且詩云「春事」，因此，此詩當作於乾元元年春日。而「曲江」又在京城東南邊。[142]據此，時杜甫當在長安。換言之，乾元元年春為此詩的創作時間；長安為此詩的創作地點。

就年譜而言，浦起龍〈少陵編年詩目譜〉「乾元元年」「春夏間，在諫省」下即繫有「〈曲江陪鄭南史飲〉」一詩。[143]浦起龍雖將此詩繫於「春夏間」，然若據詩中「春事」兩字，當即春日作，浦起龍在此僅標舉統稱而已。簡言之，浦起龍將〈曲江陪鄭八丈南史飲〉詩繫於乾元元年（春）作，這主要是因為詩中有「近侍」兩字，[144]而左拾遺本為諫官，杜甫出任左拾遺乃在至德二載（757）夏，[145]明年，乾元

---

141 〔宋〕魯訔編次，蔡夢弼會箋：《草堂詩箋》，卷12，頁292。

142 參《游城南記校注》，「倚塔下瞰曲江宮殿」條下注語，頁42及44-45。

143 〔清〕浦起龍：《讀杜心解》，目譜，頁25。

144 浦起龍《讀杜心解》即曾說：「拾遺近君，非祿仕之官，故『難浪跡』。」（卷4之1，頁609）

145 浦起龍《讀杜心解‧目譜》「至德二載」「夏」下說：「脫賊。時帝在鳳翔，走謁行在所，拜左拾遺。」（頁24）

元年六月即出貶華州，[146]因此浦起龍將此詩繫於乾元元年（春）作。

　　讀者若將作品與史料、地志相互對照，或者，將作品與年譜（所附時事）相互參校，「近侍」兩字讀者就可依史地資料考證的成果，與詩中載明春天的時間訊息，填補「乾元元年我在長安」等含義，用以展示對作品的理解，那麼，唐代史料、地志與年譜所附時事，皆可作為杜詩的解讀資源，讀者可將相關訊息填補於文字空白之處。

　　由於詩中載明「近侍」與「曲江」等訊息，若據杜甫擔任左拾遺的時間，或將詩中敘明「近侍」訊息與年譜（所附時事）對照，再將擔任諫官此時事發生時間作為詩歌創作年月的依據，另依「春事」二字，因而可以推論出「乾元元年春作」的結論，這也是讀者利用杜詩繫年與杜詩年譜來解釋作品創作歲月之例。

　　又如〈萬丈潭〉，就作品言，王洙、趙次公與錢謙益諸本詩題下皆有「同谷縣作」諸字。[147]亦即：「萬丈潭」在「同谷縣」。

　　就繫地而言，分述如下：

　　一、據地志，「同谷縣」隸屬成州，譬如《通典》、《元和郡縣圖志》與《舊唐書・地理志》「成州」下皆有「同谷縣」，[148]那麼，此詩當是杜甫至成州同谷縣時作。

　　二、杜甫離開秦州前往成州同谷縣在乾元二年十月初，王洙與錢謙益諸本〈發秦州〉題下有原注「乾元二年，自秦州赴同谷縣，紀行十二首」諸字。[149]〈發秦州〉詩又有「漢源十月交，天氣涼如秋」諸

146　浦起龍《讀杜心解・目譜》「乾元元年」「六月至冬」下說：「出為華州司功參軍。」（頁26）

147　《杜工部詩》，卷3，頁114。《杜詩趙次公先後解輯校》，乙帙卷之9，頁368。《錢牧齋先生箋註杜詩》，卷3，頁297。

148　《通典》，卷176，頁4616。《元和郡縣圖志》，卷22，頁572。《舊唐書》，卷40，頁1632。

149　《杜工部詩》，卷3，頁116。《錢牧齋先生箋註杜詩》，卷3，頁299。

字，那麼，杜甫從秦州出發前往成州同谷縣當在乾元二年十月初。

三、杜甫抵成州寒峽在乾元二年十一月初，[150]〈寒峽〉詩即有「況當仲冬交，泝沿增波瀾」兩句。其後杜甫離開成州同谷縣前往劍南道成都在乾元二年十二月一日，王洙與錢謙益諸本〈發同谷縣〉題下有原注「乾元二年十二月一日，自隴右赴劍南紀行」諸字。[151]據此，杜甫在成州同谷縣當乃乾元二年十一月。

今「萬丈潭」既在「同谷縣」，杜甫寓同谷縣又在乾元二年十一月，因此，此詩當創作於乾元二年十一月。

就年譜而言，錢謙益的〈少陵先生年譜〉曾將此詩繫於乾元二年（759）作，其並於「乾元二年」下「出處」說：「十月，往同谷縣，寓同谷不盈月。十二月一日，自隴右入蜀，至成都。」[152]錢謙益既云「寓同谷不盈月」；而十二月一日杜甫又離開同谷縣前往劍南成都，由此可知，錢謙益認為：杜甫寓居同谷縣乃於乾元二年十一月；而「萬丈潭」又在「同谷縣」，因而〈萬丈潭〉詩當繫於乾元二年十一月作。

今讀者若將杜詩所載地名與地志相互對照，即可查考其位置；讀者再將杜詩與原注、地志甚至史料等等，彼此相互比對勾稽，即可考查出杜甫生平重要行迹發生之時間；或者，讀者可將作品中敘明之地名，與年譜考得之作者行迹時間，相互對照查考，這種利用作品繫地與年譜載明行迹時間，不僅可以證明詩歌創作的時間，更可將考得的相關訊息，於詩題〈萬丈潭〉下填補「乾元二年十一月作」，用以展示理解是否正確。這也是讀者利用杜詩繫地與杜詩年譜行迹時間，來

150　「寒峽」在成州，參《杜詩繫年考論》，頁150-151。

151　《杜工部詩》，卷3，頁125。《錢牧齋先生箋註杜詩》，卷3，頁313。

152　〔清〕錢謙益：《錢牧齋先生箋註杜工部集》，見《續修四庫全書》，第1308冊，頁7。

解釋作品創作歲月之例。

又如〈聞官軍收河南河北〉，詩云「劍外忽傳收薊北，初聞涕淚滿衣裳。卻看妻子愁何在？漫卷詩書喜欲狂。白日放歌須縱酒，青春作伴好還鄉。即從巴峽穿巫峽，便下襄陽向洛陽」。此詩閱讀時即可感到詞采飛揚，杜甫時在蜀地四川，詩謂：當地突然間傳來，官軍收復了河北北部的地區──安史叛軍的巢穴，剛剛我一聽到這個好消息，就高興的淚滿衣裳。我回頭找看妻子，想看看她臉上是否跟我一樣喜極而泣，不再有以前愁苦的表情？可我還沒看見，由於實在太過歡喜，整個人好像快要發狂，於是就趕緊隨便地收拾起詩書物品，打包東西準備立刻回鄉了。在這個風和麗日，又令人高興的白天裡，我們一定要拿酒出來開懷痛飲，還要放聲高歌幾曲，來慶祝這光復的好日子，並趁著這個明媚的春光，大家一起作伴準備好返回家鄉。我們現在人在梓州，想要即刻從這裡出發，乘走水路，坐船還鄉，沿著涪江，先下到巴峽，再穿過巫峽，然後再下往襄陽，最後，轉走陸路，奔向故鄉洛陽。[153]

就繫年言，詩云「收薊北」，據史，事當指廣德元年（763）春正月，田承嗣以莫州降，李懷仙以幽州降，時史朝義自縊林中。《資治通鑑》「廣德元年」說：「春正月，⋯⋯。史朝義屢出戰，皆敗，田承嗣說朝義，令親往幽州發兵，還救莫州，承嗣自請留守莫州。朝義從之，選精騎五千自北門犯圍而出。朝義既去，承嗣即以城降。⋯⋯。時朝義范陽節度使李懷仙已因中使駱奉仙請降，⋯⋯，朝義窮蹙，縊

---

153 蕭滌非主編《杜甫全集校注》說：「按唐時巴縣，今屬重慶市，為長江、嘉陵江會合處。由此而下，江流曲折，形若『巴』字，巴峽，當指巴縣至夔州一段江峽。⋯⋯。按巫峽，西起四川省巫山縣大寧河口，東至湖北省巴東縣官渡口，綿延八十里。杜甫時在梓州，由此還鄉，當沿涪江順流而下，經射洪、合州，由渝州入長江出三峽，故云『即從巴峽穿巫峽』。⋯⋯襄陽、洛陽，皆其故鄉也。」（卷10，頁2749-2750）

於林中，懷仙取其首以獻。」[154]此外，《新唐書・代宗本紀》亦云：
「廣德元年正月，……，史朝義自殺，其將李懷仙以幽州降。」[155]依
此，讀者即可將廣德元年春當作詩歌的創作時間；時杜甫在四川聽聞
安史賊降，而光復薊北即是創作緣由。仇兆鰲《杜詩詳注》即曾說：
「此廣德元年春在梓州作。《唐書》：寶應元年……。次年春正月，朝
義走至廣陽自縊，其將田承嗣以莫州降，李懷仙以幽州降。」[156]另
外，蕭滌非主編《杜甫全集校注》也曾說：「據《資治通鑑・唐紀》
三十八、三十九載：……。廣德元年，正月，（史）朝義將田承嗣以
莫州降，李懷仙以幽州降。朝義敗走廣陽，縊死於林中，懷仙斬其首
級以獻。河南、河北諸州郡盡為唐軍收復，延續八年之久的安史之亂
宣告平息。」[157]讀者因此可將〈聞官軍收河南河北〉繫在廣德元年春
作；而安史平息，光復河北，即為杜甫興詠的本事。[158]

　　就年譜言，《杜甫全集校注・杜甫年譜簡編》「廣德元年」「春」
下即繫有〈聞官軍收河南河北〉一詩，並云：「今年正月，史朝義敗
走廣陽自縊，其將田承嗣以莫州降，李懷仙以幽州降，並斬史朝義首
級來獻。至此河南、河北諸州郡盡為唐軍收復。」[159]亦即：詩云及河
南、河北盡為唐軍收復；據史，河北收復事在廣德元年正月；詩中又

154　〔宋〕司馬光：《資治通鑑》，卷222，頁7138-7139。

155　〔宋〕宋祁等撰：《新唐書》，卷6，頁168。另外《舊唐書・史朝義傳》也有相關
　　　的記載，書云：「（寶應）二年正月（按：即廣德元年），賊偽范陽節度李懷仙於莫
　　　州生擒之，送款來降，梟首至闕下。」（卷200上，頁5382）

156　〔清〕仇兆鰲：《杜詩詳注》，卷11，頁968。

157　蕭滌非主編：《杜甫全集校注》，卷10，頁2747。

158　張夢機、陳文華《杜律旨歸》（臺北：學海出版社，1979年）即曾說：「代宗廣德
　　　元年（763）正月，史朝義兵敗縊死，他的部下田承嗣、李懷仙等投降，河南、河
　　　北相繼收復。時杜甫寓居梓州，他聽到了這個消息，在驚喜中寫出這首詩。」（頁
　　　75）

159　蕭滌非主編：《杜甫全集校注》，附錄1，頁6551。

有「青春」諸字,〈年譜簡編〉因此將詩繫於廣德元年春作。

　　讀者若將作品與史料相互對照,或者,將作品與年譜(所附時事)相互比較,首句「劍外忽傳收薊北」,讀者就可依史填補「廣德元年春」、「安史賊降亂平、官軍收復河北地區」等訊息,「劍外」句即可解讀為:廣德元年春,我在梓州,這裡忽然傳來安史賊降亂平、官軍已收復了安史巢穴河北等地區。依此,唐代史料與年譜所附時事,皆可作為杜詩的解讀資源,讀者可將相關訊息填補於文字空白之處。當然,這同時也是讀者藉由杜詩繫年與杜詩年譜(所附時事)來解釋作品創作歲月之例。

　　總而言之,從作品內外,讀者可依杜詩、原注與地志、史料等等資料,彼此考尋,對杜詩繫年繫地,甚至排編杜詩,撰作杜甫年譜,這可分為兩個部分:一、藉由杜詩、原注與地志、史料查考杜甫的創作緣由與創作時地,並將查考的創作緣由與創作時地作為解讀資源。二、透過杜詩與年譜(所附之史事、杜甫所在的地點)間的相互對照,以年譜所附的史事或提及杜甫所在的地點作為解讀資源。讀者進一步可將考據而得相關訊息,作為杜詩的解讀資源,填補於文字的空白之處;並藉杜詩繫年與杜甫年譜來解釋作品的創作緣由與歲月。此即杜詩繫年繫地與杜甫年譜的一種價值所在。杜詩繫年與杜甫年譜對杜詩解讀而言,有著一股不可忽視的重要性。

二　道德人格解讀

　　從杜甫「作品內」來「知人論世」:藉由討論作品內的作者與其所處時世,來解讀並評斷杜甫的道德人格。茲舉例如下:

　　譬如〈茅屋為秋風所破歌〉詩有「八月秋高風怒號,卷我屋上三重茅。茅飛度江灑江郊,高者挂罥長林梢,下者飄轉沉塘拗。……。

自經喪亂少睡眠，長夜沾濕何由徹！安得廣廈千萬間，大庇天下寒士俱歡顏，風雨不動安如山。嗚呼！何時眼前突兀見此屋？吾廬獨破受凍死亦足」諸語。八月時，本是秋高氣爽的一天，天氣變色，忽然間颳起大風，狂暴怒號，卷飛我屋頂上的三層茅草。茅草高飛過江，灑落在對岸江邊上，有些高飛的茅草竟挂結在大樹梢上，有些下墜的茅草竟飄轉沉入水塘之中，一去不返。……。我自從歷經安史動亂之後，鎮日不免膽顫驚心，睡眠本就不多了；如今屋頂漏水，床沾被濕，秋夜又長，我們一家如何能挨過天亮呢？今晚恐怕更加難以成眠了！如何可以得到千萬間寬敞的大房子呢？庇護天下廣大寒生儒士等等貧苦人們，讓他們不必擔憂風雨，使原本愁容滿面的他們都可以歡樂開顏，即便是風強雨驟，心裡也不會擔心憂慮、忐忑動搖，可以像山一樣安穩生活。唉呀！什麼時候我的眼前真能出現這千萬間大庇寒士的廣廈，從而實現我的理想呢？這個理想的實踐恐怕不容易啊！倘若真能實現這個理想，就算是全天下只有我們一家草屋殘破不堪、受冷凍死，這也是件值得的事啊！

　　人生路上本有許多風雨霧霾，重層險礙，杜甫自己已因安史戰亂、流離落難而受苦不堪，常人或自顧無暇或明哲保身，杜甫竟還能思及他人，不僅以己及人、以己憂人，甚至「人飢己飢、人溺己溺」，而欲捨己救人，發此仁心豪語，此當可謂具有超越常人的道德人格。明・張綖《杜工部詩通》說：「茅屋既為秋風所破，風急而雨作，屋漏床溼，此所以難度夜也。末數句則因己之不得其所而憂天下寒士不得其所，思有以共幷幪之。此其憂以天下，非獨一己之憂也。禹稷思天下有溺者、饑者，若己溺而饑之，公之心即禹稷之心也。其自比稷契，豈虛語哉？」[160]清・劉濬《杜詩集評》也曾說：「吳（祥

160　〔明〕張綖：《杜工部詩通》，卷9，頁276。

農）曰：因一身而思天下，此宰相之器、仁者之懷也。」[161]這種「推己及人」的同理心實是仁者心懷。此外，仇兆鰲《杜詩詳注》也說：「末從安居推及人情，大有『民胞物與』之意。」[162]仇氏認為此詩句尾具有「民胞物與」之意。亦即：杜甫在詩中有視寒士為同胞、視貧戶為兄弟之涵義；杜甫甚至不惜以己身之苦換取貧寒之樂，犧牲自己，拯民水火，這是同理慈心的具現，不僅可稱為仁者聖懷，也是菩薩佛心。

又如〈又呈吳郎〉「堂前撲棗任西鄰，無食無兒一婦人。不為困窮寧有此？祇緣恐懼轉須親。即防遠客雖多事，便插疏籬卻甚真。已訴徵求貧到骨，正思戎馬淚盈巾」一詩。杜甫敘及以前住在瀼西草堂的時候，都任憑西邊的鄰居前來打棗充饑，她沒有食物可吃已夠可憐了，何況身邊又沒有子女，只是一位獨身的老婦人而已，更令人悲憫！如果她不是因為生活貧窮饑餓，走投無路，怎麼會需要做這種事呢？只因為她會忐忑擔心被人看見、受人責罵，所以我們對她應該要更加包容親近。雖然鄰婦她馬上就心疑提防吳郎你再也不讓她打棗，這實在是件多心過慮的事，但是你一搬來就插上稀稀疏疏籬笆，卻也很像真的要防止她打棗似的，雖然是鄰婦多慮了。鄰婦以前就曾經對我訴說過了：「因為戰爭的緣故，所以政府橫征暴斂；由於賦稅苛重，所以我已一無所有，窮到只剩下這把老骨頭了。」此時我正想到兵亂還沒有結束，念及天下孤兒寡婦相同的處境，我不禁淚水盈眶，眼淚沾溼了衣巾。

惟須說明的是，杜甫在此詩中使用了問答句。詩人自問：「不為困窮寧有此？」詩人自答：「是。」然而這個回答被杜甫藏省了。杜

---

161 〔清〕劉濬：《杜詩集評》（臺北：臺灣金藏書局，1972年），卷5，頁498。另亦可參蕭滌非主編：《杜甫全集校注》，卷8，頁2348。

162 〔清〕仇兆鰲：《杜詩詳注》，卷10，頁833。

甫又問：「這樣做，難道她不會恐人見之、懼人責之嗎？」這個問句
被杜甫省略了，讀者可自行由作為答案的第四句，逆測出其蘊藏的問
句。杜甫又答：「祇緣恐懼轉須親。」只因為她會恐懼可能受到責備
處罰，所以我們應該更加寬容並且親近她。金聖歎（1608-1661）《唱
經堂杜詩解》即曾說：「四，既代之設想，又使之寬心。彼不得已出
于此，其心必有大不安者，恐人見之，懼人責之，其跼蹐可知。君子
見其如此，不惟不禁，且或撫慰之，為代撲以予之矣，故曰『止緣恐
懼轉須親』。」[163]這即是詩歌「含蓄蘊藏」的表徵。

　　何以杜甫不直接跟這位老婦人說她可以隨時前來撲棗？這樣問題
不就解決了嗎？但是如果這樣做，就由杜甫這個外人道破了婦人不欲
人知的困窘情狀，並傷其自尊心，這位婦人也許就再也不會前來撲棗
了。古人所謂「不食嗟來之食」也。因此杜甫自覺地採用「不明指道
破」的方式，刻意在婦人面前將這件事予以藏省，迴護婦人的尊嚴，
並為鄰婦設想，這實際上就是一種言行上「溫柔敦厚」的表現。

　　前人認為杜甫〈又呈吳郎〉詩其「恫瘝在身」之性情溢於言表。
譬如，仇兆鰲《杜詩詳注》說：「此詩，是直寫真情至性，唐人無此
格調，然語淡而意厚，藹然仁者痌瘝一體之心，真得《三百篇》神理
者。」[164]杜甫對鄰婦艱難遭遇是感同身受的，不僅僅只是鄰苦我悲，
婦貧我傷而已，杜甫甚至由無食無子的鄰婦而思及天下無食的孤兒寡
母，這實是「以己及人」的具體表現。此外，〈又呈吳郎〉其創作技
法是「含蓄不露」與「溫柔敦厚」，這是傳統詩學中藝術美境最高的
呈現。而此兩者背後即是杜甫仁心聖懷的具現。在這個意義上，仇兆
鰲認為此詩「真得《三百篇》神理者」。此外，邊連寶《杜律啟蒙》
也曾說：「以瘦硬通神之筆，寫痌瘝在抱之素。其曲盡人情處，真令

163 〔清〕金聖歎：《唱經堂杜詩解》（臺北：臺灣金藏書局，1972年），卷4，頁222。
164 〔清〕仇兆鰲：《杜詩詳注》，卷20，頁1763。

千載下讀之，猶感激欲泣也。」[165]最後，張綖《杜工部詩通》更說：
「前七句言西鄰婦人可哀，末句因此婦哀及天下孤寡。」[166]杜甫由鄰
婦而思及天下孤寡，鄰婦我尚可救，天下的孤寡我又如何能拯於飢
寒、救民倒懸呢？杜甫雖有博施而濟眾之心，卻無拔救天下蒼生之
力，只能淚盈眶、沾滿巾，這是有志儒士面對亂世卻無法改變的深沉
悲痛與無奈，杜甫的言外詩意與個人志意都收斂於「正思戎馬淚盈
巾」這一句之中。這種個人志意與含蓄技法也是閱讀杜詩最令人動容
的一點。

　　又如〈題桃樹〉「小徑升堂舊不斜，五株桃樹亦從遮。高秋總餽
貧人實，來歲還舒滿眼花。簾戶每宜通乳燕，兒童莫信打慈鴉。寡妻
羣盜非今日，天下車書已一家」。詩意謂：昔日前往草堂的小路原本
是直通不斜的，如今這五棵桃樹也已長大茂盛了，我不願砍伐，只有
任憑它們遮擋原來的小路，而我們繞樹經過，於是就踏出了一條曲斜
的小徑了。桃子在秋高氣爽成熟的時候，（我）總是會將果實贈送給
貧苦人家享用，來年春天這五棵桃樹還會綻放花朵，若放眼望去，則
樹上全是桃花。桃樹的前方有（草堂的）門簾，則應該時常打開門
戶、捲起門簾，讓雛燕能自由通過飛行，使它不受阻礙；桃樹的上面
棲有慈鴉，則須曉諭兒童，不應該任由兒童用石頭打傷慈鴉，使它不
受傷害。如果今日不是因戰亂而造成這麼多的羣盜與寡妻，羣盜又傷
害塗炭寡妻，而是「車同軌、書同文」天下一統的時代，那麼，羣盜
與寡妻原本可能就是分別來自同一家族的眷屬，不會傷虐對方，因為
他們彼此是親人啊！

165　〔清〕邊連寶：《杜律啟蒙》，七言卷之3，頁462。

166　〔明〕張綖：《杜工部詩通》，卷4，頁691。此外，方瑜《杜甫夔州詩析論》（臺
　　北：幼獅文化事業公司，1985年）也曾說：「杜甫夔州詩篇，對貧窮無告、受不公
　　不義欺凌的弱者，始終流露深廣的同情。」（三「時政批判與慕隱遁世」，頁123）

　　邊連寶《杜律啟蒙》即曾說：「小徑升堂，舊本不斜，自為桃所遮，則升堂之徑竟斜矣。然亦從其遮而已，不肯斬伐之也。蓋以其實可食，其花可玩，有利于人，故不肯耳。然不惟不肯，亦且有所不忍，則如桃樹之前有簾戶，而簾戶宜為乳燕所通；桃樹之上有慈鴉，而慈鴉莫信兒童之打，蓋以乳燕、燕鴉，與桃樹同一生意也。且如今日者，寡妻受害于群盜，群盜為寡妻之累，幾于水火冰炭矣，然亦亂離之世則然耳。設非今日而當盛世，則天下方享同車同文之盛，而寡妻與群盜，且為一家眷屬，又何有于相戕胥虐也哉！由草木而推之禽鳥，又由禽鳥而推之人類，『民胞物與』之念，藹然言外，居然一篇〈西銘〉也，然何當有一點頭巾氣！」[167]邊連寶認為：杜甫這首詩由不肯斧劈桃樹，到不忍乳燕飛行受阻、慈鴉棲息挨打，進而不忍群盜傷害戕虐寡妻；由草木推及禽鳥，再由禽鳥推及人類。這種不肯、不忍萬物生命受到傷害的聖懷，實是視禽鳥為同類，視人民當手足，即張載〈西銘〉「民吾同胞，物吾與也」之意，亦是同理仁心的表現。

　　此外，仇兆鰲《杜詩詳注》也曾說：「樹間花實，堂前鴉燕，就現前景物，寫出一番『仁民愛物』之意。」[168]這是說：杜甫慈愛仁厚之心由眾人推及桃樹鴉燕等等萬物。最後，黃生《杜工部詩說》亦云：「觀其思深意遠，憂樂無方，寓『民胞物與』之懷於吟花弄鳥之際，其才力雖不可強而能，其性情固可感而發。不得其性情，而膚求之字句，宜杜詩之難讀也。」[169]黃生則認為：杜甫於吟花看鳥之際寓

167　〔清〕邊連寶：《杜律啟蒙》，七言卷之2，頁415-416。
168　〔清〕仇兆鰲：《杜詩詳注》，卷13，頁1119。
169　〔清〕黃生：《杜工部詩說》，卷9，頁534-535。此外，杜甫〈洗兵馬〉亦有「安得壯士挽天河，淨洗甲兵長不用」兩句。這是說：如何可以得到引挽天河洪水的壯士，用天河的洪水洗淨甲兵，收起茅刃，使天下太平，永遠不再使用武器，永遠不再烽火征戰。杜甫期望能早日撥亂反治，而使萬物安寧、四海昇平。林繼中《杜詩菁華》（臺北：三民書局，2015年）說：「『淨洗甲兵長不用』，儘早結束戰

有一個還在吃奶的小孫子，這個小孫子只有媽媽還在他身邊，沒有離去，沒有改嫁，但是我們家真的是非常貧苦，窮到他媽媽竟沒有一件完好的裙子，可以穿出門。我這個老婦人雖已年老力衰，但是勉勉強強還能工作，請求您放過我年老的丈夫，讓我替代我丈夫跟著你們連夜回去，如果現在趕快帶我前去河陽服炊役，或許還來得及準備明天軍隊的早飯。」他們一行人走後，雖然已是夜深人靜的時候，但是我隱隱約約好像還聽到有人悲咽哭泣的聲音。挨到天亮，我要繼續踏上前面的路途，返回華州，只跟偷偷返家的老翁一個人告別。

杜甫在這個作品裡一開始就「先聲奪人」，官員震撼登場，給所有人下馬威，十足吸引讀者眼光。但是如此駭人場面究竟是為了什麼呢？原來是抓翁戍役！然而此時的背景是九節度使與史思明的部隊交戰，官軍兵敗潰散。這是一個背景與作品的實足反差，撥亂誅暴雖不足，驅翁送死卻有餘。這顯示此刻唐朝無能無情。那麼，這個遭受欺侵的家庭如何？家庭成員竟然散發著「愛」：媳婦為了孫子不肯離去；三個兒子為國兵丁，其中二個捐軀犧牲；如果丁男服役，幾死沙場，那麼老翁服丁役，必死疆場。老婦心想與其如此，事到臨頭，不如由她去替代丈夫，值此兵荒馬亂之際，不僅官員回去至少能有個交代，二來又可免去丈夫兵役，保生養命，三來老婦僅服炊事役，尚有活命機會，將來或可見面；四來丈夫在家還能保護孫小。因此，老婦臨機說服官員替其丈夫服役。這就是杜甫所要描寫的政府無情與布衣有愛。然而這種「無痕筆墨」的敘事方式，意藏字外，空曲交會之中，讀者自悟，使聞者足戒，言者無罪，所謂「溫柔敦厚」也。

全家丁男盡役，本屬哀憐之事；再役及老翁，又再一層哀苦；如今竟役至老婦，這不僅僅是石壕一家，也是國家最大的悲哀。浦起龍曾說：「〈石壕吏〉，老婦之應役也。丁男俱盡，役及老婦，哀

哉！」[170]杜甫敘事的特色，本即一層一層的描述，但是杜甫在敘述老
翁這層時，卻只透過老婦口中微露一「苦」字，其他兩層悲哀之意全
部省卻不寫，然而讀者在閱讀時又可感受到陣陣哀情。另外，「獨與
老翁別」字面上是說我只跟老翁一個人告別，用「獨」字言外是說沒
有其他人了，三男或死或戍，老婦遭迫應役，媳婦衣裙不全，又無法
見客。貧窮困苦，子亡妻離，家破人散之意全部收斂在「獨」字，盡
是憂憫。杜甫堪稱精於敘事，所謂「不寫之寫」也。許永璋（1915-
2005）《杜詩名篇新析》即曾說：「『獨與老翁別』的『獨』，集中表現
出這一家的悲慘遭遇與詩人熱愛人民的感情。一個字，下千年之
淚。」[171]不僅如此，「別」字雖是告別，但「獨」字又可指只有我一
個人跟老翁告別，言外意謂沒有其他官員了，所謂「天地終無情」者
（〈新安吏〉），[172]由此「獨」字，可見詩人用字精省，言外藏意，筆
墨無跡。杜甫本即可以選擇緘默離去，反正此等倥傯磨難，多不勝
數，然而他卻沒有如此做，他選擇主動前往關懷，膚慰人心，這行為
本身就是對苦難者同理心的展現，對照官員僅交差了事，草草離去，
杜甫此舉更顯溫厚慈悲。

杜甫雖舉石壕一家之事，然實概括四海生靈；雖憂石壕一家之
事，然實關懷天下蒼生，譬如，汪灝《樹人堂讀杜詩》曾說：「舉一
家而萬室可知，舉一村而他村可知，舉一陝縣而他縣可知，舉河陽一
役而他役可知，勿只作一時一家敘事讀過。」[173]又如，吳馮栻《青城
說杜》也曾說：「此一百二十字，即一百二十點血淚。舉一石壕，而

---

170 〔清〕浦起龍：《讀杜心解》，卷1之2，頁54。
171 許永璋：《杜詩名篇新析》（臺北：天工書局，1991年），頁149。
172 「天地」指「朝廷」，仇兆鰲《杜詩詳注》說：「不言『朝廷』而言『天地』，諱之
也。」（卷7，頁524）
173 蕭滌非主編：《杜甫全集校注》，卷5，頁1291。

唐家百二十州，何處非石壕！舉一石壕之吏，而民間十萬虎狼，又何一非此吏！即所見以例其餘，為當事痛哭而道也。」[174]無論是「為當事痛哭」，還是「一百二十點血淚」，都是詩人設身處地為他人著想，對世人苦難感同身受，真所謂「痌瘝在抱」者，蘊含深刻人道關懷與仁者聖賢襟懷，因此杜甫憂國憂民之情溢於言表。仇兆鰲《杜詩詳注》即嘗云：「古者有兄弟，始遣一人從軍。今驅盡壯丁，及於老弱。詩云：三男戍，二男死，孫方乳，媳無裙，翁踰牆，婦夜往，一家之中，父子、兄弟、祖孫、姑媳，慘酷至此，民不聊生極矣。當時唐祚亦岌岌乎哉！」[175]「民不聊生」即憂民，「唐祚岌岌」即憂國。那麼，此詩實亦恤民愛國之作；這也是仁聖慈心的表現。

從杜詩作品內言，讀者藉由作品內容的歸納，可以判斷出杜甫博施濟眾之心，民胞物與之懷，這實是一種超越常人的道德人格。

從作品內、外言，前文嘗提及：〈石壕吏〉有「三男鄴城戍」，又有「急應河陽役」之語，若據唐史，當指乾元元年（758）冬，官軍包圍安慶緒於相州（鄴郡），二年（759）三月六日九節度使與史思明交戰而潰散，郭子儀最後以朔方軍斷河陽橋，以兵力保洛陽。那麼，此詩當是乾元二年三月六日九節度使兵敗之後，杜甫自洛陽西返華州，途經陝州陝縣石壕鎮聞見而作。那麼，這說明了詩人創作時地與創作緣由。

這意味著「作品內」的「知人論世」與「作品內外」的「知人論世」可以兩相綰合，不是只能分別縱向發展，更可以雙邊橫向聯結。這代表的意義是：在詩人創作時空圖譜上，值此家國兵亂的苦難之際，獨善其身已不可得，竟然還能憂國恤民，它更加彰顯杜甫超越凡常的人道關懷，其仁聖胸襟令人動容。

---

174 張忠綱等：《杜甫詩選》，頁153。
175 〔清〕仇兆鰲：《杜詩詳注》，卷7，頁530。

　　總而言之,「知人論世」無論是對杜甫詩歌的解讀,還是對杜甫其人的解讀,都是非常重要的。「知人論世」可以說是:杜甫詩歌與杜甫其人解讀的必要條件,其價值不言可喻。

小結

　　杜甫生平重要事蹟自中唐至北宋中葉即見諸記載,譬如元稹〈墓係銘〉、《舊唐書・杜甫傳》、王洙〈杜工部集記〉與《新唐書・杜甫傳》等等。上述諸篇皆屬於杜甫之史料傳記,其敘記多精簡扼要,然有時亦因串敘而疏略,甚或簡省而掛漏。

　　現存宋代杜甫諸譜即曾針對杜甫「身世」多所討論,其中屬於較為重要之議題且已成定論者,諸如:生卒年、授官、若干經行足迹等等。首先,就生卒年而言,蔡興宗在元稹〈墓係銘〉錄記杜甫「享年五十九」之說的基趾上,藉由杜賦中敘及之史事與杜甫年數,證實了杜甫生於先天元年(712)、卒於大曆五年(770)。黃鶴亦植基於杜甫正式史料述記其享年五十九歲之上,再憑依杜文中載記之史事與歲數,輔證了生於先天元年、卒於大曆五年之說。此當是蔡、黃兩人〈年譜〉在杜詩學中的貢獻。

　　其次,就授官而言,一、河西尉、右衛率府兵曹:黃鶴歸結前人諸說諸證,提出罷尉改曹在天寶十四載(755)冬安祿山起兵造反前。二、左拾遺:蔡興宗與魯訔皆以〈述懷〉詩為證,說明杜甫拜為左拾遺當在至德二載(757)夏;黃鶴則引證推斷事當在二載五月。三、華州司功參軍:趙子櫟以〈為華州郭使君進滅殘寇形勢圖狀〉(「乾元元年七月日某官臣狀進」)為據,推定杜甫出貶華州當在是年六月。黃鶴則進一步再以〈端午日賜衣〉為據,說明乾元元年(758)端午日杜甫在長安仍為左拾遺,且授有宮衣,七月有〈為華

州郭使君進滅殘寇形勢圖狀〉與〈乾元元年華州試進士策問五首〉等篇，因此杜甫出貶華州當訂在六月。四、京兆功曹：蔡興宗以〈奉寄別馬巴州〉題下杜甫自注語為據，認為杜甫除京兆功曹乃在廣德元年春，然而蔡興宗〈年譜〉仍未具體說明繫年理由。[176]五、檢校尚書工部員外郎：趙子櫟以為其事當在廣德二年。

　　最後，就重要行跡而言，一、「冬末以事之東都」：蔡興宗與魯訔皆以為乾元元年（758）冬末杜甫曾以事之東都。黃鶴更以〈至日遣興，奉寄北省舊閣老、兩院故人二首〉詩語為據，說明乾元元年冬杜甫尚在華州。今若再依〈閿鄉姜七少府設鱠戲贈長歌〉詩，那麼，杜甫前往洛陽當在是年冬晚。二、「一歲四行役」：蔡興宗首先提出了「一歲四行役」之說，其並與黃鶴先後援引杜詩，確證了「一歲四行役」當在乾元二年（759）。三、次雲安，居夔州：蔡興宗首先舉杜詩證明永泰元年（765）秋末杜甫寄寓雲安縣，接著敘述大曆元年（766）春晚移居夔州；黃鶴則引詩證明杜甫移居夔州在暮春。魯訔則進一步說明：二年春杜甫自西閣遷居於赤甲，春晚又自赤甲移居於瀼西，秋再遷居於東屯。諸譜對於杜甫此段行跡敘述頗詳。四、離夔下峽，次江陵，移居公安，抵岳州：黃鶴舉杜詩為證說明大曆三年春杜甫離夔下峽，三月抵江陵；魯訔以為杜甫是秋移居公安；蔡興宗則舉證說明歲暮杜甫自公安出發，後並抵岳州，泊於岳陽城下。

　　總而言之，杜甫生卒年乃是建立杜甫年譜的關鍵基準點，其授官與生平重要行跡都是編撰杜甫年譜的緊要內容，這些都是知杜甫為

---

176 陳文華《杜甫傳記唐宋資料考辨》有一段話頗值參考，是書說：「嚴武入朝後，於廣德元年（七六三）繼劉晏為京兆尹，三月，兼二聖山陵橋道使，後改吏部侍郎，仍兼京尹，十月，遷黃門侍郎。是年春，杜甫即有京兆功曹之命，顯出故人之提攜；但杜甫辭不就職，繼續在東川流浪，並有東下吳楚之念頭。」（第3篇，頁149）

人、論杜甫其世的重要根據，也是從事杜詩「本事解讀法」的必要樞機。

從「本事解讀法」來說，這可分為兩路：一、從「作品內外」來「知人論世」，藉由作品內的時事與作品外時事，相互查考，考據時事發生的時間與創作緣由等等，提供讀者解讀作品的資源，進而解釋作品。

這又可細分為兩個部分：（一）就杜詩繫年而言，憑據杜詩、原注與史料、地志，考查杜甫創作緣由與創作時地，並將此作為解讀作品的資源。若再依杜詩的創作時地加以排編，並附以紀年、史事則可撰成年譜。（二）就杜詩年譜而言，若能憑據杜詩時事與年譜（所附時事）的相互對照，這也可作為理解杜詩創作原因與背景的方法，而作為詮釋作品的依據。當然，憑據杜甫年譜，不僅能對其創作時空有一梗概認識，也能對杜甫身世有一基本理解。

二、從「作品內」來「知人論世」，藉由討論作品內作者自身、時世暨出處進退，來認識其人其世，並評釋人物。

第四章
「以意逆志」
──賦的言外之意

在「以意逆志」觀念的運用之下，本章主要是討論杜詩中賦法的言外之意，也可以稱為賦法的意藏言外。在「以意逆志」中，讀者逆測的對象包括：作品主意、詩人情志與表現主意情性的創作技法。那麼，讀者本可逆測詩歌「賦比興」的技法，再藉由「賦比興」逆測詩歌主意、作者情志與言外詩意。但由於「比興」研究已多所論及，所以本章討論「賦法」，選定杜詩學中尚未有學者探究的「賦法言外之意」作為對象。簡言之，詩人有時是藉由創作技法來表現個人情志；那麼，此時讀者即可憑據創作技巧來逆測詩人情志。

杜甫在古典詩學史上有別於其他詩人，他的特色是以賦法見長。「賦」基本上是「敷陳其事而直言之」，然而，古典詩學要求詩作須具有「含蓄蘊藉」與「味外之旨」等等價值，甚至要能企及《詩經》「溫柔敦厚」的境界。問題是：以賦法見長的杜甫，如何讓他的詩作能夠臻至上述的價值與境界呢？也就是說，杜甫面對的問題是：如果他不利用「比興」這條陳舊蹊徑，如果他不循沿一般詩人的舊路，那麼他如何以賦法來達到「含蓄蘊藉」與「溫柔敦厚」呢？杜甫的解決之道是：採用藏省的方法。他利用賦法的藏省，藉由「不明指道破」的方式，創造出賦法的言外之意，使詩歌能臻至「含蓄蘊藉」與「溫柔敦厚」的境地。杜甫的作品中即有大量賦法的省略（或稱「賦法的蘊藏」）與賦法的言外之意（或稱「賦法的意藏言外」）。杜甫留給後世讀者一個重要啟示：除了「比興」之外，「賦」法也能創造詩歌的

言外之意；或者，藉由「賦」法也能將詩意蘊藏在言外。這是一種具積極性的省略；具創造性的蘊藏。他能解決這個問題實是古典詩歌史上極為重要的成就與貢獻，也是他在古典詩學上所遺留的重要資產。

解讀者可以解讀出杜甫使用「賦法的省略」及其「言外之意」，乃是「以意逆志」的結果。除直接逆測作品主意與詩人情志外，解讀者也可以憑據心中之意逆測詩人的創作技巧（如「賦法的省略」）；進一步再藉詩人的創作技巧（如「賦法的省略」）來逆測作品主意、詩人情志（含「言外之意」），這是因為主意情志有時寄寓言外，隱藏不露的緣故，故而解讀者可以逆測作品主意與詩人情志。這是以「讀者之意逆古人之意」，再以「古人之意逆古人之志」外的另一全新蹊徑。而這兩路都是「以意逆志」的內涵。

第一節　杜詩與賦法

杜甫詩歌中的賦法其根柢當有二：《詩經》的「賦（法）」與文體的「賦」。

首先，「賦」字在《周禮・春官・大師》中即曾出現，是書云：「教六詩：曰風、曰賦、曰比、曰興、曰雅、曰頌。」[1] 漢代鄭玄（127-200）註「賦」為「鋪」，鋪陳之意，他說：

　　　賦之言鋪，直鋪陳今之政教善惡。[2]

鄭玄認為：賦乃直接鋪陳敍述國君當今在施政教化上的善惡美醜。一

1　〔漢〕鄭玄注，〔唐〕賈公彥疏：《周禮注疏》，見阮元《十三經注疏附校勘記》，卷23，頁796。
2　〔漢〕鄭玄注，〔唐〕賈公彥疏：《周禮注疏》，卷23，頁796。

方面，由於賦是屬於詩歌的範圍之一，而古人以為詩歌具有政治教化與反映輿情上的功能，因此，賦也具備反映施政民情的政教色彩。另一方面，對於這種施政輿情的表現，若採取鋪敘直陳的方式，鄭玄稱之為「賦」。

梁代鍾嶸（469-518）更進一步脫去詩歌政治教化之目的，將「賦」解讀為透過文字直敘描寫事物，《詩品》說：

> 直書其事，寓言寫物，賦也。[3]

「寓」當指寄託、憑藉之意；「言」乃謂語言文字。「直書其事，寓言寫物」意謂藉由語言文字直接陳述事件、描寫物事。此時作為詩歌創作技法之一的「賦」，更加彰顯了它的文學屬性。迨至宋代，朱熹基本上是承繼了上述這兩種說法，他將「賦」詮解為詩人在創作上直陳敷敘事件物事的方法，《詩經·國風·葛覃》下說：

> 賦者，敷陳其事而直言之者也。[4]

朱熹對賦法的理解主要乃延續鍾嶸對賦的看法。歸結而言，鍾嶸與朱熹突顯了詩歌賦法的兩個條件：直言鋪陳與敘事述物。亦即：賦法在內容上描寫的對象乃事件物事；在形式上的表現手法乃直言鋪敘。據此，賦法當指詩人透過語言文字直陳敷敘事件物事的創作技法。

自古以來，前人多認為杜甫在詩歌的創作上是以賦法為主。清代陳沆（1785-1826）《詩比興箋》即曾說：「世推杜陵詩史，止知其顯陳時

---

3 〔清〕何文煥輯：《歷代詩話》（北京：中華書局，2001年），頁3。
4 〔宋〕朱熹：《詩經集註》（臺南：大孚書局，2006年），卷1，頁2。

事耳,甚謂源出變雅,而風人之旨或缺,體多直賦,而比興之意罕聞。」[5]目前姑且不論:賦法(或杜詩賦法)是否無法臻至溫柔敦厚或含蓄境界這個議題。但陳沆在此至少肯認了杜甫在詩歌中多使用賦法。[6]

　　古人甚至認為:杜甫的詩歌在賦法的造詣上有著極高的成就。譬如,明・屠隆(1543-1605)於〈與友人論詩文〉曾說:

　　　　杜深於賦。[7]

又如,清・李重華(1682-1754)也認為杜甫善於在詩歌中使用賦法,杜甫賦筆的使用並非一般詩人的平衍直敘,而是具有起伏跌宕、抑揚頓挫之勢,其賦法並使杜詩臻至含蓄委婉、起伏頓挫之境。《貞一齋詩說》說:

　　　　作詩善用賦筆,惟杜老為然。其間微婉頓挫,總非平直。[8]

此外,清・喬億(1702-1788)《劍谿說詩》也曾云:

5　〔清〕陳沆:《詩比興箋》(臺北:藝文印書館,1970年),卷3,頁369。

6　事實上,《詩經》即是以「賦」法為主,其數量當超過「比興」技法,〔明〕謝榛《詩家直說》云:「洪興祖曰:『《三百篇》比、賦少而興多,《離騷》興少而比、賦多。』予嘗考之,《三百篇》賦七百二十,興三百七十,比一百一十。洪氏之說誤矣。」見《謝榛全集》(濟南:齊魯書社,2000年),卷22,頁741。

7　〔明〕屠隆:《由拳集》,見《續修四庫全書》,第1360冊,卷23,頁295。

8　〔清〕李重華:《貞一齋詩說》,見《清詩話》(臺北:西南書局,1979年),頁862。而杜詩中賦筆的起伏頓挫也學自前人賦體的頓挫波瀾,〔清〕賀貽孫《詩筏》說:「子美詩中沉鬱頓挫,皆出於屈、宋,而助以漢、魏、六朝詩賦之波瀾。」見《清詩話續編》,頁174。

> 杜子美原本經史，詩體專是賦，故多切實之語。[9]

何以杜甫詩中多以賦為主呢？喬億認為這是因為杜詩本原於經史的緣故。形式上，其「直陳敷敍」當原於《三百篇》的賦法；內容上，其「敍事述物」（甚至「敍議事理」）當根柢於經史。因此，杜甫以賦法為主，所謂「詩體專是賦」。也就是說，杜甫在詩歌中乃以賦法為主，而賦本用以陳述事件、描寫物事，甚至論議事理，它有別於比興技法，以致賦法往往多切實之語。而《詩經》中的賦法後來即發展成文體中的賦。[10]

其次，杜甫不僅寫詩，他也創作賦體，有所謂「賦料揚雄敵，詩看子建親」之語（〈奉贈韋左丞丈二十二韻〉），現存的賦作計有六篇，分別為〈朝獻太清宮賦〉、〈朝享太廟賦〉、〈有事於南郊賦〉、〈封西岳賦〉、〈鵰賦〉、〈天狗賦〉等。而杜甫的詩歌即帶有賦體的色彩，張高評在《宋詩之新變與代雄》「破體與宋詩特色之形成（三）——以『以賦為詩』為例」中說：

> 中國古代詩歌體裁的發展流變：有兩大趨勢：其一，追求格律化，以近體律詩為極致；其一，趨向散文化，以漢賦大規模之描寫為典型。散文的直說條達，和鋪陳排比，近乎傳統的「賦」法。……。到了盛唐，杜甫所作的詠物詩，無論從題材重合的層面，藝術構思的導向，皆明顯地與六朝賦關係密切；即號稱「詩史」之作品，如〈麗人行〉、〈自京赴奉先縣詠懷五

---

9 〔清〕喬億：《劍谿說詩》，見《清詩話續編》，卷上，頁1087。

10 余恕誠、吳懷東《唐詩與其他文體之關係》（北京：中華書局，2012年）中曾說：「《詩經》中"賦比興"的賦法（敍述、描寫），在賦體之文中得到充分吸收和發展，甚至有學者認為後代之賦體文學即"詩三百"中"賦"之一體。」（頁20）

　　百字〉、〈北征〉、〈八哀〉、〈壯游〉諸什，雖不乏比興，卻是以
　　鋪陳直說之「賦」法為主。[11]

杜詩與賦體關係密切。杜甫學習前人的賦作，並將前人賦作特色運用
在詩歌之中。這可以從兩方面來說：就形式而言，前人賦作有「鋪敘
與諷刺相結合」的特色，杜甫將其運用在詩歌之中，余恕誠、吳懷東
在《唐詩與其他文體之關係》「鋪敘與諷刺感慨相結合」裡，於〈麗
人行〉〈冬狩行〉後闡釋說：

　　這種以主要篇幅進行鋪敘，曲終奏雅，結尾致諷，正是漢代諷
　　諫體賦的體制。[12]

杜甫承繼前人賦作「鋪敘與諷刺相結合」的技法，所以，杜甫常在其
詩中將鋪敘與諷刺兩相結合。
　　就內容而言，前人賦作有「敘述中穿插時事」的特色，杜甫將其
使用在詩歌之中，余恕誠、吳懷東在《唐詩與其他文體之關係》「敘
述中穿插時事」中曾說：

　　〈哀江南賦〉等篇將自身經歷、生活遭遇與社會生活、歷史事
　　件融合在一起的寫法，對唐人以長篇詩體形式反映身世與時世
　　無疑是有啟發的。杜甫一再稱頌庾信，謂其「暮年詩賦動江

11　張高評：《宋詩之新變與代雄》（臺北：洪葉文化事業有限公司，1995年），頁241與
　　244。此外，對於「詩」「賦」間的互動關係，尚可參考祁立峰《相似與差異：論南
　　朝文學集團的書寫策略》（臺北：政大出版社，2014年），是書曾討論「『詩賦合
　　流』現象」，計有四種情形：「形式的」、「功能的」、「結構的」、「題材的」「詩賦合
　　流現象」（頁248-269）。
12　余恕誠、吳懷東：《唐詩與其他文體之關係》，頁82。是文有詳細說明暨佐證資料。

關」，對庾賦自是非常注意揣摹吸收，後世許多學者更是把他的史詩式作品與〈哀江南賦〉並提。[13]

杜甫參用前人賦作「敘述中穿插時事」的手法，因此，杜甫在其詩中常敘及時事。如此，即從文體的賦發展至杜詩中的賦。[14]這樣說來，杜甫詩歌中的賦法，當有兩個承繼源頭，一是《詩經》的「賦（法）」；一是文體的「賦」。而《詩經》的「賦（法）」與文體的「賦」又有吸收與發展的關係。

古人認為杜甫在詩歌創作上以賦法見長，就詩歌而言，「賦」法本以直言鋪陳與敘事述物作為主要特色與內涵。形式上採直言敷陳作為書寫方法；內容上將敘事述物作為描寫對象，杜甫甚至進一步將賦法用以論說事理，使杜詩具有散文的傾向，在杜詩學上有所謂的「以文為詩」說。就賦體而言，杜甫也學習前人賦作手法，將前人賦體「鋪敘與諷刺結合」及「敘述中穿插時事」的方式，運用於詩歌之中，這使杜詩另有賦體的色彩，在杜詩學上有所謂的「以賦為詩」說。

現在的問題是：杜甫這種以賦為主而多切實之語的創作特色是否無法臻至含蓄的境界？或者，杜甫在詩歌的創作上，如何藉由「直陳物事的賦法」來處理溫柔敦厚或含蓄蘊藉這個傳統詩學議題，進而使這兩者之間可以產生互攝交融。杜甫倘若真能以賦法來表現詩歌含蓄蘊藉與溫柔敦厚的現象，這實是杜甫在古典詩歌史上的一個重大創發與詩藝價值。

---

13 余恕誠、吳懷東：《唐詩與其他文體之關係》，頁51。是文有詳細說明暨佐證資料。

14 余恕誠、吳懷東《唐詩與其他文體之關係》說：「像這樣認為杜詩吸收了包括《騷》與賦在內的豐富營養而獨成一體，幾乎成為學者們的共識。」（頁70）

第二節　杜詩賦法與含蓄

　　古人對詩歌的要求至少有二：消極上，須避免縱情直率，不可一
覽無餘；積極上，希冀委婉含蓄，講究言外有餘。明人郝敬（1558-
1639）於《毛詩原解・序》即曾說：「不微不婉，徑情直發，不可為
詩；一覽而盡，言外無餘，不可為詩。」[15]由於詩歌以索然完盡、縱
情直露為戒忌，因此詩歌的創作力求能委婉含蓄、有餘不盡。古典詩
歌實以含蓄蘊藉作為其核心價值之一。譬如，張謙宜的《繭齋詩談》
即曾說：

　　　　意不求襮露，故味厚。[16]

詩人創作時並不追求意顯在外、直發暴露，而是意藏斂內、收束精
深，職是之故，詩歌能韻味雋永；詩家力求這種解讀上的無窮滋味，
詩歌因而實以含蓄蘊藉為貴要。《繭齋詩談》又說：

　　　　詩貴蘊藉，正欲使味無窮耳。[17]

15　〔明〕郝敬：《毛詩原解》，見《四庫全書存目叢書》，經部62，頁141。此外，就消
　　極言，〔宋〕嚴羽《滄浪詩話》說：「語忌直，意忌淺，脉忌露，味忌短……。」見
　　嚴羽撰，郭紹虞校釋：《滄浪詩話校釋》（臺北：里仁書局，1987年），頁122。又
　　如，〔清〕吳瞻泰《杜詩提要》〈行次昭陵〉詩尾曾說：「詩惡直敘。」（卷13，頁
　　700）就積極言，〔宋〕姚勉《雪坡舍人集・再題俊上人詩集》說：「夫詩，有意，
　　有味，有韻。意欲其圓也，味欲其長也，韻欲其遠也。」見《叢書集成續編》（臺
　　北：新文豐出版公司，1989年），第131冊，卷37，頁697。〔清〕吳喬《圍爐詩話》
　　亦曾云：「詩貴有含蓄不盡之意，尤以不著意見、聲色、故事、議論者為最上。」
　　見《清詩話續編》，卷1，頁476。
16　〔清〕張謙宜：《繭齋詩談》，見《清詩話續編》，卷1，頁791。
17　〔清〕張謙宜：《繭齋詩談》，見《清詩話續編》，卷1，頁794。

詩人如何達到這種含蓄蘊藉的境界呢？關鍵就在於詩人創作時以三分之語試圖表達十分之意，使意在言外，令讀者自悟。這就是所謂的「含蓄不露」，古人也稱為「雄深雅健」。詩作若能如此，即可追躡《風》、《雅》遺意。反之，詩人創作時若以十分之語表達之十分之意，使言止意盡，味同嚼臘，這是晚唐的詩風。據此，詩歌當以含蓄不露為其核心價值。《誘齋語錄》曾說：

> 詩文皆要含蓄不露便是好處，古人說雄深雅健，此便是含蓄不露也。用意十分，下語三分，可幾《風》《雅》：下語六分，可追李杜；下語十分，晚唐之作也。用意要精深，下語要平易，此詩人之難。[18]

現在姑且先不論杜詩是否無法超越《詩三百》這個問題，但是古人確實認為：「含蓄不露」與《詩經》是傳統詩藝美學最高的標準；甚至認為：詩歌若能「含蓄不露」即「可幾《風》《雅》」。詩人這種以三分之語來表達十分之意的創作方法，能使讀者在閱讀時感覺字有餘韻，句有餘味，篇有餘意，旨在言外，這就是所謂「言有盡而意無窮」的境地。[19] 姜夔《白石道人詩說》說：

> 語貴含蓄。東坡云：「言有盡而意無窮者，天下之至言也。」山谷尤謹於此。清廟之瑟，一唱三歎，遠矣哉！後之學詩者，可不務乎？苟句中無餘字，篇中無長語，非善之善者也；句中

---

18 〔宋〕何谿汶：《竹莊詩話》，見《文津閣四庫全書》，第1486冊，卷1，頁290-291。
19 〔宋〕俞文豹所謂「詩人之意，多在言外」者（見《宋詩話全編》，第9冊，頁8840）。

有餘味，篇中有餘意，善之善者也。[20]

這種「言有盡而意無窮」的境界，古人也稱為含蓄蘊藉。這是古典詩歌創作上最美善的藝境，詩人遵奉的圭臬。張謙宜《絸齋詩談》即曾說：「『含蓄』二字，詩文第一妙處。」[21]

詩人在創作時，消極義上，忌於暴意直發，語止意盡；積極義上，須能以三分文字表達十分意涵，言止意深，此即含蓄不露的表現方式。讀者在解讀時，若能藉由文字線索體悟詩人創作情志，解讀出言外之意，句外之味，篇外之旨，即能有「言有盡而意無窮」的滋味感受。

自古以來，前人都有一個堅不可摧的固有成見，認為「賦」法易流於直陳意盡，這種敷陳窮盡的技法難以生發言外之意，不易感發讀者，因此「賦」法之病正在於失之含蓄蘊藉。「比興」則藉物以寄託情思；讀者倘能自悟，即能有「言有盡而意無窮」的感受。由於直陳物事則語止意盡，所以「賦」法較為古人輕看；反之，因為含蓄蘊藉為詩歌最高藝境，「比興」因而深獲古人之重視。譬如，明李東陽（1447-1516）《麓堂詩話》即曾說：「詩有三義，賦止居一，而比興居其二。所謂比與興者，皆託物寓情而為之者也。蓋正言直述，則易于窮盡，而難於感發。惟有所寓託，形容摹寫，反復諷詠，以俟人之自得。言有盡而意無窮，則神爽飛動，手舞足蹈而不自覺。此詩之所以貴情思而輕事實也。」[22]「賦」法敷陳事物，毫無蘊蓄，難於感

---

20 〔宋〕姜夔：《白石道人詩說》，見《歷代詩話》，頁681。此外，潭浚《說詩》「含蓄」下亦曾云：「事有餘而詞不盡，古人之用心；言有盡而意無窮，天下之至言。」（《明詩話全編》，第4冊，頁4018）

21 〔清〕張謙宜：《絸齋詩談》，見《清詩話續編》，卷1，頁795。

22 〔明〕李東陽：《麓堂詩話》，見《歷代詩話續編》，頁1374-1375。

人；「比興」文淺辭近，情深意遠，動人心弦。沈德潛（1673-1769）《說詩晬語》也說：「事難顯陳，理難言罄，每託物連類以形之；鬱情欲舒，天機隨觸，每借物引懷以抒之；比興互陳，反覆唱歎，而中藏之懽愉慘戚，隱躍欲傳，其言淺，其情深也。倘質直敷陳，絕無蘊蓄，以無情之語而欲動人之情，難矣。」[23]最後，《藝苑卮言》也曾說：「《詩》固有賦，以述情切事為快，不盡含蓄也。」[24]王世貞（1526-1590）認為：由於《詩經》中原來就有「賦」法，而「賦」法本用以述情敘事，而敘事述情的「賦」法較為逕直露顯，所以《詩經》不盡然都是含蓄蘊藉的作品。

　　然而「賦」法的直言鋪陳與敘事述物，是否與詩歌中最高境界——「含蓄蘊藉」（或者「言有盡而意無窮」；或者「溫柔敦厚」）——為完全對立的兩端？亦即：「賦」法與「含蓄蘊藉」是否毫無交集？如果要達到詩歌「含蓄蘊藉」這個詩藝至境，是否只能藉由「比興」技法始有可能呢？杜甫既以賦法見長，那麼他是如何面對思考並處理解決這個棘手問題？如何透過「賦法」來表達言外之意呢？

　　「賦」法與「含蓄」的交集之一就在於：「賦法的省略」（或稱「賦法的蘊藏」）。「賦法的省略」意謂：詩人在使用直言鋪陳敘事述物的「賦」法時，省略隱藏部分事件或字句（間的聯繫），不明指道破事物或字句（間的關係），藉由這種「微露部分、藏隱局部」的途徑來達到「含蓄不露」、「含蓄蘊藏」的技法。「微露」者，為其文字線索；「藏隱」者，為其言外詩意。簡言之，即「敘述中隱藏」（——「敘事述物中省略隱藏」）。在賦法的省略技法之中，「敘述」的部分即杜甫所「微露」者；「隱藏」的部分即杜甫的言外詩意。

23　〔清〕沈德潛：《說詩晬語》，見《清詩話》，卷上，頁471。
24　〔明〕王世貞：《藝苑卮言》，見《歷代詩話續編》，卷4，頁1010。

　　賦法蘊藏的言外之意其具體作法如下：就省略隱藏部分事件言，
或省原因，或略結論，或藏問句，或匿答句，或隱事件動作等等；就
省略隱藏部分字句言，或省複重字詞，或去對立一端，或暗藏交互對
立，或暗用部分語典，或隱去推進一層的部分涵義，或將言外不欲表
露的涵義收斂於一字之中等等；就不明指道破字句間關係言，或隱呼
應，或匿因果等等。

　　「微露」的方式可以「美刺」；「藏隱」的方式可以「不露」，此
即「含蓄蘊藉」。也就是說，杜甫在敘事述物時，採用賦法的省略蘊
藏，以「蘊藏省略」的方式「不露」；以「物事題材」來「美刺」。
「賦法蘊藏」讀者可利用「以意逆志」逆測獲得；「物事題材」讀者
可透過「知人論世」對照解讀。杜甫即是透過「賦法省略」，使意藏
句外，使意在言外，讀者可思而得之。而「不露」可使「言者無
罪」；「美刺」可使「聞者足戒」。此即司馬光稱譽「近世詩人，惟杜
子美最得詩人之體」之意。惟須留意的是，刺人之惡若出自仁心，其
亦道德勇氣之展現。這種消極上不採平直淺露、直截指責的方式，積
極上運用省略藏隱卻又保留譏刺詩意的方法，藉由這種若直若隱、若
美若刺的方式，臻至大同至善、風俗淳厚社會，即杜甫所謂「竊比稷
與契」、「致君堯舜上，再使風俗淳」的凌雲壯志。這樣不僅創造了
「吐吞含蓄」之感，可追躡《風》、《雅》遺意，也達到古人所謂「溫
柔敦厚」的詩境，甚至超越了《詩三百》的藝域。此亦杜甫為前人尊
稱「詩聖」的重要原因。

　　解讀時，讀者藉由詩歌中的事件或字句等線索，逆測被作者省略
隱藏的部分；進一步還原填補被作者所省略隱藏的部分。這個刻意被
作者省略隱藏的部分事件或字句即是 —— 言外之意，所謂「略文見
意」、「不寫之寫」。圖繪如下：

（賦法）

詩人	省略隱藏部分事件、字句 （不露）

創作詩歌方式：賦法的省略隱藏

詮釋詩歌方式：賦法的還原填補

讀者	還原填補省略的事件、字句 （言外之意）

（含蓄）

當讀者依詩人所遺留的線索，以己之意逆測被詩人省略隱藏的事件或字句，並還原填補被詩人省略隱藏的事件或字句。此時讀者即解讀出作品中「賦」法的言外之意，而有韻味無窮之感。反之，若詩人直陳敷敘事件物事，而未省略隱藏事件或字句，或未採其他曲折表達方式，則語盡意止而毫無韻味。易言之，就賦的言外之意而言，讀者閱讀詩歌時何以必須要還原填補呢？這是因為詩人創作時在詩句上即予以省略。亦即本〈緒論〉所言：由於創作時省略，因此解讀時填補。歸結於一言：解讀即填補。分述如下：

就省略句子言，詩歌中常有問答句，若有問句，作者往往省略答句；若有答語，作者往往省略問句，此即一種「賦法的省略蘊藏」，所謂「不露」者。當讀者覺察詩歌中有問句時，即可依詩意前後線索逆測被作者省略隱藏的答語為何，並進一步還原填補其答語；當讀者感知詩歌中有答語時，即可依詩意前後線索逆測被作者隱藏省略的問句為何，並進一步還原填補其問句，這些「蘊藏省略」者都是屬於「賦

的言外之意」，都是屬於「賦的意藏言外」，所謂「含蓄蘊藏」者。如此，「賦」法與「含蓄」即有了交集。《詩筏》曾說：

> 詩家有一種至情，寫未及半，忽插數語，代他人詰問，更覺情致淋漓。最妙在不作答語，一答便無味矣。[25]

作者在詩歌中安排問句，卻刻意省略答語，令讀者自行逆測，如此則饒富滋味；倘若作者既插問句，又作答語，則索然無味。其餘句法讀者當可類推。

就省略部分事件言，詩人敷陳事件時，省略隱藏部分情節，或省略事件原因，或隱藏事件結果等等，這也是一種「賦法的省略」，也屬於「不露」的範圍。當讀者依詩歌的敘述線索，察覺連串事件中被省略隱藏的部分事件、事件原因或結果等等時；讀者再依詩意前後線索逆測省略隱藏的部分事件、原因或結果，並還原填補，這些「蘊藏省略」者也是屬於「賦的言外之意」，也屬於「含蓄」的範圍。譬如〈麗人行〉「炙手可熱勢絕倫，慎莫近前丞相嗔」兩句，杜甫在此敘述一個告誡的事件：如果遊人試圖近前窺伺，一探究竟，千萬要謹慎小心，趕緊退避，不可再向前靠近了，丞相楊國忠（700-756）會勃然嗔怒，因為這樣會壞了丞相求歡之事。[26]這個告誡事件中，杜甫至少省了楊國忠生氣事件的原因，此即「不露」；當讀者填補事件發

---

25 〔清〕賀貽孫：《詩筏》，見《清詩話續編》，頁174。

26 〔清〕張溍《讀書堂杜工部詩文集註解》（臺北：臺灣大通書局，1974年）說：「此指三夫人與楊遊醼。近前作嗔，楊不欲遊者窺伺也。其淫亂之意，已露言下。」（卷2，頁381）此外，黃生《杜工部詩說》亦曾云：「先時丞相未至，觀者猶得近前；及其既至，則呵禁赫然，遠近皆為辟易，此段具文見意，隱然可想。」（卷3，頁152）

生的原因，此即其言外之意。賀貽孫（1605-1688）《詩筏》評〈麗人行〉曾說：

> 楊升庵譏少陵〈麗人行〉云：「《詩》刺淫亂，第曰『雝雝鳴雁，旭日始旦』而已，不必曰『慎莫近前丞相嗔』也。」蓋謂少陵無含蓄耳。王元美駁之云：「彼所稱者，興比耳，《詩》固有賦，以述情切事為快，不必盡含蓄也。」元美辨則辨矣，而未盡也。……。少陵〈麗人行〉，……。首贊其態濃意遠，肌理細膩，乃至頭上背後足下種種殊妙，富貴氣燄，無不動人，……。少陵則末語微露「慎莫近前丞相嗔」七字，而前此全不指破，手法微換耳。彼其意以為如此人，如此事，與其直指其穢，徒令人鄙，不若悉舉其美，乃令人恨也。……。吾方謂少陵含蓄太深。[27]

杜甫在〈麗人行〉詩中用「楊花雪落覆白蘋」暗指系出同源的兄妹兩相私通，可是卻也沒有明指道破失倫之事；而此詩末句「慎莫近前丞相嗔」則略微變換手法，改採省略事件原因，使意藏言外，字句無痕，讓讀者自行尋思體會，聞者足可戒，言者可無罪，這是屬於「略文見意」的方式。杜甫這種隱刺人惡的賦法實是道德勇氣的展示；杜甫這種在詩中寄寓褒貶之意，亦是詩史的證明。由於杜甫在〈麗人行〉末句採用賦法敷陳敘事，卻省略原因，不道破緣故，賀貽孫因而認為杜詩「含蓄太深」。

---

27 〔清〕賀貽孫：《詩筏》，見《清詩話續編》，頁166-167。另外，盧元昌《杜詩闡・麗人行》亦曾云：「通篇眼目，前段在『賜名大國虢與秦』一句，後段在『慎莫近前丞相嗔』一句。君臣驕淫，失倫亂禮，顯然言下。」（卷3，頁132）盧元昌認為：杜甫言下之意明顯指涉兄妹失倫。然而無論如何，「失倫亂禮」皆在言外，此使言者無罪，聞者足戒，實為溫柔敦厚的表現技巧。

綜而言之，詩歌中藉由「賦法的蘊藏省略」即可表現一種的「含蓄」。「賦法的省略蘊藏」指的是：詩人使用「賦」法來敘事述物時，省略隱藏部分事件或字句，以表現「含蓄不露」的詩法。然而，讀者在解讀時，可以憑藉詩歌線索而將被作者省略隱藏的事件或字句還原填補回去。而此所還原填補者即言外之意。「解讀」因而即是填補。

第三節　杜詩賦法的省略

杜甫使用「賦」法來敘事述物時，藏省事件或字句的情況繁多，以下舉其撮要。惟須說明的是，筆者盡量在每一條例下，列舉三則杜詩（或詩句）為例，並盡量在詩例中證以前人對杜詩「言外之意」這個解讀的結果。就前者而言，作為形式的表現技法實為杜甫有意識的持續創作；就後者而言，由此形式技法所創造的意藏言外，不僅僅為筆者的解讀，古人早有此等的理解。茲舉例說明如下：

一　題目的言外之意

這是指利用題目來呈現作品中的言外之意。就創作言，題目與內容的關係是緊密結合的，詩人創作時其題目決定了該內容的方向，因此，詩歌原則上以離題為避忌。詩人創作時其內容須能表現題目，因此，詩歌基本上以漏題為忌戒。也就是說，一方面，題目既決定內容的方向；另一方面，內容又須能表現題目的涵義。趙翼（1727-1814）《甌北詩話》即曾說：「一題必盡題中之義。」[28] 趙翼認為：當一題在手時，作者須能完盡詩題中的涵義。此外，方東樹甚至認為：詩人若

28　〔清〕趙翼：《甌北詩話》，見《清詩話續編》，卷2，頁1151。

能藉由內容將題目敘述清楚、交代完整，這是詩人可以光前絕後的重要因素，《昭昧詹言》說：「一題有一題本意本事，所謂安身立命處也，須交代點逗分明。大家冠絕古今，所以能嗣風、騷，比於經者，全在此處。」[29]據此，詩人將題目發揮完盡乃是基本要求。此意指：題目裡的構成要素，在內容中也須具備並敘及發揮。

就解讀言，讀者不僅可以利用「題目決定內容」、「內容表現題目」這些原則，觀察作者如何藉由內容來表現題目；進一步，「題目」更是提供了讀者解讀作品的重要資源。清人吳見思（1621-1680）《杜詩論文‧凡例》即曾說：「讀詩之法，當先看其題目。唐人作詩，於題目不輕下一字，亦不輕漏一字，而杜詩尤嚴。」[30]亦即：讀詩當先觀察題目。由於題目中的構成要素，內容也須敘及發揮，那麼，題目中所有的構成要素，即可作為解讀作品內容的重要途徑。

問題是：創作時內容應該如何表現題目呢？或者，在賦法這個層面中，作者藉由賦法來敘事物述以表現詩題是否有含蓄的作法呢？目前我們知道：杜甫是以省略隱藏部分事件或字句的方式來表現題目中重要情感或構成要素。

譬如〈春日憶李白〉「渭北春天樹，江東日暮雲」。[31]兩句言及：我在渭北對著春天綠樹，你在江東凝望日暮彩雲。從題目言，這是個以思念為主的題目，內容必須敘及發揮；從內容言，杜甫在這兩句中省略隱藏部分事件或單字——憶。事件原意當為：我在渭北對著春天

29　〔清〕方東樹：《昭昧詹言》（臺北：漢京文化事業有限公司，1985年），卷14，頁376。此外，創作亦不可離題，舊題范德機門人集錄《總論》說：「作詩先立題目，只就題目上說將去，不可攢東撲西，喚張叫李。」見張健編著《元代詩法校考》（北京：北京大學出版社，2001年），頁200。

30　〔清〕吳見思：《杜詩論文》（臺北：臺灣大通書局，1974年），凡例，頁123。

31　〔明〕邵寶《刻杜少陵先生詩分類集註》（臺北：臺灣大通書局，1974年）於〈春日憶李白〉詩尾說：「賦也。」（卷21，頁2995）

綠樹想著你在江東凝望著日暮彩雲。然而杜甫在敘述事件時卻刻意藏省題目「憶」字，這是杜甫一種典型「賦」法的省略；所省略者——憶——即「賦」的言外之意，使無字中有字，所謂「含蓄不露」者。元・趙汸《杜律趙註》對此說：「此言彼我所寓所見，寫相望之情，不明言『懷』，而『懷』在其中矣。」[32]明・王嗣奭《杜臆》也說：「但即彼己所在之景，而懷自可想見。」[33]最後，清・邊連寶《杜律啟蒙》也嘗云：「時公歸長安，故曰『渭北』；白在吳，故曰『江東』，只分言兩人所在，不言懷而懷意自見，殊蘊藉可思。」[34]「不言懷而懷意自見」是由於題目的構成要素在內容中亦須具備並敘及發揮的緣故。「題目」實乃解讀作品的一個必要途徑。

又如〈天末懷李白〉「涼風起天末，君子意如何」。[35]詩可譯為：秦州現在正刮起陣陣涼風，不曉得現在李白心中的情緒如何？前已述及，內容必須表現詩題「懷念」的感情。那麼，這兩句裡杜甫省略隱藏了事件動作——「懷」字，只留下思念的內容（或對象）作為讀者理解的線索。此時，讀者必須將省略隱藏的事件動作還原補回。亦即，秦州現在正刮起陣陣涼風，這讓我想起了李白，不曉得現在李白的心情怎麼樣？元・趙汸《杜律趙註》對此說：「言未知此時白意如何？以見懷之之意。」[36]此外，明・邵傅《杜律集解》也曾說：「陸士衡詩『借問欲何為？涼風起天末』，此借其語，言未知白此時意如

32 〔元〕趙汸：《杜律趙註》，卷中，頁114。此前，〔宋〕劉辰翁《須溪批點選注杜工部詩》即曾說：「此言彼我所寓所見，寫相望之情，不明言，『懷』在其中矣。」（見《宋詩話全編》，第10冊，卷1，頁9855）

33 〔明〕王嗣奭：《杜臆》（臺北：臺灣中華書局，1986年），卷之1，頁6。仇兆鰲《杜詩詳注》也曾說：「公居渭北，白在江東，春樹暮雲，即景寓情，不言懷而懷在其中。」（卷1，頁52）

34 〔清〕邊連寶：《杜律啟蒙》，五言卷之1，頁13。

35 〔明〕邵寶《刻杜少陵先生詩分類集註》於詩尾說：「賦也。」（卷21，頁2999）

36 〔元〕趙汸：《杜律趙註》，卷中，頁120。

何？蓋念之也。」[37]最後，清・顧宸（1607-1674）《（辟疆園）杜詩註解》也說：「公在秦州，正當秋景，故因凉風起而懷之。『君子意如何』，遙憶之至，不知其近況若何也。」[38]由於杜甫在作品中把思念的動作省略隱藏，僅留下思念的內容（或對象）作為解讀線索，因此，杜詩能臻至含蓄不露的境界。

　　又如〈月夜〉詩，藉明月以寄相思本是古典詩歌描寫內容之一，[39]此詩因而把思念作為主題。詩並有「今夜鄜州月，閨中只獨看。遙憐小兒女，未解憶長安」諸句。「閨中」詩句敍寫：閨中妻子獨望孤月，此意謂妻子思念我。若是如此，杜甫又是如何描寫自己思念家人的詩題呢？他同樣是透過敷陳其事的賦法，卻省略隱藏部分事件的方式。藉由敍寫對方思念我這事件，卻省略隱藏部分情節——我懷念對方——的方式。為何用「對方思念我」可以替代（或表現）「我懷念對方」呢？這是由於我在想對方目前正在做什麼？原來對方現在可能也正在懷想我的緣故。在感情上，這是人類普遍共同的經驗；在創作上，這是對面著筆的方式。[40]清・吳瞻泰《杜詩提要》對此即曾云：「懷遠詩。說『我憶彼』，意只一層；即說『彼憶我』，意亦只兩層；唯說『我遙揣彼憶我』，意便三層。……。」[41]吳瞻泰認為：「我憶彼」只是「我想念他」一層意；「彼憶我」是我在想他正想

37　〔明〕邵傅：《杜律集解》（臺北：臺灣大通書局，1974年），五言卷2，頁88。

38　〔清〕顧宸：《（辟疆園）杜詩註解》，五言律卷4，頁473。

39　譬如，〔唐〕張九齡〈望月懷遠〉即有「海上生明月，天涯共此時。情人怨遙夜，竟夕起相思」詩句；又如，〔唐〕李白〈靜夜思〉「舉頭望明月，低頭思故鄉」。

40　張夢機、陳文華《杜律旨歸》說：「紀曉嵐曰：『人手便擺落現境，純從對面著筆，蹊境甚別。』」（頁13）此外，陳文華《不廢江河萬古流》（臺北：偉文圖書公司，1978年）也曾說：「這首詩是杜甫在月夜下思家的作品，可是卻用對面著筆的方法；不寫自己思家，反說是家人在想念自己。」（頁102-103）

41　〔清〕吳瞻泰：《杜詩提要》，卷7，頁377。

我，這裡有「我想他」與「他想我」兩層意；而「我遙揣彼憶我」則是加入「遙揣」所產生的第三個意思。明・王嗣奭《杜臆》也曾說：「意本思家，而偏想家人之思我，已進一層。」[42]杜甫詩意原本是要表達：思念家人之意；但他卻反過來說：家人思念我。他是用「家人思念我」來替代「我思念家人」。此中，「我思念家人」在文面上被藏省了，讀者在解讀時必須補回增添，否則，詩意就不整全了。清・邊連寶《杜律啟蒙》亦嘗云：「凡我憶人，必從對面說人憶我，便深一層。此法自〈陟岵篇〉始，後來詩家多用之。」[43]

杜甫「對面著筆」技法是源自於《詩經・魏風・陟岵》。〈陟岵〉詩中本欲言我思念父母與兄長，卻反言父母兄長懷念我。這是「含蓄不露」的表達方式。沈德潛《說詩晬語》曾說：「〈陟岵〉，孝子之思親也。三段中但念父、母、兄之思己，而不言己之思父、母與兄。蓋一說出，情便淺也。情到極深，每說不出。」[44]杜甫乃利用「對面著筆」的方式來表現對妻兒的思念，仇兆鰲《杜詩詳注》因此說：「公對月而懷室人也。」[45]採用這種「對面著筆」來描寫思念的方式，不僅自身感情被藏省隱略而不會流於外顯，也會產生「我在思念對方」的言外之意，此為「無憶之憶」。何以確認知悉是杜甫思念家人，其關鍵就在於詩題〈月夜〉已留下思念的線索了。這是作者有意的創造而非讀者過度的詮釋。杜甫〈月夜〉詩不僅是傳統詩學史上思念家人的經典之作，這種承繼《三百篇》「含蓄不露」的表達方式，就是古人說的「可幾《風》、《雅》」。

總言之，詩題乃是讀者解讀詩歌的重要進路，也是解讀詩歌的重

---

42 〔明〕王嗣奭：《杜臆》（臺灣中華書局），卷2，頁42。
43 〔清〕邊連寶：《杜律啟蒙》，五言卷之1，頁33。
44 〔清〕沈德潛：《說詩晬語》，見《清詩話》，頁474。
45 〔清〕仇兆鰲：《杜詩詳注》，卷4，頁309。

要線索。由於「題目決定內容」、「內容表現題目」，那麼在詩歌內容中，敷陳敘事述物的賦法如何既能表現詩題，同時又使內容臻至含蓄的境界，就成為重要議題了，其根柢就在於省略隱藏部分事件或字句，如此，這種敘事述物的賦法即可表現出含蓄不露的韻味了。

　　《詩經》創作的年代並沒有要求標示題目，題目的出現是漢朝的事了，然而杜甫善用詩目與內容上的落差、藏省來創造出言外之意，這是沒有題目時代的《詩經》作者無法運用的，但詩題卻成為杜甫可資利用的重要工具，就這一點而言，杜甫在含蓄上更加勝出，甚至超越了《詩三百》，這實是杜詩與《詩經》在「含蓄不露」上的重大差異之一。

二　呼應的言外之意

　　「呼應」是指詩句中文字意義上的相關、相近或相同所產生的一種聯繫關係。前者稱為「呼」，後者稱為「應」。前以呼後，後以應前。[46]古人作詩即要求詩歌前後要兩相呼應、照應。元·楊載（1271-1323）《詩法家數》即曾說：「詩要首尾相應。」[47]另外，清·吳喬《圍爐詩話》也曾說：「一篇詩祇立一意，起手、中間、收結互相照應，方得無懈可擊。唐人必然。宋至明初，猶大不失。」[48]作詩須講

---

46 達人《論說秘訣》（臺北：廣文書局，1981年）說：「呼，前呼也。應，後應也。」（下卷，頁12）另外，「呼應」有時也可稱「伏應」，「伏」者在前，「應」者在後；伏是應的依據，應是伏的接應；有時也可稱「照應」，此指前以意照後，後以意應前。

47 〔元〕楊載：《詩法家數》，見《歷代詩話》，頁736。

48 〔清〕吳喬：《圍爐詩話》，見《清詩話續編》，卷1，頁495。龐塏甚至認為不僅一篇之中要前後呼應，一句之中也要兩相呼應，《詩義固說》曾說：「作者須於一句之中，首尾自相呼應，一篇之中，前後句相呼應。」（《清詩話續編》，上，頁729）可見古人認為呼應相當重要。最後，汪瑗《杜律五言補註》（臺北：臺灣大通書局，1974年）也曾說：「昔人謂善作文者，如常山蛇勢擊首則尾應，擊尾則首應，擊其

求前後呼應。而「呼應」或是前後因果關係,或是意義相近相同。就
賦法的創作層面言,詩人敘事述物時,省略隱藏(不明指道破)事物
或字句間的關係,在筆法形式上讓它們可以產生聯繫呼應,在詩歌內
容上讓它們可以產生言外之意。解讀時,讀者藉由詩歌中的事件或字
句等線索,逆測其間意義上的關係;進一步指出並填補其間關係,揭
露其言外之意。

　　就前後因果關係言,譬如〈題張氏隱居〉有「霽潭鱣發發,春草
鹿呦呦」兩句。[49]詩敘雨後轉晴,鱣魚浮躍水面弄出「發發」的音
聲。杜甫使用敷陳事件的賦法時,省略其間因果關係與相關字眼。讀
者解讀時,藉由事件與字句上的線索,察覺其間存有呼應的關係──
即「霽」與「鱣發發」兩相呼應,而此句的呼應為因果關係,讀者進
而填補「因為……,所以……」這個句型(餘可類推),「因為……,
所以……」即其言外所省略隱藏者,或因無法裝造成句而略去者。
明・汪瑗(?-1565)《杜律五言補註》即曾說:「『霽』一作『濟』。瑗
按:『霽』字勝,不惟與下『春』字切對,且與『鱣發發』相應,謂
魚因晴霽而出遊也。」[50]當讀者覺察其間詩句中存有因果關係,並還
原填補,即可發現其言外之意。

　　就意義相近相同言,譬如〈登兗州城樓〉有「東郡趨庭日,南樓
縱目初。……。從來多古意,臨眺獨躊躇」諸句。[51]「南樓」句意
謂:今日初次登臨城南門樓,縱目遠眺;「臨眺」句意乃:登臨遠

中則首尾俱應,嗚呼!豈獨文也哉?詩亦宜然。」(卷1,頁39)

49　〔明〕單復《讀杜詩愚得》(臺北:臺灣大通書局,1974年)於詩尾說:「賦也。」
　　(卷1,頁96)此外,〔明〕邵寶《刻杜少陵先生詩分類集註》於詩尾也說:「賦
　　也。」(卷18,頁2558)

50　〔明〕汪瑗:《杜律五言補註》,卷1,頁38。

51　〔明〕單復《讀杜詩愚得》於詩尾說:「賦也。」(卷1,頁77)此外,〔明〕邵寶
　　《刻杜少陵先生詩分類集註》於詩尾也說:「賦也。」(卷19,頁2747)

眺，獨自徘徊流連。杜甫在敘述登樓之事，為避免「南樓」重複進而省略一次。而「縱目」與「臨眺」由於在字面上意義相關相近而兩相呼應，明·汪瑗《杜律五言補註》云：「『臨眺』應『縱目』。」[52]讀者因字句間兩相呼應而填補「臨眺」地點「南樓」。那麼，登臨者即是城南門樓。而且，登臨樓頭遠望後，獨知古意而流連躊躕者只有我一人。此意指：其他登上南樓樓頭者皆不知。此即因「呼應」而產生的言外之意。元·趙汸《杜律趙註》說：「曰『獨』，則登樓者未必同知之。」[53]此外，清·顧宸《（辟疆園）杜詩註解》也曾說：「『南樓縱目初』，猶言今日始得一縱目也。……。『臨眺獨躊躕』，……。曰『獨』者，止我樓頭一人知之，他不足語也。」[54]據此，筆法中的呼應可以揭露言外之意。此即「不露」的表現方式。

　　又如〈房兵曹胡馬〉有「所向無空闊，真堪託死生。驍騰有如此，萬里可橫行」諸語。[55]「所向」敘述：此胡馬所向不需要特別講求空闊之處，始能奔行，其能「越澗注坡」[56]。「所向無空闊」這句的特別之處乃在於（多了一個轉折）即否定見意——否定一意，以顯其意。強調此馬不需要特別講究空闊之地，始能騁行，即便是「山嶺澗坡」，也能任我奔行，此顯示其「翻山馳嶺」、「越澗注坡」之能；「萬里可橫行」句面是說：即使面對萬里疆場，也可縱橫馳騁。而「空闊」與「萬里」則因字面上意義相關相近而相互呼應，明·汪瑗《杜律五言補註》即曾說：「『萬里』應『空闊』。」[57]如此，其言外詩意

<hr />

52　〔明〕汪瑗：《杜律五言補註》，卷1，頁39。

53　〔元〕趙汸：《杜律趙註》，卷下，頁137。

54　〔清〕顧宸：《（辟疆園）杜詩註解》，五言卷之1，頁442。

55　〔明〕單復《讀杜詩愚得》於詩尾說：「賦也。」（卷1，頁80）此外，〔明〕邵寶《刻杜少陵先生詩分類集註》於詩尾也說：「賦也。」（卷20，頁2885）

56　〔清〕仇兆鰲《杜詩詳注》說：「『無空闊』，能越澗注坡。」（卷1，頁18）

57　〔明〕汪瑗：《杜律五言補註》，卷1，頁42。

是：萬里疆場縱使是「山嶺澗坡」，此馬皆可翻山馳嶺、越澗注坡而
任意橫行。此即因相互呼應所產生的言外之意。茲將此形式圖繪如
下：(A 與 B 是呼應關係；C 本是形容描述 B；其言外之意乃 C 越界
形容描述 A)

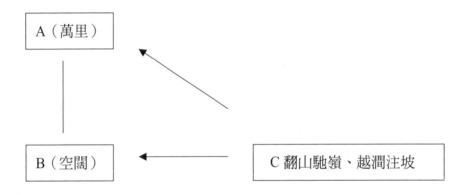

「翻山馳嶺」「越澗注坡」本是形容描述此胡馬「無空闊」之
能；而「空闊」又與「萬里」在意義上兩相呼應，因此「翻山馳
嶺」、「越澗注坡」越界形容描述了此胡馬「萬里」之能。萬里沙場即
便「澗坡山嶺」，此胡馬也能翻山馳嶺、越澗注坡且任意橫行。

詩中的「呼應」有時是種前後因果關係，有時是意義上的相近相
同所產生的聯繫。而作者在創作時省略藏隱了這些聯繫關係，讀者在
解讀時則須揭露此等關係，經填補還原，始能明白其言外詩意。杜詩
中因果關係的言外之意種類繁多，除呼應關係外，尚有其他，詳見後
文（九）、（十）、（十一）、（十二）等等。

三　一層一層的言外之意

杜甫使用賦法來敘事述物時，有時會有不同層級的描述，即一層
一層的敘述，層與層間的關係是更進一步的、更進一層的；並在敘述

過程中省略隱藏某一層的部分，來達到不露的境界。其形式如下：
（A 與 A1 分別表示條件句的前項；B 與 B1 分別表示條件句的後項；
「→」表示「則」）

　　第一層：A→B
　　第二層：A1→B1

詩人在創作時會先設定一個前提──若 A，則 B。接著再向前推進一
層：若 A1，則 B1。所推進一層者，其位置不一定在詩歌後半，有時
也可能在詩歌前半，此端賴讀者之尋覓。解讀時，讀者藉由詩歌中的
事件或字句等線索，逆測被作者省略隱藏之「某一層的部分」；進一步
還原填補為作者省略隱藏的部分，而此省略隱藏者即其言外之意。
　　譬如〈鄖縣西原送李判官兄、武判官弟赴成都府〉有「天際傷愁
別，離筵何太頻」七八兩句。[58]這中間有兩層意，清・邊連寶《杜律
啟蒙》曾說：「八句，又進一層。」[59]邊氏認為：天涯作客，已因離
別，而憂愁悲傷。何況，離別的筵席又這麼地頻繁！客中別離已憂愁
哀傷；何況是不停地離別呢？言外省略隱藏的即是──更加悲傷。汪
瑗對於這兩層意即有清楚地描繪形容，《杜律五言補註》說：「客中送
客，已為可傷；送客不已，其傷益甚。不言可知。」[60]清・顧宸《（辟
疆園）杜詩註解》也嘗云：「公在梓州，客中送客，已為可傷，頻送
不已，其傷益甚。」[61]若作客離別，則憂愁悲傷；若分首頻頻，則更
加傷悲。總之此時第二層條件句的後項被隱匿不露。讀者必須站在第

58　〔明〕單復《讀杜詩愚得》於詩尾說：「賦也。」（卷9，頁656）此外，〔明〕邵寶
　　《刻杜少陵先生詩分類集註》於詩尾也說：「賦也。」（卷21，頁3033）
59　〔清〕邊連寶：《杜律啟蒙》，五言卷之4，頁145。
60　〔明〕汪瑗：《杜律五言補註》，卷2，頁202。
61　〔清〕顧宸：《（辟疆園）杜詩註解》，卷6，頁494。

一層前提的基礎上，進而再深入一層，察覺填補被藏匿的後項。

又如〈寄高三十五書記〉云「歎息高生老，新詩日又多。……。聞君已朱紱，且得慰蹉跎」。[62]首先，今聞君朱紱，實可寬慰汝往日之蹉跎，此中隱藏「喜」意，此為第一層。其次，「蹉跎」又與「老」字呼應，此意即：老而朱紱，此中隱藏「喜甚」之意，此為第二層。詩中至少有兩層意：聞君朱紱，已令人喜；老而朱紱，尤令歡悅。汪瑗《杜律五言補註》曾說：「結喜其宦達，以此才名之美、奏凱之功，固其宜也。然在老年，尤可喜耳。『蹉跎』，貼『老』字。」[63]邊連寶《杜律啟蒙》也嘗云：「結聯與首句遙應，言雖老而得朱紱，可慰蹉跎也。」[64]「雖老而得朱紱」乃「尤為可喜」之意。第一層與第二層的後項皆隱藏不露，讀者自須逆測並還原填補，使其詩意完整。

又如〈白水明府舅宅喜雨得過字〉，詩有「吾舅政如此，古人誰復過。碧山晴又濕，白水雨偏多。精禱既不昧，歡娛將謂何？湯年旱頗甚，今日醉弦歌」諸句。[65]杜甫敘述商湯大旱之事；據《史》，大旱七年，其嘗祈禱降雨。[66]如今，白水縣旱災，精禱隨即降雨，樂不可支之意益加之深。浦起龍《讀杜心解》說：「『歡娛謂何』，猶云『樂不可支』也。末聯，收足『喜』意。」[67]湯旱七年求雨而降，此中隱藏「喜樂」之意，此為第一層，這可由「樂不可支」與詩題中有

---

62 〔明〕單復《讀杜詩愚得》於詩尾說：「賦也。」（卷2，頁212）此外，〔明〕邵寶《刻杜少陵先生詩分類集註》於詩尾也說：「賦也。」（卷21，頁2955）

63 〔明〕汪瑗：《杜律五言補註》，卷1，頁71-72。

64 〔清〕邊連寶：《杜律啟蒙》，五言卷之1，頁15。

65 〔明〕單復《讀杜詩愚得》於詩尾說：「賦也。」（卷2，頁238）此外，〔明〕邵寶《刻杜少陵先生詩分類集註》於詩尾也說：「賦也。」（卷19，頁2680）

66 〔清〕仇兆鰲《杜詩詳註》說：「《殷本紀》：湯時大旱，禱於桑林。」（卷4，頁262）此外，《帝王世紀》也說：「湯自伐桀後，大旱七年。……。禱于桑林之社，……言未已，而大雨至，方數千里。」見《太平御覽》，卷83，頁713-714。

67 〔清〕浦起龍：《讀杜心解》，卷3之1，頁358。

「喜」字逆測而得。今白水乾旱，精禱即應，當興高而采烈，手舞而足蹈，此為第二層。邊連寶《杜律啟蒙》即曾說：「湯有七年之旱，今乃有禱即應，共醉弦歌，見古人之無復過也。」[68]吳見思《杜詩論文》亦曾云：「昔日精禱之理不昧，故今日歡娛之樂更深。」[69]昔日商湯大旱數年祈禱而雨，有了歡娛之樂；今日白水旱災，隨即祈禱得雨，而喜出望外之樂益加之深。最後，邵寶（1460-1527）《刻杜少陵先生詩分類集註》也曾說：「此公美母舅祈雨有感，而言吾舅之政能感天地而得雨，古人為政誰能過之。……。蓋祈禱精誠，故歡娛無限也；且以湯之聖，猶有七年之旱，今舅一感而通，則其醉弦歌也宜矣。」[70]杜甫在敘述商湯乾旱史事時，隱藏省略「喜樂」之意，而此歡喜之意，也可由「精禱既不昧，歡娛將謂何」逆推而得，此即一種賦的言外之意。

　　杜甫以賦來敘事述物時，會刻意創造層次感，描述不同層次的因果關係。有時杜甫會完整地描述第一層的因果關係，而省略第二層因果關係的後項，此時第二層所省略的後項，讀者可藉由第一層的後項逆測第二層後項的情形而得。有時杜甫則會完整地描述第二層的因果關係，而省略第一層因果關係的後項，此時第一層所省略的後項，讀者可藉由第二層的後項逆測第一層後項的情形而得。而所藏省者皆為賦法省略的言外之意。

四　倍數的言外之意

　　杜甫倘若使用「一層一層法」來敘事述物，也常會利用第一層的

68　〔清〕邊連寶：《杜律啟蒙》，五言卷之1，頁32。
69　〔清〕吳見思：《杜詩論文》，卷3，頁286。
70　〔明〕邵寶：《刻杜少陵先生詩分類集註》，卷19，頁2680。

前提作為基礎，進而在第二層上利用數倍於 A 的方式，讓讀者逆測出數倍於 B 的言外之意。其形式如下：

第一層：A→B
第二層：數倍的 A→數倍的 B

解讀時，讀者同樣可以藉由詩歌中的事件或字句等線索，逆測被作者省略隱藏之「數倍的 B」；並且，進一步還原填補為作者省略隱藏的部分。如此，詩意始得整全，不會缺漏杜甫的詩意。

譬如〈春水生二絕〉其二「一夜水高二尺強，數日不可更禁當」兩句。[71]第一層敘及：一夜之間春水高漲，可達二尺之餘；第二層描寫：倘若經過數個日日夜夜，則溪水恐怕暴漲不已，那就更加難以抵擋了！杜甫在描述水漲之事時，先設定一個前提：一夜春水高漲，可達二尺餘。接著杜甫再向前推進一層，此層的前項是「數倍的 A」──「數日」；讀者因而可以推斷出「數倍的 B」這個言外之意，張溍《讀書堂杜詩集註解》說：「不可禁當，言水之大也。」[72]而「水之大」則被藏省。浦起龍《讀杜心解》也說：「『更禁當』，言若水漲不止，怎當得起？」[73]杜甫藉由省略隱藏「數倍的 B」──「水漲不止」這個結論──來創造賦法的言外之意。

又如〈江漲〉詩云「江漲柴門外，兒童報急流。下牀高數尺，倚杖沒中洲」。[74]杜甫此段敘寫溪水暴漲，仇兆鰲《杜詩詳注》說：「方下牀而水高數尺，及倚杖而水沒中洲，是急漲之勢。」[75]吳見思《杜

---

71 〔明〕邵寶《刻杜少陵先生詩分類集註》於詩尾說：「賦也。」（卷15，頁2298）
72 〔清〕張溍：《讀書堂杜詩集註解》，卷7，頁838。
73 〔清〕浦起龍：《讀杜心解》，卷6之下，頁836。
74 〔明〕邵寶《刻杜少陵先生詩分類集註》於詩尾說：「賦也。」（卷19，頁2713）
75 〔清〕仇兆鰲：《杜詩詳注》，卷9，頁747。

詩論文》也曾說：「兒童來報，急流至矣，急往觀之，即下牀之頃，已高數尺；方倚杖而立，又沒中洲。」[76]最後，張溍《讀書堂杜詩集註解》亦嘗云：「前四句寫江漲猛速之狀甚真，觀『下牀』二字，可見是夢中驚覺。○方下牀而已高數尺；及倚杖而即沒中洲，是頃刻事。」[77]這段詩有兩層的描寫，首先，兒童忽報：江中湧現湍漲急流。夢中驚醒，下牀之際，水才幾尺深高。其次，走出家門，倚杖而望，水已淹沒江中沙洲。杜甫描述江漲之勢時，先設立一前提：方下牀之際，水才高數尺。接著再推進一層，敘述他從室內走到門外，倚杖眺望；並省略隱藏此層的後項——水勢暴漲。而此「水勢暴漲」即詩句的言外之意。而江水暴漲之勢，從「沒中洲」諸字面亦可逆測而見。

又如〈曲江二首〉其一詩云「一片花飛減卻春，風飄萬點正愁人。且看欲盡花經眼，莫厭傷多酒入脣」。[78]此段詩意至少有三層：從「一片」到「萬點」，再到「欲盡」；從「減去一分春色」到「減去萬分春色」，再到「春色即將褪去」；從「一分哀愁」到「萬分哀愁」，再到「無比哀愁」；甚至從「莫厭一滴酒」到「莫厭萬滴酒」，再到「莫厭過多無限之酒」。

今若讀者將此三層所藏省的言外之意分別填補回去，在詩意上，第一層意指：一片花瓣初飛，就減去了一分的春色。第二層述及：如果萬點花瓣紛飛，言外藏省——就減去了萬分春色。而此「減去了萬分春色」即其言外之意。杜甫在這四句中建立的前提，其內涵不僅只有「花」、「春」，尚包含了「愁」、「酒」。今將較整全詩意敘述如下，但略去逆測過程：

76　〔清〕吳見思：《杜詩論文》，卷16，頁742。

77　〔清〕張溍：《讀書堂杜詩集註解》，卷7，頁808。

78　〔明〕邵寶《刻杜少陵先生詩分類集註》於〈曲江二首〉其一詩尾說：「賦也。」（卷22，頁3154）此外，〔明〕薛益《杜工部七言律詩分類集註》於〈曲江二首〉其一詩尾也說：「賦也。」（上之二，頁51）

　　第一層：一片花瓣初飛，即減去了一分春色，而有了一分憂愁，就想要有一滴酒入脣。第二層：萬片花瓣紛飛，即減去了萬分春色，而有了萬般哀愁，就想要飲盡許多的酒。第三層：花瓣即將飛盡，春色即將褪去，此時有了無比哀愁，即便再多的酒，也來者不拒。杜甫在此僅用了二十八字，卻表現出「無限沉鬱」、「可幾風雅」的詩意。仇兆鰲《杜詩詳注》即曾說：「『一片花飛』，至於『萬點』、『欲盡』，此觸目之堪愁者，故思借酒以遣之。」[79]仇兆鰲解讀出杜甫在此至少有三層意：「一片花飛」、「萬點」與「欲盡」。此當是古人所謂「言有盡意無窮」者。杜甫「倍數的言外之意」是「一層一層的言外之意」的進階技法，他同樣先建立一前提；接著利用「數倍的 A」的敘述，讓讀者逆測「數倍的 B」的結果。然此結論被杜甫藏省不露，以創造出言外之意。值得注意的是〈曲江二首〉其一「一片」四句，杜甫創作的形式如下：

第一層：A→B→C→D
第二層：數倍的 A→數倍的 B→數倍的 C→數倍的 D
第三層：無限的 A→無限的 B→無限的 C→無限的 D

　　杜甫以賦法見長，其使用賦法來敘事述物，卻能創造出詩意的多層次性。不僅如此，他更能在不道破詩意的情形下，力穿筆墨，意透

79　〔清〕仇兆鰲：《杜詩詳注》，卷6，頁447。此外，張淑瓊主編的《杜甫》（臺北：地球出版社，1989年）也曾說：「『一片』，是指一朵花兒上的一個花瓣。因一瓣花兒被風吹落就感到春色已減，暗暗發愁，而如今，面對著的分明是『風飄萬點』的嚴酷現實啊！……而當眼睜睜地看著枝頭殘花一片、一片地被風飄走，加入那『萬點』的行列，心中又是什麼滋味呢？於是來了第四句：『莫厭傷多酒入脣。』吃酒為了消愁。一片花飛已愁；風飄萬點更愁；枝上殘花繼續飄落，即將告盡，愁上添愁。因而『酒』已『傷多』，卻禁不住繼續『入脣』啊！」（頁126-127）

紙背，字藏句外，言已止卻意無盡。其「賦法省略」的技法變化難
測，出神而入化。這四句實是杜甫「賦法省略」的經典，可謂「含蓄
蘊藉」，追躡《風》、《雅》遺意。

五　減法的言外之意

　　杜甫以賦法來敘事述物，有時會描述同一事物數量上的差異，在
詩中約略言及總體數量與若干殘存數量，省略隱藏發展過程中消失的
部分數量，避免詩意完盡，以呈現「不露」之味。此時讀者即可利用
減去法，逐將總體數量減去殘餘數量，即可逆測還原杜甫省略的數
量，而此省略數量即其言外之意。

　　譬如〈白帝〉有「戎馬不如歸馬逸，千家今有百家存」兩句。[80]
「千家」句云：昔民有千家，今僅存百家。因而亡去者約有九百家左
右。元・張性《杜律演義》說：「戰馬久勞于外，民口十耗其九。」[81]
明・邵寶《刻杜少陵先生詩分類集註》也說：「是時戎馬久勞于外，
人口十耗其九。」[82]杜甫敘述此地昔日曾有千戶民居，接著隱去──
耗者十有其九，僅云「今有百家存」諸字。而此隱去者──「十耗其
九」──即為詩中言外之意。讀者憑藉數量上的抵減即可逆測其言外
之意。

　　又如〈三絕句〉云「二十一家同入蜀，惟殘一人出駱谷」。[83]二十
一家的人原本一同逃難至四川，如今只剩他一個人逃出了駱谷。言外
是說：除了他以外，二十一家中的其他人全部都沒能逃離出來。金聖

80　〔明〕邵寶《刻杜少陵先生詩分類集註》於詩尾說：「賦也。」（卷23，頁3210）
81　〔元〕張性：《杜律演義》（臺北：臺灣大通書局，1974年），頁15。
82　〔明〕邵寶：《刻杜少陵先生詩分類集註》，卷23，頁3210。
83　〔明〕邵寶《刻杜少陵先生詩分類集註》於詩尾說：「賦也。」（卷15，頁2232）

歎《唱經堂杜詩解》說：「二十一家，共計凡有若干人，而今止剩此一人，此其殺可知。」[84]二十一家的人口只剩一人活著逃出來，其他消失的人，則遇害可知。此亦屬賦法中「減法的言外之意」。

又如〈無家別〉，詩云「我里百餘家，世亂各東西。存者無消息，死者為塵泥。賤子因陣敗，歸來尋舊蹊。……。四鄰何所有？一二老寡妻」。[85]這段可譯作：我的鄉里原本還有百餘戶人家，如今因為世間戰亂而各奔東西，活著的人都無消沒息，死去的人早已化成了塵埃泥土。我則因為在鄴城打了敗仗，才又回來尋找以前的小路，返回故鄉。環顧故鄉四周，目前還有什麼鄰居呢？隔鄰只剩下一二位老寡婦罷了。除了我與一、二位老寡婦之外，原本百餘戶的人家，如今他們的丈夫、兒孫、媳婦等等都不在這裡了。以前原來還有百餘戶的人口，經過戰亂，如今只剩下我以及一二位老寡婦而已。此言外是：其他的人，譬如她們的丈夫、兒女、孫裔與兒媳等等親屬家人，都不在了，或死或散。這也是屬於一種賦法的言外之意。

六　二元對立的言外之意

杜甫應用賦法來敘事述物，有時會使用二元對立的方式，來表現詩歌的言外之意。亦即：敘事述物時僅言及一端，並試圖省略隱藏其對立的一端。解讀時，讀者憑依二元對立的聯想方法，利用詩歌言及的一端，即可逆測為作者省略遮隱的另外一端。當讀者測定其對立的一端時，即得其言外之意。

84　〔清〕金聖歎：《唱經堂杜詩解》（臺灣金藏書局），卷4，頁225。

85　〔明〕單復《讀杜詩愚得》於詩尾說：「賦也。」（卷5，頁391）此外，〔明〕邵寶《（刻）杜少陵先生詩分類集註（上）》於詩尾也說：「賦也。」見《和刻本漢詩集成》，卷3，頁347。

　　譬如〈陪鄭廣文遊何將軍山林十首〉，其九有「牀上書連屋，階前樹拂雲。將軍不好武，稚子總能文。醒酒微風入，聽詩靜夜分」諸句。[86]「將軍」兩句意謂：何將軍本人並不特別愛好干戈軍旅之事，他的小孩都能善於吟詩作文。杜甫敘述此事時原本在水平軸上應是：將軍不好武，將軍能好文；稚子總能文，稚子不好武。然而杜甫描述時分別省略隱藏兩相對立的一端──「將軍能好文」與「稚子不好武」，僅敘述「將軍不好武」與「稚子總能文」。

　　讀者在解讀詩歌所敘及的對立一端時，即可藉由二元對立的聯想途徑，還原填補為杜甫省略隱藏的另一端。從「將軍不好武」可推知「將軍能好文」。吳見思《杜詩論文》說：「將軍不好武，故稚子亦能文矣。」[87]「亦」字即顯示：（除「稚子能文」外）「將軍能文」這個詩意。浦起龍《讀杜心解》也說：「好文不奇，在將軍乃為難得。」[88]浦氏在此也肯認了「將軍好文」這個藏省的詩意。

　　不僅如此，此詩還使用了前述提及的「一層一層的言外之意」這個方法。杜甫在此設定了一個前提：這個家庭中，年幼的孩子，都能善於吟詩作文。杜甫接著再向前推進一層，其前項為──「年長的將軍」；杜甫並省略隱藏了此層的後項──「更加善於詩文」。汪瑗《杜律五言補註》說：「既不好武，好文可知；稚子能文，將軍可知；積書聽詩，則不好武可知。」[89]將軍既不好武，利用對立聯想可推知──「將軍好文」。年幼的稚子能文，藉由一層一層法可推斷──「年長的將軍更能文」。邊連寶《杜律啟蒙》亦曾云：「通首皆美將軍

86　〔明〕單復《讀杜詩愚得》於詩尾說：「賦也。」（卷2，頁183）此外，〔明〕邵寶《刻杜少陵先生詩分類集註》於詩尾也說：「賦也。」（卷20，頁2796）

87　〔清〕吳見思：《杜詩論文》，卷3，頁263。

88　〔清〕浦起龍：《讀杜心解》，卷3之1，頁350。

89　〔明〕汪瑗：《杜律五言補註》，卷1，頁64。

好文矣。」[90]杜甫用筆實含蓄而蘊藉。

又如〈晚行口號〉「遠愧梁江總，還家尚黑頭」兩句。[91]梁朝江總離亂後還家，其頭尚黑；而我杜甫離亂後歸家，已是白頭，兩相比較之下，我實遠遠愧對梁朝的江總。浦起龍《讀杜心解》說：「以江總十八解褐之年計之，避難時纔三十餘耳，而公年已望五，故曰『遠愧』。」[92]杜甫以賦法來敘述自己還家白頭之事時，即使用了二元對立的聯想門徑，表達「遠愧」兩句的言外之意。杜甫藉由敘述江總還家尚黑頭之事，隱蔽不言──自己還家已白頭這個對立事件。詩中僅以「遠愧」兩字微露其言外之意──「甫還家已白頭」。這個言外之意不只是作為對立事件而藏省，同時也是杜甫「遠愧」的原因。王嗣奭《杜臆》即曾說：「因己歸家頭已白而自為愧也。」[93]讀者解讀時即可利用二元對立的聯想方式，逆測水平軸上省略隱藏的對立一端，並試圖復原填補其言外之意。周篆《杜工部詩集集解》亦嘗云：「夫同一離亂還家，而頭之黑白迴異，所以愧之，乃公愧總，非總愧公也。」[94]「（杜）甫還家白頭」即作為與「（江）總還家黑頭」的對立一端而被藏省。

又如〈寄高三十五書記〉「聞君已朱紱，且得慰蹉跎」兩句。杜甫是日聽聞高書記已服朱紱，而此姑且可告慰汝往日所虛擲之光陰。詩人在此僅敘及高適應可感到寬慰，然卻省略未言己身，古人所謂「不著己身」者。讀者解讀時即可藉由二元對立的聯想方法，逆測為

---

90 〔清〕邊連寶：《杜律啟蒙》，五言卷之1，頁21。
91 〔明〕邵寶《刻杜少陵先生詩分類集註》於詩尾說：「賦而比也。……。梁江總……，公引之以比當時諂諛姦雄也。」（卷16，頁2346-2347）杜甫在此並非以「江總」比喻「當時諂諛姦雄」，只是敘述而已，據此，此非「比」，當為「賦」。
92 〔清〕浦起龍：《讀杜心解》，卷3之1，頁367。
93 〔明〕王嗣奭：《杜臆》（臺灣中華書局），卷2，頁55。
94 蕭滌非主編：《杜甫全集校注》，卷4，頁921。

杜甫省略隱藏的對立一端──自己的蹉跎目前尚無法告慰也。邊連寶《杜律啟蒙》說:「『且得』云者,言外見己之蹉跎不能慰也。」[95]浦起龍《讀杜心解》也曾說:「『朱紱』『慰蹉跎』,彼此詩人,一遇一否,即遇者亦微,幸與慨俱有。」[96]汝已朱紱,此幸可快慰汝往日之蹉跎;而我則否,同是詩人卻無此知遇,又當以何來寬慰我昔日之蹉跎呢?感慨萬千之意見於言外。

　　杜甫以賦法敘事述物時,應用二元對立的方式,字面言及一端,言外藏省另一端,此藏隱者即其賦法省略的言外之意。

七　對立交互的言外之意

　　杜甫憑藉賦法來敘事述物,有時在兩句之中,他會利用與前、後句交互對立的方式來建立詩句外的兩個意思。亦即:杜甫會利用 A 來使讀者聯想-A;應用 B 來使讀者聯想-B。然而這兩個意思(-A 與-B)──與詩句(A 與 B)交互對立的兩個涵義──皆被省略。但讀者依舊可運用交互對立的聯想推測藏匿的詩意。易言之,杜甫將原本四個句子中重複的字詞與對立的詩意分予省略,進而形成了兩個句子。圖示如下:

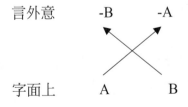

言外意　　　-B　　　-A

字面上　　　A　　　B

95 〔清〕邊連寶:《杜律啟蒙》,五言卷之1,頁15。
96 〔清〕浦起龍:《讀杜心解》,卷3之1,頁356。

讀者解讀詩歌時，必須分別將與前、後兩句詩意交互對立的兩個意思復原填補，如此始能一窺兩句詩意之全貌，沒有疏漏杜詩的涵義。

譬如〈不見〉「不見李生久，佯狂真可哀。世人皆欲殺，吾意獨憐才」。[97]「世人」兩句指：由於你曾跟隨永王璘起兵，因此世人都認為你該殺，有想要殺了你的意思，只有我一個人是抱持憐惜你才華的想法。杜甫敘述這兩句時，分別省略一端：「世人」句外省略隱藏「忌其才」；「吾意」句外掩隱匿藏「不欲殺」。而原句應是：世人皆欲殺，世人忌其才；吾意獨憐才，吾意不欲殺。讀者解讀作品時，依據交互對立聯想的原則，即可還復填補原來詩意。譬如趙汸《杜律趙註》說：「言忌之者眾，以其才高也。」[98]此言世人皆妒忌李白詩才。又如，汪瑗《杜律五言補註》也曾說：「所以『欲殺』者，忌其才也。」[99]這在「世人皆欲殺」句外添補「世人忌其才」之意，不僅如此，汪瑗更進一步將「忌其才」作為「皆欲殺」的原因。最後，顧宸《（辟疆園）杜詩註解》也嘗云：「忌才者，則欲殺之；憐才者，則哀之。曰『皆』、曰『獨』，可見世皆忌才之人，憐才者，止公一人耳。」[100]顧宸認為杜甫的原意是說：由於世人忌其才，因此世人皆欲殺；因為吾意獨憐才，因此吾意實哀憫；既言哀憫，則不欲殺也。讀

97　〔明〕單復《讀杜詩愚得》於詩尾說：「賦也。」（卷5，頁383）此外，〔明〕邵寶《刻杜少陵先生詩分類集註》於詩尾也說：「賦也。」（卷21，頁2994）

98　〔元〕趙汸：《杜律趙註》，卷中，頁116。

99　〔明〕汪瑗：《杜律五言補註》，卷1，頁111。

100　〔清〕顧宸：《（辟疆園）杜詩註解》，五言律卷5，頁487。此外，紀容舒也有相似的見解，《杜律詳解》說：「忌才者，則必欲殺之；憐才者，則從而哀之。曰『皆』、曰『獨』，可見世皆忌才之人；憐才者，止公一人耳。」見《四庫全書存目叢書》，集部8，卷3，頁325。最後，《杜甫全集校注》亦曾云：「石閭居士曰：『世人忌李之才，故欲殺之；公意美李之才，故自憐之。然曰『皆欲殺』、曰『獨憐才』，則非李之才不足以犯眾忌，亦非公之品不能以憐李才。』」（卷8，頁2419）

者倘若憑據交互對立聯想的逆測，即可重構其原來詩意。

　　又如〈贈陳二補闕〉首云「世儒多汩沒，夫子獨聲名」之語。此謂：世間儒者大多已遭埋藏，只有夫子您獨享好的聲名。顧宸《（辟疆園）杜詩註解》說：「首云『世儒多汩沒』，見不能自奮者多。」[101]顧宸認為這當理解為：世儒欲自我奮發，卻不能一展壯志，而遭埋沒者實多。進一步言，兩句原本應是：世儒多汩沒，世儒無聲名；夫子無汩沒，夫子獨聲名。杜甫創作時分別藏掩一端：「世儒」句外暗藏「無聲名」；「夫子」句外藏隱「無汩沒」，終成「世儒多汩沒，夫子獨聲名」。而利用交互對立聯想的法則，讀者可以從「世儒多汩沒」逆測言外的「夫子不汩沒」；再從「夫子獨聲名」逆測言外的「世儒無聲名」。邊連寶《杜律啟蒙》曾說：「三、四，正明陳之『獨聲名』而『不汩沒』也。」[102]既然「夫子」「獨聲名」而「不汩沒」，換言之，「世儒」也「多汩沒」而「無聲名」。

　　又如〈自京赴奉先縣詠懷五百字〉「朱門酒肉臭，路有凍死骨」兩句。杜甫敘述這兩句時，分別在「朱門」句外藏掩「無凍死骨」之意；「路有」句外遮藏「無酒肉臭」之句。讀者依據交互對立可由「路旁有凍死骨」逆測出「朱門無凍死骨」；由「朱門（有）酒肉臭」推斷出「路旁無酒肉臭」。因而這兩句原本可以是：朱門無凍死骨、朱門有酒肉臭；路旁無酒肉臭，路旁有凍死骨。詩言豪貴人家飯飽衣暖，貧寒人家則挨餓受凍。杜甫在創作時分別藏省了詩句外交互對立之意，而撰成「朱門酒肉臭，路有凍死骨」兩語。當讀者利用交互對立填補的原則即可測定出為作者隱匿的言外之意。

　　杜甫以賦法來敘事述物，有時在字面句上（A 與 B）會利用交互

---

101 〔清〕顧宸：《（辟疆園）杜詩註解》，五言律卷2，頁448。
102 〔清〕邊連寶：《杜律啟蒙》，五言卷之1，頁15。

對立的方式藏省言外詩意（-A 與 -B），使其句意更加豐富多元。反之，讀者利用此法亦可逆測出其賦法的言外詩意。

八　用典的言外之意

杜甫應用賦法來敘事述物，其敘事述物時倘若使用典故，有時其僅使用某一個語典的部分（A），而將這個語典的其他部分（B）省略暗藏。其形式如下：

原典：A＋B
今用：A
言外：B

讀者解讀詩歌時，須能察知杜甫使用的典故，並將其省略不露的部分還原填補回去。讀者倘若能還原添補，則杜甫的詩意將更為周全，且不會罅漏。

譬如〈對雪〉「數州消息斷，愁坐正書空」兩句。杜甫敘及今日數個州郡都已斷了音訊消息，我只能憂愁悶坐，仿效晉朝殷浩用手指在空中徒寫「咄咄怪事」四字。詩人描寫他愁坐書空之事時，字面上即用了殷浩「書空」這個典故的部分，《晉書·殷浩傳》說：「浩雖被黜放，口無怨言，……。但終日書空，作『咄咄怪事』四字而已。」[103]他在這個詩句裡只顯露「書空」兩字，並省略隱藏了這個語典的後半部分──「咄咄怪事」。此句藏掩的言外之意乃：對唐軍敗績之事感到不可思議。顧宸《(辟疆園)杜詩註解》即曾說：「殷浩書

---

103 〔唐〕房玄齡等：《晉書》（北京：中華書局，2003年），卷77，頁2047。

空，所云『咄咄恠事』。公正惜（房）琯，謀包文武，乃有今日之敗，此非恠事而何？」[104]杜甫對房琯兵敗，無法理解之意，寄於言外。李壽松（1921-1993）《全杜詩新釋》也曾云：「作者用殷浩故事，表示對官軍連連敗績想不通。」[105]簡言之，此典故的後半部分——「咄咄恠事」——即此詩句的言外之意。讀者若能將為作者所省略遮隱的部分語典，復原添補回詩句之中，即能理解並明白其言外詩意。

又如〈春宿左省〉「明朝有封事，數問夜如何」兩句。[106]因為明天早朝還有要上稟的密封奏疏，而我實輾轉反側、臥寢難安，於是頻頻詢問旁人：現在是夜裡的什麼時辰了？杜甫敘述他在門下省值宿之事時，使用了《詩經・小雅・庭燎》「夜如何其？夜未央」這語典的前半部，[107]並藏省了後半部「夜未央」諸字。杜甫數問身邊的人：「夜如何？」旁人屢屢回答：「夜未央！」旁人屢次回應「夜還沒過完」即此詩句尾的言外之意。仇兆鰲《杜詩詳注》在「數問夜如何」下即曾說：「《詩》：夜如何其？夜未央。」[108]又於詩尾說：「問：『夜未央？』起而待旦矣。」[109]明・林兆珂《杜詩鈔述註》也曾說：「《詩》：『夜如何其？夜未央。』……意朝臣之將入封事，待旦欲上，故『數問夜如何』，其不遑寧也。」[110]杜甫在詩尾敘述他與旁人

104〔清〕顧宸：《（辟疆園）杜詩註解》，五言律卷2，頁453。

105 李壽松、李翼雲編著：《全杜詩新釋》（北京：中國書店，2006年），卷6，頁237。

106〔明〕邵寶《刻杜少陵先生詩分類集註》於詩尾說：「賦也。」（卷17，頁2459）

107〔漢〕鄭玄箋，〔唐〕孔穎達疏：《毛詩正義》，見阮元《十三經注疏附校勘記》，卷11-1，頁432。

108〔清〕仇兆鰲：《杜詩詳注》，卷6，頁439。

109〔清〕仇兆鰲：《杜詩詳注》，卷6，頁438。

110〔明〕林兆珂：《杜詩鈔述註》，見《四庫全書存目叢書》（臺南：莊嚴文化事業有限公司，1997年），集部4，卷9，頁664。此外，紀容舒《杜律詳解》也曾說：「蓋明朝有封事可上，故數問：『夜之如何？』其憂君愛國之意，展轉于中而不能自已，此既寢之後，所思慮者也。」見《四庫全書存目叢書》，集部8，卷1，頁281。

間相互對話的事件,他雖僅描寫他數問:「夜如何?」卻省略了旁人
數次的回答:「夜未央。」讀者何以知道旁人必有回答「夜未央」
呢?因為只有旁人回答「夜未央」,杜甫不久後才會接著再問「夜如
何」,如此重複數次之多。這也說明了杜甫此時內心片刻難以安定平
靜之情。否則假若旁人的回答是「夜已盡」,那麼杜甫實不必再問,
因為可以束裝待發準備上朝了。這個用典(或回答)的省略實亦杜甫
希望讀者能加以尋覓的詩味。

又如〈奉贈韋左丞丈二十二韻〉「今欲東入海,即將西去秦」兩
句。這兩句本是雙句互文,其原句乃是:今欲東入海,今欲西去秦;
即將東入海,即將西去秦。其意亦即:我現在打算要東去大海,即將
要離開西邊的秦地長安。杜甫敘述其將「入海」時,使用了《論語·
公冶長》中「子曰『道不行,乘桴浮于海』」這個語典的後半部分,
並省略隱藏了「道不行」諸字——吾道之不行。杜甫所言之「道」當
即此詩所謂「致君堯舜上,再使風俗淳。此意竟蕭條,……」諸語;
也就是說,「今欲」這兩句的言外之意乃是杜甫自謂其壯志難酬,報
國無門。此亦其使用語典中的部分,並將此語典的其他部分略去暗藏
之例。

總言之,杜甫在敘事述物時,有時會使用某一個典故的部分,並
藏省這個典故的其他部分,此藏省的部分即其賦法不露的言外之意。

九 三段論的言外之意

杜甫不僅以賦來敘事述物,有時亦喜以賦來論說事理,然其在詩
中論事說理,亦以省略部分前提或藏省其結論的方式,不露其意,使
讀者自悟,臻至含蓄之境。其形式如下:

（1）A 是屬於 B 的範圍

（2）B 是屬於 C 的範圍

因此，（3）A 是屬於 C 的範圍

解讀作品時，讀者可以逆測杜甫所遮省的前提或藏省的結論，並依上述形式還原填補為杜甫所藏省者，如此，讀者不僅可知悉詩歌的言外之意，杜甫的詩意也可以更加地整全，沒有掛漏。

譬如〈前出塞九首〉其六「殺人亦有限，立國自有疆」兩句。[111]這兩句即分別都是屬於「三段論的言外之意」例子。它們是說：殺人本來也是有個限度的；國家的存在本來也是有其有限的疆界的。分述如下：

首先，「殺人亦有限」這句話是論述的結論，杜甫掩藏其兩個前提。其前提與結論本是：（1）殺人是件事情；（2）凡事都是有個限度的，因此，（3）殺人是有其限度的。杜甫在論述此事時已藉由此句中的「亦」字微露其意。除了殺人這件事是有其限度的之外，還有另外一件事「也」是有其限度的──此隱含的言外之意即是「凡事都是有個限度的」。詩人在此論說事理時只言及結論，他是利用「亦」字隱露另外還有其他的事情也是有範圍限制的。讀者即可測定杜甫藏掩的前提之一是「凡事都是有個限度的」。那麼，另一個前提「殺人是件事情」即極其顯目。而此兩個前提即詩句的言外之意。

其次，「立國自有疆」這句話是兩個前提之一。其前提與結論本是：（1）唐朝是屬於國家的存在；（2）凡國家的存在是有它有限的疆界的，所以，（3）唐朝是有它有限的疆界的。杜甫在此僅言「立國自

---

111 〔明〕單復《讀杜詩愚得》於詩尾說：「賦也。」（卷1，頁92）此外，〔明〕邵寶《（刻）杜少陵先生詩分類集註（上）》於詩尾也說：「賦也。」見《和刻本漢詩集成》，卷3，頁362。

有疆」，然從前句「殺人亦有限」中的「亦」字這個線索，可逆測「立國」句中也有「亦」字的涵義存在。國家的存在本來也是有其領土範圍的限制的，不可能無止境地開疆闢土。詩人在此隱含不言另一個前提：唐朝是屬於國家的存在。而此結論即呼之欲出──唐朝亦有疆。所以唐朝根本不可能不斷地對外征戰拓土。此即杜甫「君已富土境，開邊一何多」（〈前出塞九首〉其一）之嘆！杜甫寫作苦心孤詣，詩意含蓄蘊藉，其言外詩意，讀者思而可得，能使「言之者無罪，聞之者足以戒」，此可追躡《風》、《雅》遺意。

又如〈曲江二首〉其一詩云「一片花飛減卻春，風飄萬點正愁人。且看欲盡花經眼，莫厭傷多酒入唇。江上小堂巢翡翠，苑邊高塚臥麒麟。細推物理須行樂，何用浮名絆此身」。[112]「細推」兩句言，我仔細推敲：世間萬物皆有其盛衰聚散的變化之理，然而無論如何，其終將消逝，因此人生須能把握當下，及時行樂。我又何必用左拾遺這個虛名來束縛我自己呢？分述如下：

首先，杜甫從此詩前六句仔細歸納出概括前提：（1）萬物皆有其聚散盛衰、變化無端之理，最後都終將逝去；（2）人生又是屬於世間萬物之一，所以杜甫歸論出第一小結：（3）人生亦有其盛衰聚散、變化無常之理，最終仍歸為塵泥。

其次，（1）由於人生是榮悴聚散、變化無端的，終歸消亡；（2）既終歸消亡，則為樂當及時，因而杜甫再推論出第二小結：（3）人生須把握時機、及時歡樂這個結論。此即「細推物理須行樂」者。顧宸《（辟疆園）杜詩註解》說：「末聯總承上六句。……。花飛曾幾何時？春不足恃也；身所棲之小堂，飛鳥來巢，居身者不足恃也；身所埋之故塚，麒麟亦臥，身後亦不足恃也。何況區區浮名，又安可恃哉？

---

112 〔明〕邵寶《刻杜少陵先生詩分類集註》於〈曲江二首〉其一詩尾說：「賦也。」（卷22，頁3154）

公從細推中恍然大悟，信浮名之真無用，亦惟飲酒行樂而已。」[113]杜甫僅微露「細推物理須行樂」一句──只言及萬物終將死滅與人生當及時作樂，而其他前提與第一小結皆省卻不露。然而讀者憑據「萬物終將死滅」與「人生當及時尋樂」，即可逆測重構出其隱含的言外之意。

第三，因為（1）「浮名」也是屬於萬物的範圍之一；而（2）前述已云：萬物終將寂滅，以致杜甫可再歸論出第三小結：（3）「浮名」終究亦將消散於無形。

第四，由於（1）「浮名」終將消亡；（2）既終將消亡，則實不足倚仗。所以杜甫再推論出第四小結：（3）「浮名」實不足恃。既不足恃，我杜甫又何必用「浮名」來羈絆自身呢？此即「何用浮名絆此身」者。同樣地，詩人在此僅略露「浮名」二字，此外即依據前述之理由──萬物終將亡滅，所謂「物理」也──作為一個前提，而第三小結杜甫亦從略省卻。杜甫最後只以「何用浮名絆此身」來表達「浮名」實不足恃賴這個結論，餘亦從略。詩人運用「賦法」藏省的方式來論事說理，其省略部分前提與結論，僅微露些許詩意，不只深於論理，雅健而雄深，詩意更耐人尋味，臻至「無句之句」之境，實言盡而意不止。

十　否定後項的言外之意

杜甫以賦法敘事述物或論事說理時，有時會先設定一前提：A→B（若 A，則 B）。倘若此時否定這前提的後項（-B），即可推出否定的前項（-A）。詩中倘若僅是否定此前提的後項（-B），並省略隱

---

113 〔清〕顧宸：《（辟疆園）杜詩註解》，七言律卷1，頁556。

去其否定的前項（-A），那麼，此否定的前項（-A）即其言外之意。有時杜甫即會自行否定其前提的後項（-B），而省略隱匿本當推論而出的否定的前項（-A）。讀者解讀時即可仔細推敲詩句，以發現其言外之意。其形式如下：（「→」表「則」）

第一層：A→B
第二層：-B→-A

譬如〈草堂即事〉七八兩句云「蜀酒禁愁得，無錢何處賒」。[114] 杜甫敘述蜀酒能夠抑制、可以解除他的憂愁，可是他身上卻沒有錢，又有什麼酒肆、什麼地方願意先賒酒給他呢？就第一層意而言，若欲解愁，則須用酒；若欲有酒，則須有錢。就第二層意而言，如今，我身上沒錢，則沒有酒可買；沒有酒可買，則無法解除我的憂愁。「愁悶無解」實為杜甫省略隱藏之言外意。楊倫《杜詩鏡銓》說：「此愁非酒曷消，況又無錢沽酒乎！」[115] 既身無分文，去哪買酒呢？無酒入腸，如何解憂呢？若無錢沽酒，則何以解愁呢？邵傅《杜律集解》也說：「雖酒可解愁，無錢可賒，愁能已乎？」[116] 若沒錢賒酒，則無酒可沽；無酒可買，則愁不能止。吳瞻泰《杜詩提要》亦嘗云：「結謂酒可解愁，而賒不得，則愁終不得解。」[117] 歸結而言，杜甫設立了一前提：若欲解愁，則須用酒；若欲買酒，終須有錢。杜甫接著否定了此條件句的後項──「無錢何處賒」，此意指：今日無錢，愁終不

---

114 〔明〕單復《讀杜詩愚得》於詩尾說：「賦也。」（卷7，頁568）此外，〔明〕邵寶《刻杜少陵先生詩分類集註》於詩尾也說：「賦也。」（卷17，頁2470）

115 〔清〕楊倫：《杜詩鏡銓》，卷8，頁374。另外，浦起龍《讀杜心解》也曾說：「此愁非酒曷消乎？」（卷3之3，頁425）

116 〔明〕邵傅：《杜律集解》，五言卷2，頁126。

117 〔清〕吳瞻泰：《杜詩提要》，卷8，頁440。

解。而此愁終不解乃是杜甫「否定其條件句後項」所推出並暗藏的言外之意。

　　又如〈覽鏡呈柏中丞〉詩云：「起晚堪從事？行遲更學仙？」[118]杜甫自問：我每天都起得很晚，這樣難道能夠出來做官嗎？自答：不能。我每天走路都行動遲緩，這樣難道能夠學做仙人嗎？自答：不能。就首層意而言，若起晚，則不能從事；若行遲，則不能學仙。就前者而言，若欲出仕，則不可起晚，須早起也。就後者而言，若欲學仙，則不可行遲，須輕步也。此即次層意。此詩「起晚」兩句的言外之意是——出仕須早起；學仙須輕步。宋人趙次公即曾說：「凡仕有官守者，必早起。起晚矣，可堪從事乎？仙者身輕步疾，老而行遲矣，那更覺為仙乎？」[119]仇兆鰲於《杜詩詳注》也曾說：「趙注：凡仕者必早起。起晚矣，尚堪從事乎？仙者必輕步。行遲矣，更可學仙乎？」[120]杜甫先設立一前提：若起晚，則不能從事；若行遲，則不能學仙。接著讀者如果否定此前提的後項——若欲出仕；若欲學仙。那麼就會推出否定的前項——須早起；須輕步。而此否定的前、後項——出仕須早起；學仙須輕步——即其省略不言的言外之意。

　　又如〈哀江頭〉所云「昭陽殿裏第一人，同輦隨君侍君側」詩句。[121]詩言楊貴妃跟著唐玄宗坐在同一輛車上，並隨侍在君王的身

118　〔明〕單復《讀杜詩愚得》於詩尾說：「賦也。」（卷12，頁950）此外，〔明〕邵寶《刻杜少陵先生詩分類集註》於詩尾也說：「賦也。」（卷16，頁2384）

119　〔宋〕趙次公注，林繼中輯校：《杜詩趙次公先後解輯校》，丁帙卷之7，頁860。

120　〔清〕仇兆鰲：《杜詩詳注》，卷18，頁1576。此外，邊連寶《杜律啟蒙》也曾說：「趙注：凡仕者，必早起。起晚矣，尚堪從事乎？仙者，必輕步。行遲矣，更可學仙乎？按：此說較妥。」（五言卷之6，頁240）

121　〔明〕單復《讀杜詩愚得》於詩尾說：「賦也。」（卷3，頁254）此外，〔明〕邵寶《（刻）杜少陵先生詩分類集註（上）》於詩尾也說：「賦也。」見《和刻本漢詩集成》，卷5，頁464。

邊。「同輦」句使用了班倢伃的典故,《漢書·外戚傳》說:「成帝遊
於後庭,嘗欲與倢伃同輦載,倢伃辭曰:『觀古圖畫,賢聖之君皆有
名臣在側,三代末主乃有嬖女,今欲同輦,得無近似之乎?』」[122]杜
甫在此使用了班倢伃「同輦」的語典,其省略隱藏的言外之意即
是——「賢聖之君皆有名臣在側,三代末主乃有嬖女」。言外意謂:
若為賢君,則必有名臣在側;若為末主,則必有嬖女隨侍。此言倘無
嬖女隨侍,只有名臣在側,則非為末主,為賢君;若今沒有名臣在
側,只有嬖女隨侍,則非賢君,為末主。而唐玄宗身無名臣隨侍,卻
專寵楊貴妃,非賢君可知。張溍《讀書堂杜詩集註解》於「同輦」句
下即曾說:「隱言專寵。」[123]詩人句外隱含之意是:唐玄宗實非賢
君。然杜甫卻不道破此,使人思而自得,言之者可免於罪戮,聞之者
實足以戒惡,可兩盡其心,此「溫柔敦厚」者也。

　　杜甫運用這種微露部分,藏省局部,不明指道破的方式,使人
於言外領悟,言者無罪,聞者作戒,這就是「含蓄不露」、「可幾風
雅」者。

十一　省略原因的言外之意

　　杜甫以賦來敘事述物時,有時在詩歌中只描寫結論,並將其原因
省略隱藏;或者,杜甫在作品中有時會省略條件句的前項,而僅出現
條件句的後項。讀者解讀時,須逆測其省略的原因,或條件句的前
項,並還原填補之,如此,詩意始整全,這是杜詩中極為常見的一種
賦法省略。

---

122 〔漢〕班固:《漢書》(北京:中華書局,2002年),卷97下,頁3983-3984。
123 〔清〕張溍:《讀書堂杜詩集註解》,卷3,頁462。

　　譬如〈房兵曹胡馬〉有「竹批雙耳峻，風入四蹄輕」兩句。[124]
「風入」句言：此胡馬奔跑疾行，則其四蹄輕盈生風。這是形容此胡
馬奔跑疾行生風之狀。邊連寶《杜律啟蒙》說：「馬行疾，則四蹄生
風，是風自蹄出也，詩却用『入』字，妙。若作『風出四蹄輕』，更成
何語！」[125]杜甫在此僅描述胡馬「風入四蹄輕」，省略不言造成此結
果的原因。讀者可依文字的線索逆測其產生原因，並還原填補回去。

　　又如〈乾元中寓居同谷縣作歌七首〉其五「黃蒿古城雲不開，白
狐跳梁黃狐立」兩句。這兩句是：黃蒿野草已長滿同谷古城，天空陰
雲瀰漫，無法散開；有些白狐、黃狐正在跳躍，有些白狐、黃狐正在
站立。而「白狐」句乃是詩人所描述的結論，其原因──人少──已
被藏省。楊倫《杜詩鏡銓》於「白狐」句下曾說：「言無人也。」[126]
《杜甫全集校注》也曾說：「因人少，故狐狸活躍。」[127]由於同谷人
少，所以古城狐禽活躍。杜甫詩中常僅言結論而略省原因，讀者解讀
時可由結論逆測填補其藏省的原因。

　　又如〈曲江二首〉「江上小堂巢翡翠，苑邊高塚臥麒麟」兩句。
曲江邊上，有翡翠鳥在小堂上築巢；（曲江西南）芙蓉苑旁，石刻的
麒麟倒臥在路邊。此描寫曲江邊上生前所居與死後所葬皆殘破不堪之
情狀。邵傅《杜律集解》說：「江上堂荒，故翡翠來巢；苑邊塚廢，
故石獸偃臥。蓋祿山亂後也。」[128]這是由於亂後無主的緣故。仇兆鰲
《杜詩詳注》也曾說：「且見堂空無主，任飛鳥之棲巢；塚廢不修，

124　〔明〕單復《讀杜詩愚得》於詩尾說：「賦也。」（卷1，頁80）此外，〔明〕邵寶
　　《刻杜少陵先生詩分類集註》於詩尾也說：「賦也。」（卷20，頁2885）
125　〔清〕邊連寶：《杜律啟蒙》，五言卷之1，頁10。
126　〔清〕楊倫：《杜詩鏡銓》，卷7，頁298。
127　蕭滌非主編：《杜甫全集校注》，卷7，頁1784。
128　〔明〕邵傅：《杜律集解》，七言卷上，頁307。

致石麟之偃臥。」[129]此外，楊倫《杜詩鏡銓》亦云：「堂無主故鳥巢，塚無主故獸臥。二句寫曲江亂後荒涼之景。」[130]詩人僅敘述曲江建物破敗捐棄，並省略不言其原因，其理由當乃亂後無主的緣故。

杜甫常在描述具因果關係的事件中，藏省其原因，僅保留其結果；讀者可依文字線索、事物道理或所處背景等等逆定遮隱的原因。杜詩舊注即時常使用此法。詩人構作怪奇詩句，或隱省原因，或他處揭露，讀者當從此著手。

十二　省略結果的言外之意

杜甫以賦來敘事述物時，有時在詩作中只描寫原因，並將其結果藏省略去；亦即：詩人在作品中有時會出現條件句的前項，而省略條件句的後項。讀者解讀時須測定其省略的結果，或條件句的後項，並將其還原填補之，如此詩意始得齊全，沒有漏落杜甫詩意。

譬如〈前出塞九首〉其六「射人先射馬，擒賊先擒王」兩句。[131]兵騎馬上，若欲射人，則當先射馬；若馬倒，則人跌自俘。兩軍交戰，若欲擒賊，則當先擒王；若王擒，則賊潰自降。詩人在此言及「不欲多殺傷」的關鍵正在於「先射馬」、「先擒王」，並將「射馬」、「擒王」的結果──人倒自俘；賊潰自降──藏省，使讀者自覓其言外之意。仇兆鰲《杜詩詳注》曾說：「擒王則眾自降。」[132]盧國琛（1919-）《杜

129　〔清〕仇兆鰲：《杜詩詳注》，卷6，頁447。

130　〔清〕楊倫：《杜詩鏡銓》，卷4，頁181。

131　〔明〕單復《讀杜詩愚得》於詩尾說：「賦也。」（卷1，頁92）此外，〔明〕邵寶《（刻）杜少陵先生詩分類集註（上）》於詩尾也說：「賦也。」見《和刻本漢詩集成》，卷3，頁362。

132　〔清〕仇兆鰲：《杜詩詳注》，卷2，頁122。此外，吳見思《杜詩論文》也曾說：「擒賊必先擒王，王擒則賊散矣。」（卷13，頁636）

甫詩醇》亦云：「馬倒則人被擒，故云。……。王被擒則眾敵自潰，故云。」[133]最後《杜甫全集校注》也曾說：「馬倒則人被俘；故先射馬；王擒則寇自潰，故先擒王。」[134]當讀者閱讀這兩詩句時，若察覺句中有因果關係，而進一步追問「射馬」、「擒王」之情境結果為何時？結果即呼之欲出。詩人故為吞吞泣噎之態，以藏省言外詩意。

又如〈喜達行在所三首〉其三「今朝漢社稷，新數中興年」兩句。[135]杜甫敘及肅宗從彭原移幸鳳翔之後，唐朝才剛剛可以稱得上是由衰轉盛的中興之年。[136]其言外即：從此，國家可以安定，政治可以清明了。所謂「天下太平」者。邵寶《刻杜少陵先生詩分類集註》說：「『新數』，太平自此始、紀年自此數也。『中興』，再興也。」[137]既是中興之年，則從此天下可以太平了。仇兆鰲《杜詩詳注》也說：「『新數中興』，從此治安矣。」[138]總之，「從此治安」或「自此太平」是詩人在「新數中興年」裡所藏省結論，此用以表現其欣喜之情與未來心願。

又如〈雨晴〉「今朝好晴景，久雨不妨農」兩句。[139]此言今朝真是個好的晴景，過去這些時日，雖然老天下了許久的雨，但是卻一點也不妨害農事。既「不妨農」，則省略結論「可收穫」。仇兆鰲《杜詩詳注》說：「『不妨農』，可收穫也。」[140]此亦詩人賦法中省略結論的言

---

133 盧國琛：《杜甫詩醇》（杭州：浙江大學出版社，2006年），五言古詩，頁16。

134 蕭滌非主編：《杜甫全集校注》，卷1，頁250。

135 〔明〕單復《讀杜詩愚得》於詩尾說：「賦也。」（卷3，頁266）此外，〔明〕邵寶《刻杜少陵先生詩分類集註》於詩尾也說：「賦也。」（卷16，頁2410）

136 盧國琛《杜甫詩醇》說：「『數』，有數得著、稱得上的意思。」（五言律詩，頁333）

137 〔明〕邵寶：《刻杜少陵先生詩分類集註》，卷16，頁2411。

138 〔清〕仇兆鰲：《杜詩詳注》，卷5，頁348。

139 〔明〕邵寶《刻杜少陵先生詩分類集註》於詩尾說：「賦也。」（卷19，頁2689）

140 〔清〕仇兆鰲：《杜詩詳注》，卷7，頁601。

外詩意。這兩句也使用了「一層一層的言外之意」。昔既久雨而不妨農，則可收穫；再進一步，今雨過天青而更不傷農，則尤可收穫。

杜甫常在敘述具因果關係的事件中隱匿其結果；讀者同樣可依文面線索、萬物事理或時事背景等等逆測判斷所藏省的結果。

十三 「在」字的言外之意

杜甫以賦法來敘事述物，有時也善用「在」字來表現「不在」的言外之意。或者，杜甫在賦法裡使用「在」字，但卻把「不在」的意思收斂於「在」字之中，故意不把整全話語直陳出來——保留「在」字；收藏「不在」。然而言外卻有「……不在了」之意。這種在創作中保留部分詩意、收藏局部詩意的方式，就創造了吐納含蓄之感，此亦屬於一種賦法的收斂藏隱，來創造出詩歌句外詩意的方法。讀者可憑據線索、聯想與閱讀經驗，察知作者省藏的詩句。

讀者在解讀時，只要善用對立聯想的方式與閱讀的經驗，就可以從「在」字逆測言外有「不在」之意。然而，讀者也須將被作者所掩藏的句子，還復添補回詩句之中，這樣詩意才能齊全，不漏失杜甫的詩意。杜甫此類技法實多，除後文諸字法外，限於篇幅，其餘讀者自行類推，不多加贅述。

《詩經》中就有這種利用「在」字來創造言外「不在」詩意之例。《小雅·苕之華》有「牂羊墳首，三星在罶」兩句。[141] 這兩句是說：原本該是健康的（母）羊，現在卻變成頭大的（母）瘦羊；水中只有天空的三星倒映在水面之上。

---

141 〔宋〕朱熹《詩經集註》於「牂羊墳首，三星在罶。人可以食，鮮可以飽」四句下說：「賦也」（卷5，頁136）

首先,「牂羊墳首」既是描寫:本該康健的(母)羊,如今卻成了大頭身瘦的模樣。所謂「荒年饑歲」也。若僅就這兩句而言,這當中也可以有兩層意,第一層是說:就連食用野草灌木的母羊,都沒有草木可食,竟然瘦成大頭細身的樣子。那麼,這可推測出第二層意:相較之下,可食用東西更少的人類,當然也就更沒有東西可吃了,(或許)雖尚有物可食,但已幾不成人形。

其次,「三星在罶」的句中有個「在」字,這是強調:水面之中只剩下天上三星的倒影還在。詩人在這裡隱省了「水中其他可吃的東西都已不在」。也就是說,罟師用捕魚工具撈魚,卻只撈到倒映的星光,言外「一無所有」,早被撈盡了。再進一步言,這兩詩句外藏隱:這種悲慘的朝代終究是無法長久的,因為王朝即將要覆亡了,古人所謂「不可久」者。

王照圓《詩說》曾說:「舉一羊,而陸物之蕭索可知;舉一魚,而水物之凋耗可想。」[142]這是說水陸之物皆食用殆盡了。此外,范家相《詩瀋·苕之華》也曾說:「牂羊墳首,野無青草之故;三星在罶,水無魚鱉可知。生意盡矣。」[143]一方面,由於野無青草,因此「牂羊墳首」;因為水無魚鱉,所以「三星在罶」。作者在這裡隱匿了原因,這是屬於前述所言「省略原因的言外之意」,讀者可逆推而得之。另一方面,詩云「三星『在』罶」,其言外匿隱「餘皆『不在』」之意,這是屬於「『在』字的言外之意」,讀者亦可推測知之。而這些都是屬於賦法的句外之意,詩人實藉由賦法的收斂藏隱來創造出句外詩意。

《詩經》中上述這些賦的藏隱方法,在創作上深深地影響著杜

---

142 呂珍玉:《詩經詳析》(臺北:五南圖書出版股份有限公司,2012年),小雅,頁477。

143 〔清〕范家相:《詩瀋》,見《文淵閣四庫全書》,第88冊,卷14,頁707。

甫。[144]或者說，除了比興之外，亦以賦法見長的杜甫，是藉由賦法上的收藏來臻至「吞吐含蓄」之境——所謂「溫柔敦厚」者——即是承繼《詩三百》中的創作經驗。杜甫不僅是位非常傑出的創作詩人，同時也是位極具洞察力的超級讀者。茲舉例如下：

　　譬如〈春望〉「國破山河在，城春草木深。感物花濺淚，恨別鳥驚心」諸句。[145]「國破」兩句是說：唐朝國都長安城被安祿叛軍攻破了，如今只剩下山、河還在；春天的長安城裡竟然草木到處叢生且非常茂盛。「山河在」既指：現今只剩下山、河還在。那麼，這句話後面藏隱不言：此外都不在了。只剩下山、河還在，古人所謂「無餘物」者。「草木深」是說：只剩下草木叢生。這句話後面隱匿不言：別的都不在了。只剩下景色荒涼，而人跡稀少，古人所謂「明無人」者。「感時」兩句意謂：我感嘆時代，看到花兒於是就迸落眼淚；我痛恨別離，聽到鳥聲就心頭為之一驚，這兩句言外藏匿了原因——國家遭遇危難，妻兒別離已久。[146]司馬光《溫公續詩話》說：

　　《詩》云：「牂羊墳首，三星在罶。」言不可久。古人為詩，

144　沈凡玉於《六朝同題詩歌研究》（臺北：國立臺灣大學出版中心，2015年）曾說：「在『同題』形式中，文本之間的聯繫與轉換相當顯著。與前作（前人之作，或共作時先成之作）同題時，後作的內容、形式或話語，往往會從『已有的文本中派生出來』，而與前作存在著血緣關係。」（頁50-51）亦即：就「在」字而言，〈苕之華〉與〈春望〉兩詩關係密切。

145　〔明〕邵寶《刻杜少陵先生詩分類集註》於〈春望〉詩尾說：「賦也。……。曰『山河在』，明無餘物矣；曰『草木深』，明無人矣；『花』『鳥』，平時可娛之物，見之而泣，聞之而悲，則時可知矣。」（卷18，頁2568-2569）

146　陳文華《不廢江河萬古流》說：「溫公詩話的說法，也許比較可靠：『花鳥平時可娛之物，見之而泣，聞之可悲，則時可知矣。』把濺淚驚心者直接落實到作者身上，見花而落淚，聞鳥而驚心，祇是因為外在的客觀事物和內在的感情世界矛盾激盪下產生的結果。……。『感時』對國而言，『恨別』對家而言。」（頁112-113）

> 貴于意在言外，使人思而得之，故言之者無罪，聞之者足以戒
> 也。近世詩人，惟杜子美最得詩人之體，如「國破山河在，城
> 春草木深。感時花濺淚，恨別鳥驚心」。「山河在」，明無餘物
> 矣；「草木深」，明無人矣；花鳥，平時可娛之物，見之而泣，
> 聞之而悲，則時可知矣。他皆類此，不可徧舉。[147]

張高評詮解這段文獻時曾說：「司馬光《續詩話》闡說『意在言外』，
舉杜甫〈春望〉詩為例，言『山河在』，除此皆蕩然無存，以偏概
全；『無餘物』，為言外之意。言『草木深』，以果說因，故『無人
煙』，為言外之意。國家遭逢危難，杜甫不忍斥言，不欲犯中，遂出
此溫厚之語。但寫『花濺淚』、『鳥驚心』，則時局之艱危，令人哀傷
惶恐，可以想見。」[148]只寫「花濺淚」「鳥驚心」諸等結果，言外藏
隱時局艱險、國家危難此等原因。就賦法的創作而言，或舉果略因，
或說因省果；就賦法的解讀而言，或藉果逆因，或據因測果。

另外，喻守真（1897-1949）詮釋司馬光這段文字時也曾說：「所
謂『意在言外』者，換言之，就是作詩不可太露，要含蓄蘊藏，或寓
意於物，或寓情於景，使讀者自己細心去領悟……。」[149]姑且不論
「含蓄蘊藏」的方式是否僅為「寓意於物」「寓情於景」，然而，喻守
真認為杜甫在〈春望〉中確實是透過「含蓄蘊藏」的途徑，來完成
「意在言外」。杜甫此創造「意在言外」的「含蓄蘊藏」，若使用在句

---

147 〔宋〕司馬光：《溫公續詩話》，見《歷代詩話》，頁277-278。此外，陳文華《不廢
　　江河萬古流》也曾說：「根據司馬光的《溫公詩話》，首句是『明無餘物矣』。國家
　　破碎，唯有山河還在，言外之意，一切百官宗廟，文物典章都蕩然無存了。」（頁
　　111）

148 張高評：《《詩人玉屑》與宋代詩學》（臺北：新文豐出版股份有限公司，2012
　　年），頁294。

149 喻守真：《唐詩三百首詳析》（臺北：華正書局，2010年），頁219。

法中，即為句法的「省隱」；若運用在賦法中，即為賦法的「蘊藏」。

　　據此，司馬光這段關於詩歌價值評述的文獻，有幾點值得我們留意：一、司馬光所舉〈苕之華〉與〈春望〉皆屬於「詩歌的賦法」及「賦法的藏省」。二、此「賦法藏省」可以創造「意在言外」。三、此為古典詩歌的一種最高境界，所謂「古人為詩，貴于意在言外」者。四、《詩經·苕之華》早有「賦法藏省」之技法。五、杜甫學習《詩經》「賦法藏省」的創作技巧；近世詩人只有杜甫深得此精髓，其並能將此技法純熟運用，五言四句之中，至少使用了三次（「無餘物」、「無人」與「時可知」），「賦法藏省」已是杜詩普遍的創作原則，所謂「他皆類此，不可徧舉」者，甚至可稱為「青出於藍」。

　　那麼，我們可以重新將此段文獻理解如下：在詩歌之中，杜甫藉由賦法蘊藏的方式，來創造出賦法的句外之意；而賦法的句外詩意，乃利用微露部分、藏蘊局部的方式，刻意不把整全意思鋪敘出來，將意藏字外，讀者思而得之，並使「言之者無罪，聞之者足戒」，兩盡其心。事實上，這就是傳統詩藝的一種最高美境──「溫柔敦厚」。更重要的是，司馬光明確指出：杜甫這種憑據賦法的藏隱，來臻至賦法言外詩意的方法，是學自《詩三百》的創作經驗。

　　以《詩經》創作經驗為例，〈苕之華〉「牂羊」兩句是說：野外只剩墳首牂羊還在，水中只剩三星倒影還在。兩句後面隱蘊了：別的東西都不在了，吃光殆盡了。這些是描寫國家遭逢饑荒凋敝而民不聊生的景象。那麼，王朝實無法久長，因為這種慘絕人寰的國家將要亡滅了，所謂「不可久」也。「牂羊」兩句之外，「不在」的句子皆被銷匿，「不在」的現象與原因皆被藏隱。

　　同樣地，杜甫〈春望〉「國破」兩句是說：長安只剩下「山河」、「草木」還「在」。這兩句後面隱匿：別的都「不在」了，避禍逃難

光了。這是描繪國都陷賊、帝民逃難而人煙荒涼的景象。所謂「無餘物」與「無人矣」。歸納而言,「國破」兩句句外是說:除了「山河」、「草木」之外,其他人都逃命了,東西都搬光了,「無人物」也。吳喬《圍爐詩話》說:「〈春望〉詩云:『國破山河在,城春草木深。』言無人物也。」[150]這個國家災禍的肇事原因是唐玄宗嬖幸貴妃、重用祿山與權寵國忠等等導致而成的。杜甫也同樣利用「在」字,將「國破」兩句後的「不在」句子隱匿了,「不在」的現象與肇事因素皆予略去。這就是一種賦法匿隱所形成的賦法句外詩意。詩人蔽隱的「不在」涵義,讀者可藉由「在」與「不在」對立聯想思而得之。而「國破」的原因,甚至「不在」的現象與原因,讀者可藉由「知人論世」的方法,將作品與年譜(包含譜中所附史事)兩相比對,更可進一步利用史料,考查唐代安史兵反與長安城破的原因,作為解讀詩歌的資源,填補於作品的空白之處。

然而,杜甫卻又不明指道破,這種微露部分(「在」),匿隱局部(「不在」)的方法,不僅可造成詩歌的句外詩意,並使「聞者足戒,言者無罪」,所謂「含蓄蘊藉」、「溫柔敦厚」,因此,杜詩可追躡《風》、《雅》遺意。此即司馬光稱譽的「古人為詩,貴于意在言外,使人思而得之,故言之者無罪,聞之者足以戒也。近世詩人,惟杜子美最得詩人之體」。這就是「溫柔敦厚」的技法。

此外,「國破」兩句是因為城裡幾乎已經沒有人物了,所以只剩下「山河在」、「草木深」,這也可以是屬於前述「省略原因的言外之意」,讀者藉由前文言及的方法也可逆測而得之。

又如〈江畔獨步尋花七絕句〉其二,末二句有「詩酒尚堪驅使

---

150 〔清〕吳喬:《圍爐詩話》,見《清詩話續編》,卷2,頁537。

在，未須料理白頭人」之語。[151]杜甫自言現在只剩詩跟酒還在，可以供我差遣使喚，老天目前還不須要照料我這個白頭人。「詩酒」兩句有「在」字，言外有「不在」之意。亦即：如今只剩下詩與酒還在，（句後藏省——）其他都不在了；只剩可以寫詩與喝酒了，（句後藏掩——）沒有其他事物可再供我驅使了。蔡夢弼《草堂詩箋》曾說：「言當春色之盛，惟詩與酒尚可以驅役。」[152]易言之，「在」字外有「不在」之意。

又如〈登兗州城樓〉有「孤嶂秦碑在，荒城魯殿餘」兩句。[153]詩言秦始皇東巡孤高嶧山樹刻的石碑應該還在；漢景帝之子魯恭王建造的魯靈光殿還殘存著。[154]「孤嶂」兩句有「在」與「餘」諸字，言外有「不在」、「無餘」之意。秦碑應該還在，（句後隱藏——）其他都不在了；魯殿遺跡還殘存著，（句後暗藏——）其他都沒有殘餘了。邊連寶《杜律啟蒙》說：「『碑』但曰『在』，則漫滅可知；『殿』而曰『餘』，則荒涼可知。」[155]「在」、「餘」字外藏省了「不在」、「無餘」諸意。

杜甫以賦法來敘事述物，在用字上，承繼《三百篇》的創作經驗，以「在」字收斂「不在」之意，句外藏隱了「不在」的涵意，這是一種賦法隱匿的句外之意。

---

151 〔明〕邵寶《刻杜少陵先生詩分類集註》於詩尾說：「賦也。」（卷15，頁2307）

152 〔宋〕魯訔編次，蔡夢弼會箋：《詩堂詩箋》，卷18，頁443。

153 〔明〕單復《讀杜詩愚得》於詩尾說：「賦也。」（卷1，頁77）此外，〔明〕邵寶《刻杜少陵先生詩分類集註》於詩尾也說：「賦也。」（卷19，頁2747）

154 吳瞻泰《杜詩提要》說：「秦碑尚可摩識，故曰『在』；魯殿只存虛壤，故曰『餘』。」（卷7，頁361-362）

155 〔清〕邊連寶：《杜律啟蒙》，五言卷之1，頁1。此外，顧宸《(辟疆園)杜詩註解》也曾說：「若問秦？則孤嶂之上，僅有嶧山碑尚在；若問漢？則荒城之中，僅有靈光殿獨存。」（五言律卷1，頁442）簡言之，「孤嶂」兩句言外有「不在」「無餘」之意。

　　本章以下討論諸「字的言外之意」中舉隅之字，若杜詩中有與其相同或相近涵義的虛字或單字，為免複重，茲不贅述，讀者自可藉少而概多。

十四　「惟」字的言外之意

　　杜甫以賦法來敘事述物，有時也運用「惟」字來呈現「沒有其他的了」的言外之意。如同前述，杜甫在賦法裡使用「惟」字時，卻也把「沒有其他的了」的涵義收藏於「惟」字裡面。杜甫並沒有把完整的語句描述在外，此中隱藏「沒有其他的了」；詩中使用「惟」字，但言外也暗藏「沒有其他的了」之意。

　　讀者解讀「惟」字詩句時，倘若言外藏省了「沒有其他的了」的意含，讀者應把此涵意還復回詩句之中，這樣才能窺見詩意的全局。

　　譬如〈狂夫〉有「欲填溝壑惟疏放，自笑狂夫老更狂」兩句。[156] 杜甫自述我們全家就快要餓死了，這個時候我只有更加任性而為，放曠不拘；我自己都覺得好笑：我本已疏野，如今年紀老了卻變得更加疏狂了。「惟」字意指「只有」，言後省卻「沒有其他的了」。這是屬於賦法省略的言外之意。盧國琛的《杜甫詩醇》說：「『惟』字重讀，既是遭致困厄的原由，亦是說此態至此不改。」[157] 姑不論「疏放」是否乃杜甫「遭致困厄」的理由。然「惟」字確實意謂只有疏狂，言外是說：沒有其他的了。盧氏所謂「此態至此不改」者。張忠綱等等亦持相似的看法，《杜甫詩選》說：「『欲填』二句，……。雖處困極之

156　〔明〕單復《讀杜詩愚得》於詩尾說：「賦也。」（卷7，頁507）此外，〔明〕邵寶《刻杜少陵先生詩分類集註》於詩尾也說：「賦也。」（卷22，頁3121）

157　盧國琛：《杜甫詩醇》，七言律詩，頁472。

境,仍疏狂蕭散,不改其故態,老杜之曠懷畢現。」[158]這兩句也有兩層意,昔日我較今日年輕,本已疏狂,詩中所謂「狂夫」也;今日我已年老,且欲填溝壑,只有更加疏狂,此謂「老更狂」也。

又如〈別房太尉墓〉「惟見林花落,鶯啼送客聞」兩句。[159]杜甫在墓前只看到林花紛落來送客,只聽到黃鶯鳴啼來送客。言外精省:不見送客者。汪瑗《杜律五言補註》說:「二句一意。……。本謂:別時不見房公送客,唯有落花啼鳥耳。」[160]顧宸《(辟疆園)杜詩註解》也說:「結聯二句一意。……。本謂:別時不見房公有送客之人;送客者,惟有落花啼鳥耳。」[161]除了「花落」、「鶯啼」之外,再沒有其他的了,更沒有送客之人。杜甫在此用「惟」字來描寫人死的淒寂與世情的澆薄。

又如〈春遠〉「日長惟鳥雀,春遠獨柴荊」兩句。[162]詩云白日漫長,只見鳥雀;春日已深,獨有柴荊。[163]「惟鳥雀」「獨柴荊」兩句後皆藏省「無往來之人」的意思。即杜詩「自去自來堂上燕,相親相近水中鷗」(〈江村〉)之意。汪瑗《杜律五言補註》於「日長」句下說:「見過客之稀。」並於「春遠」句下說:「見村居之僻。」[164]邵寶《刻杜少陵先生詩分類集註》也說:「『獨柴荊』,言無往來之人

---

158 張忠綱、趙睿才、綦維:《杜甫詩選》(臺北:三民書局,2009年),頁212。

159 〔明〕單復《讀杜詩愚得》於詩尾說:「賦也。」(卷10,頁746)此外,〔明〕邵寶《刻杜少陵先生詩分類集註》於詩尾也說:「賦也。」(卷20,頁2896)

160 〔明〕汪瑗:《杜律五言補註》,卷2,頁247。

161 〔清〕顧宸:《(辟疆園)杜詩註解》,五言律卷7,頁508。另亦可參〔清〕仇兆鰲:《杜詩詳注》,卷13,頁1104。

162 〔明〕邵寶《刻杜少陵先生詩分類集註》於詩尾說:「賦也。」(卷18,頁2566)

163 楊倫《杜詩鏡銓》「春遠」詩題下說:「顧注:猶言春深也。」(卷12,頁557)

164 〔明〕汪瑗:《杜律五言補註》,卷3,頁267。此外,顧宸《(辟疆園)杜詩註解》也曾說:「日雖長,惟見鳥雀,言過客之稀;春已暮,獨守柴荊,見村居之僻。」(五言律卷8,頁513)

也。」[165]趙星海亦云：「然『惟鳥雀』、『獨柴荊』，『惟』字、『獨』
字，非但見春光之凋謝、日月之邁往，正見有交遊冷落、境地淒涼之
意。」[166]兩句言外隱省沒有其他的人了，此可見往來冷寂淒清的景況。

　　杜詩中其他具有只有、只是之意者如「只」、「獨」、「但」……等
亦同，自可類推，不復贅述。

十五　「又」字的言外之意

　　杜甫以賦法來敘事述物時，有時會藉由「又」字，以表示重複、
再次；甚至是更進一層之意。其言外皆藏省了「先前已出現一次」的
涵義。讀者解讀時，倘若覺察言外藏省了「前一次」的意含，則讀者
須將「前一次」復原填補回去。

　　譬如〈歸雁二首〉「萬里衡陽雁，今年又北歸」兩句。[167]詩人敘
述去年往南飛行萬里之遠而至衡陽避冬的北方大雁，今年春天回暖
後，又向北飛了回去。杜甫在此使用「又」字表示再次的意思，其言
外藏省──去年春天大雁已北飛一次了。汪瑗《杜律五言補註》說：
「曰『又』，則去年歸可知。」[168]杜甫在詩中運用「又」字，暗藏了前
一次。王嗣奭《杜臆》也說：「雁云『又北歸』，見人淹兩年矣。」[169]
去歲已見，今春再遇，所謂「人淹兩年」者。因此「又」字暗含著去

165　〔明〕邵寶：《刻杜少陵先生詩分類集註》，卷18，頁2566。此外，邵傳《杜律集
　　解》於「春遠」句下也曾說：「言無往來之人。」（五言卷3，頁200）

166　蕭滌非主編：《杜甫全集校注》，卷12，頁3360。

167　〔明〕單復《讀杜詩愚得》於詩尾說：「賦也。」（卷18，頁1341）此外，〔明〕邵
　　寶《刻杜少陵先生詩分類集註》於詩尾也說：「賦也。」（卷20，頁2875）

168　〔明〕汪瑗：《杜律五言補註》，卷4，頁457。

169　〔明〕王嗣奭：《杜臆》（臺灣中華書局），卷10，頁385。

年春天。仇兆鰲《杜詩詳注》亦云:「衡雁又歸,在潭兩春矣。」[170]
杜詩中既暗藏了去年春暖大雁已北歸一次。那麼,今年當是詩人第二
次親見大雁北還。

又如〈收京三首〉其二云「忽聞哀痛詔,又下聖明朝」。這兩句
言:我忽然聽說聖明的皇帝在朝廷上又傳下了令人哀痛的詔書。此指
至德二載十月壬申(二十八日),肅宗還京後發布的詔書。[171]杜甫既
云「又」字,那麼言外即有前一次,此前當指肅宗於至德元年七月即
位時制書大赦之事。仇兆鰲《杜詩詳注》說:「按:肅宗於至德元年
七月十三日甲子,即位靈武,制書大赦。二年十月十九日,帝還京。
十月二十八日壬申,御丹鳳樓,下制。前後兩次聞詔,故云『又下』
也。」[172]陳文華《杜甫傳記唐宋資料考辨》也曾說:「杜甫所謂的
『哀痛詔』,應是指至德元載七月甲子及二載十月壬申肅宗所下的兩
道制書而言。」[173]詩人既云「又」字,言外當省隱了前一次已頒下的
詔書。

又如〈遣憂〉「亂離知又甚,消息苦難真」兩句。[174]杜甫知道這
一次的戰亂離散比上一次的更加嚴重,尤以戰亂中的消息難以確認其
真假為苦。詩人於「亂離」句中利用「又」字藏省了──上一次的戰
亂流離。此即憑據「又」字所創造的言外之意。汪瑗《杜律五言補
註》說:「曰『又甚』,則前此可知。」[175]言外有上一次的亂離,當即
安史之亂。顧宸《(辟疆園)杜詩註解》曾說:「廣德元年,吐蕃陷長

---

170 〔清〕仇兆鰲:《杜詩詳注》,卷13,頁2059。

171 《資治通鑑》「至德二載十月」說:「壬申,上御丹鳳門,下制。」(卷220,頁
　　7043)

172 〔清〕仇兆鰲:《杜詩詳注》,卷5,頁421。

173 陳文華:《杜甫傳記唐宋資料考辨》,第2篇,頁106。

174 〔明〕單復《讀杜詩愚得》於詩尾說:「賦也。」(卷9,頁701)

175 〔明〕汪瑗:《杜律五言補註》,卷2,頁228。

安，代宗出幸陝州，『知又甚』者，較祿山陷時更甚也。」[176]此外，邊連寶《杜律啟蒙》也曾說：「廣德元年，吐蕃入寇。十月，代宗幸陝州，吐蕃陷京師，故曰『亂離』。『又甚』，言更甚于祿山之亂也。」[177]杜甫在此使用「又」字，除表示再次外，還有再進一層之意，言外並有上一次因安史戰亂而流離失所的涵義。

　　杜甫以賦法來敘事述物，有時也會藉用「又」字來藏隱「先前已出現一次」的言外之意。此亦屬於一種賦法藏省的言外之意。

十六　「亦」字的言外之意

　　杜甫以賦法來述物敘事時，有時也會使用「亦」字，而「亦」字即相當於「也」字，可以表示「同樣」的意思。換言之，言外即有同樣的物事存在著。言外既有同樣物事存在著，這就是一個經由賦法的藏省所創造出的言外之意，也是屬於一種利用字法來藏省的言外之意。

　　解讀時，讀者倘若察知作品言外省隱了「同樣事物的存在」的涵意，讀者可將省略的意含填補還原，這樣詩意始得周全。

　　譬如〈送裴五赴東川〉「故人亦流落，高義動乾坤」兩句。[178]詩云：沒有想到我行止高尚義氣而可感天動地的老朋友裴五，竟然也同樣飄泊流浪，失意於異鄉。杜甫在此運用了「亦」字，用以表示故人裴五同樣也流浪他鄉，句外省略：自己一樣窮困失意、飄泊異地。詩人藉由「亦」字來敘事述物時，字面上是說「故人亦流落」，但言外藏省了「自己固流落」之意。杜甫把這個意思收納在「亦」字當中，

176　〔清〕顧宸：《（辟疆園）杜詩註解》，五言律卷6，頁501。

177　〔清〕邊連寶：《杜律啟蒙》，五言卷之5，頁167。

178　〔明〕單復《讀杜詩愚得》於詩尾說：「賦也。」（卷7，頁552）此外，〔明〕邵寶《刻杜少陵先生詩分類集註》於詩尾也說：「賦也。」（卷21，頁3058）

使用「亦」來表達言外之意，這是屬於一種賦的言外之意。汪瑗《杜律五言補註》說：「『亦』字有味。蓋謂己之不才，固當流落在此，不意高義如故人，亦流落也。詞旨憤惋。」[179]這種經由賦法的省略而產生的言外之意，會使讀者閱讀時感到句中有滋味。邊連寶《杜律啟蒙》也說：「『亦』字無限悲慨，言己之不才，固當流落。不意高義如故人，而亦流落也。」[180]最後，夏力恕也曾說：「『亦』字、『相看』字，早有作者在內。」[181]易言之，杜甫在此使用「亦」字，除字面「故人流落」外，言外尚有「吾固流落」之意。

又如〈柳邊〉「只道梅花發，那知柳亦新」兩句。[182]詩謂本來只知道梅花綻放了，哪裡知道柳樹剛剛也吐出了嫩芽。杜甫在此使用了「亦」字，「亦」字其言外隱藏另一個同樣地「新」意，此指前述梅花「新」「發」。言外是說——梅花剛剛才綻放，此言外藏省之意，是用以補充說明「梅花發」中之「發」，描述其「剛剛」之意，這就更加具體地補充描摹梅花綻放的時間。這兩句較整全的理解當是：本來只知道梅花才剛剛綻放，哪裡知道柳樹剛剛也吐出了嫩芽。

又如〈出郭〉「故國猶兵馬，他鄉亦鼓鼙」兩句。[183]杜甫故鄉洛陽目前仍是兵馬未息；現在異地成都也還是頻擊鼓鼙。詩中「亦」字的言外意：除異鄉成都外，故國洛陽也鼙鼓動地。即「他鄉亦鼓鼙」外，藏省「故國固鼓鼙」之意。杜甫以「亦」來敘事述物時，利用「亦」字，在句外藏省「同樣」之意，讀者解讀時，當將作者隱藏之

179　〔明〕汪瑗：《杜律五言補註》，卷2，頁171。

180　〔清〕邊連寶：《杜律啟蒙》，五言卷之4，頁122。

181　蕭滌非主編：《杜甫全集校注》，卷8，頁2320。

182　〔明〕單復《讀杜詩愚得》於詩尾說：「賦也。」（卷9，頁654）此外，〔明〕邵寶《刻杜少陵先生詩分類集註》於詩尾也說：「賦也。」（卷21，頁2929）

183　〔明〕單復《讀杜詩愚得》於詩尾說：「賦也。」（卷7，頁523）此外，〔明〕邵寶《刻杜少陵先生詩分類集註》於詩尾也說：「賦也。」（卷19，頁2771）

涵義填補還原回去，這樣詩意才能夠齊全。

杜甫以賦法來述物敘事，並藉由「亦」字來表示言外也有相同的事情存在，把兩個涵意縮收在一字之中，使詩意能蘊藏於內，不顯於外。此亦屬於一種賦法藏省的言外之意。

十七 「兼」字的言外之意

杜甫透過賦法來敘事述物時，有時也會運用「兼」字，「兼」字可以指同時具有或同時關涉其他面向，因此杜甫就可利用敘述的省略，不明指說盡意思，讓「兼」字言外可以藏省：除了這個之外，還同時具有或關涉其他面向的義涵。解讀作品時，讀者倘若覺察言外藏省了「同時具有」的意含，亦須將「同時具有」還復於詩句之中。

又如〈九日曲江〉「百年秋已半，九日意兼悲」兩句。[184]詩言重九實乃秋之過半，已令悲秋；而又近半百之年，再使傷老；今又值九日重陽更令人心中倍感悲老。汪瑗《杜律五言補註》「九日」句下說：「秋已堪悲，又當老年值佳節，故曰『兼悲』。『兼』字有無限之情。」[185]汪氏認為：本已悲秋，老又值秋，又更傷悲，故言「兼悲」。仇兆鰲《杜詩詳註》也說：「……，不覺悲秋悲老，『兼』集意中也。」[186]仇氏則詮解：悲秋又悲老，此雙悲即詩中「兼」者。楊倫《杜詩鏡銓》「九日」句下則說：「言悲秋兼傷老也。」[187]詩裡「兼」字所悲者至少有三：悲秋、悲老、悲九日。秋已可悲，秋又過半此進

---

184 〔明〕邵寶《刻杜少陵先生詩分類集註》兩句作「季秋時欲半，九日意兼悲」，其並於詩尾說：「賦也。」（卷18，頁2611）
185 〔明〕汪瑗：《杜律五言補註》，卷1，頁78。
186 〔清〕仇兆鰲：《杜詩詳註》，卷2，頁163。
187 〔清〕楊倫：《杜詩鏡銓》，卷2，頁70。

一層可悲，年近半百則更加悲傷，今九日悲秋又悲老，無限悲傷，故善用「兼」字，卻不道破，使言外藏省無限的悲情。

又如〈獨坐二首〉其二「峽雲常照夜，江日會兼風」兩句。[188]兩句當謂：峽中夜裡常會雲起雨下，雨歇後，雲散而星月微露；江中白晝常會日出放晴，忽而又風起霾湧。「兼」字，除「風」外，尚藏省「晴」字。汪瑗《杜律五言補註》說：「夜常多雨，晴亦有風，見峽中風土之惡。」[189]浦起龍《讀杜心解》也說：「玩『照夜』字，知夜雨歇而星月微露也。玩『兼風』字，知日光吐而陰霧又霾也。」[190]詩人利用「兼」字除描述起風的涵義之外，文字的空白處也藏隱「晴」意。

又如〈又呈竇使君〉「日兼春有暮，愁與醉無醒」兩句。[191]詩人值此既是暮春又是日暮之際；而其憂愁與酒醉都無法清醒。「愁與」句言：因為心中憂愁，所以想要藉酒消愁；然而憂愁滿腹，愁海無涯，酒喝再多再醉，即便喝到酒醉無法醒來，心中的煩憂也無法消解而豁然心寬。「日兼春有暮」則指：「春暮」與「日暮」。汪瑗《杜律五言補註》「日兼」句下即說：「日暮。」「愁與」句下又說：「驛中所感之情，每一句而有二意，句法之妙者也。」[192]仇兆鰲《杜詩詳注》也說：「日晚春盡，故皆云『暮』。」[193]詩人用「兼」字使有「日暮」、「春暮」兩意；使用「兼」字，除「春暮」外，使言外藏省「日暮」之意。

188　〔明〕邵寶《刻杜少陵先生詩分類集註》於詩尾說：「賦也。」（卷16，頁2383）

189　〔明〕汪瑗：《杜律五言補註》，卷4，頁408。

190　〔清〕浦起龍：《讀杜心解》，卷3之6，頁561。

191　〔明〕邵寶《刻杜少陵先生詩分類集註》於詩尾說：「賦也。」（卷19，頁2712）

192　〔明〕汪瑗：《杜律五言補註》，卷2，頁213。

193　〔清〕仇兆鰲：《杜詩詳注》，卷12，頁1006。

　　杜甫以賦法來敘事述物時，其使用「兼」字，使言外藏隱同時具有或同時關涉其他面向的涵義，蓄意句中，無字之字，委婉蘊藉。

　　總之，杜甫在詩中採用「賦法的省略」進而達到「賦的言外之意」的方法，可分為四類：（一）就題目言：有題目的言外之意；（二）就章法言：有呼應的言外之意；（三）就句法言：有一層一層、倍數、減法、二元對立、對立交互、用典、三段論、否定後項、省略原因、省略結果的言外之意；（四）就字法言：有「在」、「惟」、「又」、「亦」、「兼」字的言外之意等等。杜詩中的某些字、句法，使其具有「散文議論」傾向，並帶有「以文為詩」色彩，實開後來宋詩一路。

　　這些「賦法的省略」，在一首詩中往往並非單獨使用，有時是兩種或兩種以上技法合併使用，不僅可以使「賦」法具有言外之意，詩外之味，韻外之旨，甚至可以達到言有盡而意無窮的境界。杜詩「賦法的省略」種類繁多，變化難測，推陳出新。這實際上也就是蔡英俊（1954-）在〈抒情精神與抒情傳統〉一文中所言的「藝術創作原是一項心智上無盡的持續力與韌力的鍛鍊」。[194]杜甫這種藉由「賦法的省略」來創造出言外之意的方式，是杜詩在藝術形式上成為經典的重要理由。[195]

194　蔡英俊：〈抒情精神與抒情傳統〉，見《抒情的境界》（臺北：聯經出版事業股份有限公司，2011年），頁107。

195　關於「賦法言外之意」與「比興言外之意」的區別？對於「比興」的內涵，顏崑陽於《詩比興系論》曾說：「『比』之所以成立，是依照事物間客觀的『形態或質性相似』；而『興』之所以成立，是依照事物間主觀的『情意經驗相似』。『興』之所以往往帶『比』，就因為『起興者』與『被興者』之間具有『相似性』；但是，它之不同於『比』之為『比』，也就因為它的『相似性』必是繫屬於主觀情意經驗，而不繫屬於對象客觀的形態或質性。」（頁143）當然，是書尚有其他相當精闢深入的闡釋，讀者自可參酌。今姑以《古詩十九首》〈青青河畔草〉為例，粗淺地說明「比興」言外之意的產生，詩云：「青青河畔草，鬱鬱園中柳。盈盈樓上

小結

　　自古以來，一般詩人為免詩歌流於毫無蘊蓄，常採「比興」技法來使詩歌具有弦味之音與韻外之致。「賦法」則因「敷陳其事而直言之」，流於詩味完盡，遭受前人抨擊——易于窮盡。「賦法易于窮盡」這個看法，早成詩界僵固不變的成見。

　　然而唐代杜甫以賦法見長，獨闢蹊徑，栩栩自是。倘若杜甫在詩

女，皎皎當牕牖。娥娥紅粉粧，纖纖出素手。昔為倡家女，今為蕩子婦。蕩子行不歸，空牀難獨守。」詩中「草」「柳」與「樓上女」為「比興」的關係。作者在此即以「草」「柳」來形容描寫「樓上女」，即憑藉「草」「柳」來暗示敘寫「樓上女」。首先，外面的河畔草、園中柳得以「比興」到樓上女，其中一個理由是因為它們之間的相似性，並且它們先後相繼出現——草柳的茂盛與女子的盈盈皎皎，《文選・青青河畔草》（北京：中華書局，1977年）曾說：「『鬱鬱』，茂盛也。」（卷29，頁409）其間的相通點在於它們正值美好之時，春天之於草柳如同青春之於樓女；「春」意暨是兩者的共通點，也是其言外之意；此言外詩意的解讀，即是利用「草」「柳」與「樓上女」意象間的相似關係而產生的。或者，讀者憑據兩者間的相似性，逆測出其間共通點（春），並將此共通點分別填補回去，此即其言外詩意。其次，「草」之屬性乃「隨時而變」，例如〈東城高且長〉有「秋草萋已綠」；〈冉冉孤生竹〉有「將隨秋草萎」；〈明月皎夜光〉有「白露沾野草，時節忽復易」諸語，因此「隨時而變」實為「草」這個意象的屬性（或特徵）。而「草」這個意象，讀者或者經由比興，或者經由聯想，而與「樓上女」的意象兩相結合，即草柳茂盛如同青春女子，那麼，「草」這個「隨時而變」的屬性即越界暗示描寫了「樓上女」，而產生另一個比興的言外詩意——「樓上女」「隨時而變」。或者，當讀者逆測出「草」這個意象的屬性（或特徵）時，並把此屬性（或特徵）——「隨時而變」——填補入「草」意象；而「草」意象又與「樓上女」有相似關係，因此，解讀時可以逆測出此「樓上女」也帶有「隨時而變」的言外詩意。這個「意在言外」又與末句「空牀難獨守」兩相呼應。亦即：草無堅貞之操，又隨時而變，草柳之盛又如同青春女子，因此伏下「纖纖出素手」與「空牀難獨守」諸語。據此，「比興」言外詩意的產生原因，至少有二：一是AB意象間的共通點；一是A意象的屬性（或特徵），經由AB兩者間的共通點，會越界修飾或暗示B意象，使B意象也帶有A意象的屬性（或特徵），而產生言外詩意。此明顯與「賦法言外之意」相異。

中仍欲使用賦法，亦及比興，那麼，「如何使『賦法』具有言外之意」這個問題，即成為他的首要難題。杜甫如何解決這個困境呢？杜甫採用「省略藏隱」的方式。他藉由賦來敘事述物時，以賦法的省略──微露部分，藏省局部；或隱省部分事件，或藏省部分字句……等等──透過不明指道破的方式，將詩意藏諸言外，來達到「賦法的言外之意」。詩人實乃運用「賦法的省略」來臻至「賦的言外之意」。如此「敷陳直言」的「賦」法與「含蓄不露」的詩境即有了交集，這個聯繫即是「賦法的藏省」。這樣詩人不僅能保有原本擅長的技法與特色，也能使他的詩歌深具韻味。這實是古典詩歌史上一個極為重大的創發，成功解決詩學中「賦法無法蘊蓄」的難題，成功證明賦法是可臻至「含蓄不露」的境界。依此，杜甫在敘事述物時，實縱斂自如，一般只見其「露放」，少見其收「藏收」，他通常就是透過「藏省」的方式來「收斂」情志，藉此感動讀者，古人所謂「不寫之寫」、「無痕筆墨」者。不可諱言，杜甫這種「賦」的表現方式，使其敘事述物時，竟增添一種「簡澹」之美。

杜甫採用賦的省略方法繁多，若以「題章句字」法來區分，這可概括為四類：一、題目：即利用題目來創造言外之意。二、章法：即應用「呼應」來創造言外之意。三、句法：這是運用句法來創造言外之意，包含（一）一層一層；（二）倍數；（三）減法；（四）二元對立；（五）交互對立；（六）用典；（七）三段論；（八）否定後項；（九）省略原因；（十）省略結果等。四、字法：即利用字法來創造言外之意，這包括（一）「在」字；（二）「惟」字；（三）「又」字；（四）「亦」字；（五）「兼」字等。

總之，杜甫不依循過往詩人在創作上行走的舊路，自《詩經》以下，獨闢新徑，並在創作上成功解決──「賦法」與「含蓄」是否能有交疊──這個難題，使詩作能具有言外之意與味外之致，創造「含

蓄蘊藉」的詩境,並臻至「溫柔敦厚」的藝境,藉由微露與藏省的方式,使意藏句外,思而可得,言者無罪,聞者足戒,追躡《風》、《雅》遺意。這是杜甫在古典詩學史上最大的創發與價值貢獻,這也是杜詩成為文學經典而歷久彌新的重要因素,這更是他可以盛讚為「詩聖」的重要理由之一。

歸結而言,自孟子提出「知人論世」、「以意逆志」兩說後,宋明清三朝以降,杜詩舊注或以「知人論世」為原則,從作品內外而言,前人藉由杜詩、原注與史料、地志間相互考查,嘗試尋找杜甫的創作動機及時空背景;古人也對杜詩進行繫年、繫地,進一步依時地次詩,撰寫年譜,描繪譜主平生交遊、生活時事等等。譬如現存宋代杜甫年譜計有:呂大防〈杜詩年譜〉、趙子櫟〈杜工部草堂詩年譜〉、蔡興宗〈重編杜工部年譜〉、魯訔〈杜工部詩年譜〉、黃鶴《補注杜詩‧年譜辨疑》與劉辰翁〈杜工部年譜〉等。此後,僅有清一朝至少就有下列諸家:錢謙益〈少陵先生年譜〉、朱鶴齡〈杜工部年譜〉、仇兆鰲〈杜工部年譜〉、浦起龍〈少陵編年詩目譜〉與楊倫〈杜工部年譜〉等等。前賢利用杜甫詩作與年譜(及所附時事)相互對照,試圖發掘杜甫創作緣由與背景,作為解讀詩歌資源,填補文字外的空白之處。

從作品內而言,杜甫透過詩歌內容述志言情,讀者憑據詩中情志即可判斷杜甫是否具有超凡出眾的道德人格,進而評論為「詩聖」。然而即便如此,杜甫只不過僅能稱「聖」而已,而非「詩聖」。倘若杜甫欲在「詩」上稱「聖」,顯然必須與傳統歷史上的聖者存在著重大的區別,而這個區別一定是在「詩」這件事上,在「詩」上必有重大的創發突破,因而在詩藝上研究杜甫就成了歷史與理論發展的必然。這就解釋了為何清人在考據之外,特別注意杜詩技法創發的探究。當然,我們也不可忽視宋元明的杜詩研究者,對杜詩技法深度的研究與揭露。

　　杜詩舊注或以「以意逆志」為原則，逆測杜甫詩歌主意、個人情志及創作技法，譬如，明、清兩朝強調藉由「以意逆志」來詮釋杜詩者至少有下列四家：明人顏廷榘《杜律意箋》、王嗣奭《杜臆》；清人黃生《杜詩說》與吳瞻泰《杜詩提要》等。讀者憑藉杜詩情志除可判斷其是否具備仁心聖懷之外，亦可逆測出其創作方法──賦法的省略，並可發現杜甫即是利用賦法的省略來創造出言外之意，這意指：「以意逆志」至少有兩路，一路即自古以來，讀者以其心中之意逆古人之意，接著再以古人之意逆古人之志。另一路即本文所提出者，讀者以其心中之意逆測古人創作技巧，接著再以古人創作技巧逆測古人之志，因此，讀者可以「以意逆志」。這種以「賦法省略」來創造言外志意的方式，是杜詩「含蓄不露」、「溫柔敦厚」的重要關鍵。也就是這點，杜甫個人在詩藝上的成就超越了集體性創作的《詩三百》。而賦法言外之意的創發與實踐不僅是杜甫精於詩事、眾所不及的明證，倫理綱常的題材與「含蓄不露」的表現更表明了杜詩可以追躡《風》、《雅》遺意。這種微露部分、藏省局部；或美或刺、含蓄隱微的表現方式，不但可使「言者無罪，聞者足戒」，也是臻至儒家大同美善社會的重要途徑，杜詩因而實具「溫柔敦厚」的色彩，古人據此稱譽杜甫為「詩聖」。

　　總之，上述這兩者都是杜甫成為「詩聖」的必備條件，缺一不可。若沒有在言行上被判定具超越凡人的道德人格，杜甫無法稱「聖」；沒有在詩藝上獲得重大創發、出類超群，杜甫無法稱「詩聖」。杜甫與其他詩人的差異在於「道德人格」（仁民愛物）上；杜甫與孔孟聖徒的差別在於「詩藝創發」（賦法藏省）上。而上述這兩路就是杜甫「詩聖」說研究的新方向。

第五章
杜甫「溫柔敦厚」與「詩聖」說

　　首先，從「知人論世」，讀者可判斷杜甫是否具有超凡出眾的道德人格，這是屬於「仁心聖懷」的部分，也是屬於杜詩內容的範疇；從「以意逆志」，讀者可逆測杜甫使用「賦法省略」來創造言外之意，這是屬於「含蓄蘊藉」（或「溫柔敦厚」）的部分，也是屬於杜詩形式的範圍。然而，「仁心聖懷」與「賦法省略」的關係為何呢？亦即：杜詩形式與內容的關係為何呢？是否有統一的可能呢？杜詩若能在形式與內容上統一，也就是「內容決定形式」、「形式表現內容」，那麼，試問其統一的機鍵為何呢？此中的機樞即是「溫柔敦厚」。

　　其次，自古以來，前賢論詩一般都認為：杜甫的詩歌具有「溫柔敦厚」的色彩，他的性情也屬溫厚和平。不僅如此，杜甫更擁有詩歌創作中最神聖的稱號——「詩聖」。這兩種說法在古典詩學中早已各自成為重要的議題。然而在杜詩學裡，目前學界較少探究這兩說間的關係。「溫柔敦厚」是否為杜甫「詩聖」說的理由呢？除此之外，是否還有其他的因素可以支持杜甫「詩聖」說呢？或者，杜甫「詩聖」說的內涵是什麼呢？

　　一般而言，古人都尊崇《詩經》「溫柔敦厚」的創作方式，並以「溫柔敦厚」作為教化百姓的術道，甚至將「溫柔敦厚」推揚為創作極則。而杜詩既具有「溫柔敦厚」的創作特色，因此，杜詩已達到詩歌創作上的最高善境。由於凡能精通一事且眾所不及者即可稱「聖」。杜甫因而在詩歌創作上擁有「詩聖」的稱號。更重要的是，杜甫秉性仁厚，能將心比心，設身處地同情理解別人境遇，並對他人

苦患感同身受，因此在創作上能運用賦法藏省的方式，微露部分，藏省局部，達到「含蓄不露」、「意在言外」的詩藝美境，也可以這樣說，杜甫是藉由委曲婉轉、含蓄隱微的方式來刺惡諫過與戒惡導善，這些就是「溫柔敦厚」的表現方法。這種止惡導善的方式，實以大同至善、風俗淳厚社會為宗旨，所謂「致君堯舜上，再使風俗淳」(〈奉贈韋左丞丈二十二韻〉)；另一方面，杜甫這種憂國愛民、濟世安邦的情懷又時時見諸詩章，所謂「安得壯士挽天河，淨洗甲兵長不用」(〈洗兵行〉)。而古人又主張：積善成德、博施濟眾即可為聖。因此，杜甫實可稱為詩中之聖。「溫柔敦厚」乃是杜甫「詩聖說」的重要因素之一，兩者關係極為密切。依此，杜詩「溫柔敦厚」的探究進路，實是杜甫「詩聖說」研究的關鍵。

第一節　「溫柔敦厚」說

「溫柔敦厚」一詞首見《禮記‧經解》篇，是書曾云：

> 孔子曰：「入其國，其教可知也。其為人也：溫柔敦厚，《詩》教也。……。故《詩》之失愚。……。其為人也：溫柔敦厚而不愚，則深於《詩》者也。」[1]

《禮記‧經解》記載孔子認為：一國之人其性情溫柔敦厚，是受到《詩經》教化的影響，凡領受《三百篇》的潛移教化則能涵養出人溫柔敦厚的性情。亦即：若能以溫柔敦厚的《詩》教來化育平民，則能培養出百姓溫柔敦厚的情性；那麼，吟誦溫柔敦厚的詩作，即能涵育

---

1 〔漢〕鄭玄注，〔唐〕孔穎達疏：《禮記正義》，見阮元《十三經注疏附校勘記》，卷50，頁1609。

出敦厚溫柔的稟性與氣質，而此即為《三百篇》的教化。雖然《三百篇》的教化如此重要，然而孔子在此更進一步主張：《三百篇》溫柔敦厚的教化之道，一不留心恐有使百姓淪於蒙昧之虞。這是對溫柔敦厚可能的弊端杜漸防微；這也是孔子人生智慧的高度展現。

　　在上述文獻中，孔子並沒有說明：一、何以「入其國，其教可知也」；二、為何「《詩》之失愚」。漢代的鄭玄曾提出理由來詮釋這兩個問題：首先，鄭玄認為：人之所以可以覺察知悉一國政教得失的理由，是因為人入其國可以觀察其社會風俗，如此即可明瞭導致其政教利弊得失的緣由。鄭玄注說：「觀其風俗，則知其所以教。」[2]這解釋了孔子「入其國，其教可知也」這個說法。

　　其次，何以《詩經》的教化會失於愚昧呢？鄭玄以為：這是由於《詩經》溫柔敦厚的教化之道不能受到約束控制的關係；而不受節制或一味地以溫柔敦厚來教化百姓，這恐怕會教化培育出凡事百依百順的愚昧庶民。也因此，《詩》教失之於「愚」。鄭玄注說：

　　　　「失」，謂不能節其教者也，《詩》敦厚近愚。[3]

反之，為免化育出過於無知晦昧的順民，《詩經》溫柔敦厚的教化須受到約束節制。又如，唐代孔穎達也曾說：「『故《詩》之失愚』者，《詩》主敦厚，若不節之，則失在於愚。」[4]綜上所述，如果平民百姓的性情能受到《詩》教潛移暗化的影響，而具有溫柔敦厚的稟性，

2　〔漢〕鄭玄注，〔唐〕孔穎達疏：《禮記正義》，卷50，頁1609。

3　〔漢〕鄭玄注，〔唐〕孔穎達疏：《禮記正義》，卷50，頁1609。

4　〔漢〕鄭玄注，〔唐〕孔穎達疏：《禮記正義》，卷50，頁1609。此外，〔宋〕衛湜《禮記集說》亦曾載云：「馬氏曰：……。蔽於溫柔敦厚，而不知通之以權，所以為愚。」（參《文淵閣四庫全書》，第119冊，卷117，頁510）也就是說，《詩》教為免失之於愚，而不蔽於溫柔敦厚，須能通權達變。

又能節制《詩》教，防止其疏弊的產生，使不失於愚蒙無知，那麼，對於《詩》教可說是有深通的理解。此即經文所謂「其為人也：溫柔敦厚而不愚，則深於《詩》者也」。[5]這是勉人當深通於《詩》，不可固執不知通變。

孔穎達（574-648）則進一步直指《詩》教與《六經》之教乃是國君施政上的重要借鑑。他認為：國君可各隨民性，並藉由《禮記‧經解》中的六經之道教化庶民，而秉受六經之道教導感化的子民即能陶冶出六經的性情，此中，百姓因受教而孕育出的秉性則會呈現在社會風氣習俗上，因此，人君即可藉由風俗的觀察來判斷其政治教化的利弊得失。孔穎達說：「孔子曰『入其國，其教可知也』者，言人君以六經之道，各隨其民教之，民從上教，各從六經之性觀民風俗，則知其教，故云『其教可知也』。」[6]如此，《詩》教與《六經》之教即成為帝王施政成敗的重要機柄。

然而，無論是孔子與鄭玄都沒有具體說明《詩》教「溫柔敦厚」的內涵，關於它的含意，孔穎達曾加以詮解，他說：

> 「溫柔敦厚，《詩》教也」者：溫，謂顏色溫潤；柔，謂情性和柔。《詩》依違諷諫不指切事情，故云：溫柔敦厚，是《詩》教也。[7]

「溫」乃顏色溫潤，即臉色溫柔潤澤。「柔」是情性和柔，即性情和順。「敦厚」當指寬厚、忠厚。它的具體落實即為：《詩經》依違諷諫

5　此外，鄭玄《禮記正義》也曾注云：「言『深』者，既能以教，又防其失。」（卷50，頁1609）亦即：透過《詩經》不僅能教化百姓使具溫厚和平的性情，又能防止愚昧疏失的產生，這意謂對《詩經》有深通的理解。

6　〔漢〕鄭玄注，〔唐〕孔穎達疏：《禮記正義》，卷50，頁1609。

7　〔漢〕鄭玄注，〔唐〕孔穎達疏：《禮記正義》，卷50，頁1609。

不指切事情的方法。也就是說,消極上,不宜採平直淺露與直截指責
的表達方式;積極上,選用含蓄蘊藉、曲折委婉、似合恰離的勸諫途
徑。

　　總言之,秉性和順,內心寬厚,表情溫柔潤澤,力避直斥,而以
委曲婉轉、省略藏隱的途徑來規勸諫過與勸善戒惡。此即溫柔敦厚的
內涵。它不僅是古典詩歌的一種表現方式,也是古典詩歌美感的一種
示現。民人之所以具有溫柔敦厚的性情,這是由於受到溫柔敦厚的
《詩》教影響所致。此外,孔穎達曾在分辨《詩》與《樂》教之關係
時說:

　　　若以《詩》辭美刺、諷喻以教人,是《詩》教也。[8]

「美刺」意指或美或刺——或稱善,或諷惡,即善者則美之,惡者則
刺之,非篇篇稱善,亦非詩詩刺惡。詩人在作品中美刺的目的是為了
戒惡導善;[9]「諷喻」則指諷諫告喻,即力拒犯顏直諫;而是秉持溫

8　〔漢〕鄭玄注,〔唐〕孔穎達疏:《禮記正義》,卷50,頁1610。

9　關於「美刺」的含意,《詩經·召南·甘棠序》「〈甘棠〉,美召伯也」下,孔穎達曾
　　說:「至於變詩美刺,各於其時,故善者言美,惡者言刺。」(參鄭玄箋;孔穎達
　　疏:《毛詩正義》,見阮元《十三經注疏附校勘記》,卷1-4,頁287)依此,孔穎達的
　　「美刺」當指美善刺惡,亦即:善者美之,惡則刺之。此外,〔明〕馮時可也曾
　　說:「《詩》之為教,主於美刺,所以導善而懲邪也。」(見《明詩話全編》,第10
　　冊,頁10822)又,「美刺」當亦指或美或刺,〔宋〕衛湜《禮記集說》說:「《講
　　義》曰:……。凡為人欲知《詩》之教,則溫柔敦厚是已,以詩之作,或美或刺,
　　其言皆溫潤優柔而不迫,而其意畢歸於忠厚故也。」(參《文淵閣四庫全書》,第
　　119冊,卷117,頁511)也就是說,「美刺」並非意指篇篇稱美,亦非意指篇篇刺
　　惡,而是有時稱美,有時刺惡。最後,溫柔敦厚的詩歌也要避免篇篇譏諷人。倘若
　　作品篇篇譏刺人,如何能臻至溫柔敦厚的境域呢?黃震即曾說:「溫柔敦厚,《詩》
　　教也。使篇篇皆是譏刺人,安得溫柔敦厚?」(見《宋詩話全編》,第9冊,頁
　　9372)換言之,溫柔敦厚的詩歌當以篇篇譏刺人為避忌。

柔和平的態度，憑藉婉轉曲折、似有若無略微尖銳意味的言辭，或者
微露部分、藏省局部，不明指道破的方式，以使人明白的諫過勸善方
法。依此，「美刺」、「諷喻」即是《詩》教「溫柔敦厚」的具體方
法；而「溫柔敦厚」則為「美刺」、「諷喻」的抽象原則。那麼，若能
藉由《詩》教「溫柔敦厚」來感化教育人民，則百姓也會具有敦厚溫
柔之情性，這就是《詩經》溫柔敦厚的教化之道。此即所謂「若以
《詩》辭美刺、諷喻以教人，是《詩》教也」之意。

　　前述「依違諷諫不指切事情」與此「美刺」、「諷喻」這兩者間的
含義交疊相通，它們都是溫柔敦厚的具體內涵。而詩人「美刺」、「諷
喻」的目的既是為了導善戒惡，因此，「依違諷諫不指切事情」的宗
旨也是由於刺惡勸善這個重要因素。此說若是，那麼「溫柔敦厚」即
是以稱善諷惡為鵠的。

　　前章曾言：杜甫賦法的省略──即微露部分、藏省局部的表現方
式──不僅具有「不露」的性質；這種藉由「微露藏省」使讀者領略
的方式也具備了「曲折」的面向。這重新義界了「含蓄曲折」的內
涵，使「含蓄曲折」不只僅於「曲折」，更新納了「省略藏隱」這個
構成要素。簡言之，杜甫「賦法的省略」實賦予了「含蓄曲折」新的
內容，使「含蓄曲折」不僅只有「曲折」，更包含了「藏省」。杜甫這
種「賦法的省略」實承繼了《詩經》「依違諷諫不指切事情」的藝術
精神與創作原則，「微露」的部分可使聞者足戒，「藏省」的部分可使
言者無罪，這實是屬於「溫柔敦厚」的表現方式。從這個角度來說，
杜甫實有意將其創作詩歌提升至《詩經》的地位，所謂「別裁偽體親
《風》、《雅》」，使達到「若以《詩》辭美刺、諷喻以教人，是《詩》
教也」境域。

　　總而言之，「溫柔敦厚」乃指性情和順溫柔，內心忠誠仁厚，神
色柔和潤澤，言行上，以正色直言、指責事情為戒忌；藉由含蓄曲

折、若即似離、有無之間略帶尖銳意味的言辭，或者微露局部、藏隱部分，不明指道破的方式來導善戒惡。據此，「溫柔敦厚」背後更深層的理由與精神乃是美善刺惡。若能吟詠溫柔敦厚的詩作，即能涵育出敦厚溫柔的情性。然而，為免培育出蒙昧無知的順民，溫柔敦厚的教化之道仍須受到約束節制，或者須能達權通變。以下就「溫柔敦厚」詩歌的來源、屬性與避忌之道三方面申述之：

一　溫柔敦厚之詩與溫柔敦厚之性情

為何會誕生溫柔敦厚的詩作呢？或者，溫柔敦厚的詩作源自於哪裡？關於這個問題，基本上有兩種看法。首先，古人認為：詩乃志之所之的結果；而志之所之本即心之所適，因此，詩作乃詩人內心所適的成果。〈毛詩大序〉曾云：「詩者，志之所之也，在心為志，發言為詩。」[10]詩既是源自於詩人之志，當志蘊藏於心時，「志」、「心」的關係是一體兩面，它們不即不離，即所謂「在心為志」。此外，許慎也曾進一步說明「志」、「心」的關係，《說文解字》說：「志，意也。……。意，志也。從心音。」[11]許慎認為：「志」是「意」；「意」又是「心音」，據此，詩人心中之「志」亦詩人心中之聲音。綜言之，詩歌源自於詩人心音，詩作本源於詩人內心。這解釋了詩歌誕生的原因。對此孔穎達曾解釋說：「此又解作詩所由。詩者，人志意之所之適也。雖有所適，猶未發口，蘊藏在心，謂之為志，發見於言，乃名為詩。」[12]詩歌既是詩人心志表現的結果。那麼，溫柔敦厚之詩

10　〔漢〕鄭玄箋，〔唐〕孔穎達疏：《毛詩正義》，見阮元《十三經注疏附校勘記》，卷1-1，頁269。

11　〔漢〕許慎撰，〔清〕段玉裁注：《說文解字注》，10篇下，頁502。另亦可參〔南唐〕徐鍇：《說文解字繫傳》，通釋第20，頁208。

12　〔漢〕鄭玄箋，〔唐〕孔穎達疏：《毛詩正義》，見阮元《十三經注疏附校勘記》，卷

當源自溫柔敦厚之志;而溫柔敦厚之志即來自溫柔敦厚之心。因此,溫柔敦厚之詩作根柢於溫柔敦厚之詩心。這是「心─志─詩」一路。

　　其次,古人認為:詩本以言志,《虞書》即有所謂的「詩言志」之說;[13] 而詩人心中之志呈現出詩人的性情,因此,詩作乃詩人性情的展現。朱鶴齡〈輯注杜工部集序〉即曾說:

> ……故曰:「詩言志。」志者,性情之統會也。性情正矣,然後因質以緯思,役才以適分,隨感以赴節。雖有時悲愁憤激、怨誹刺譏,何不戾溫厚和平之旨。……。子美之詩,惟得性情之至正而出之,故其發於君父友朋家人婦子之際者,莫不有敦篤倫理、纏綿菀結之意,極之履荊棘,漂江湖,困頓顛躓,而拳拳忠愛不少衰。自古詩人變不失貞,窮不隕節,未有如子美者,非徒學為之,其性情為之也。[14]

詩既以言志,而志又表現性情,因而詩歌呈現了詩人的性情。據此,溫柔和平之詩當亦源自於溫柔敦厚之志;而溫柔敦厚之志亦起源於溫柔敦厚之性情,所以,溫柔和平之詩乃根源於溫柔敦厚之情性。古典

1-1,頁270。另外,葉燮《原詩》也曾說:「詩之基,其人之胸襟是也。……。千古詩人推杜甫,其詩隨所遇之人、之境、之事、之物,無處不發其思君王、憂禍亂、悲時日、念友朋、弔古人、懷遠道,凡歡愉、幽愁、離合、今昔之感,一一觸類而起;因遇得題,因題達情,因情敷句,皆因甫有其胸襟以為基。如星宿之海,萬源從出;如鑽燧之火,無處不發;如肥土沃壤,時雨一過,夭喬百物,隨類而興,生意各別,而無不具足。……。由是言之,有是胸襟以為基,而後可以為詩文。不然,雖日誦萬言,吟千首,浮響膚辭,不從中出,如剪綵之花,根蒂既無,生意自絕,何異乎憑虛而作室也?」見《續修四庫全書》,第1698冊,卷1,頁24-25。據此,詩作與詩人心志胸襟關係密切。

13　〔漢〕孔安國傳,〔唐〕孔穎達疏:《尚書正義》,見阮元《十三經注疏附校勘記》,卷3,頁131。

14　〔清〕朱鶴齡:《杜工部詩集》,頁13-14。

詩歌中具體的實例即是杜甫與其詩作。朱鶴齡認為：由於杜甫秉持溫柔敦厚之性情，詩中呈現出溫柔敦厚之心志，因而杜甫創作出溫柔敦厚之詩歌。簡言之，這是因為杜甫性情溫厚和平的緣故。清・劉毓崧（1818-1867）《古謠諺・序》對此即曾說：「千古詩教之源，未有先於言志者矣。」[15]亦即：倘欲論及溫柔敦厚詩作之源，詩人須先具有溫柔敦厚之志；同理，倘欲論及詩人和平溫柔之志，詩人須先具有溫柔敦厚之性情。這是「性情—志—詩」一路。

上述這兩路並非截然不同，毫無交集可言，它們實則可以一貫，只是側重面向不同罷了。現在融通上述兩說敘述如下：詩乃志之歸向的體現，志之歸向即心之趨向；而心之趨向實以性情為歸依，所以，詩歌乃詩人性情之呈現。譬如，宋・游酢（1053-1132）曾說：

> 蓋詩之情出於溫柔敦厚，而其言如之。言者，心聲也。不得其心，斯不得於言矣。仲尼之教伯魚，固將使之興於詩，而得詩人之志也。得其心，斯得其所以言，而出言有章矣，豈徒攷其文而已哉？詩之為言，發乎情也。……。[16]

詩是本屬於言語的範圍，言語可以呈現詩人之志。當讀者閱讀作品並有了感動啟發，此時即能意識到詩人之志的存在。而志之所之即心之所之，〈毛詩大序〉所謂的「在心為志」。據此，言語乃心之聲，所謂「言者，心聲也」。而心之音本是性情之體現，因此，無論是《詩經》或是詩歌都是詩人性情的顯現。具體而言，溫柔敦厚之詩即敦厚溫柔之志的流露；敦厚溫柔之志本起於溫厚和平之心；和平溫厚之心

---

15 〔清〕杜文瀾：《古謠諺》，見《續修四庫全書》，第1601冊，頁1。
16 〔宋〕游酢：《游鷹山集》，見《文津閣四庫全書》，第1126冊，卷1，頁103。

即是溫柔敦厚性情的顯露,因此,溫柔敦厚之詩乃是溫柔敦厚之性情的表現。又如,清・朱庭珍(1841-1903)《筱園詩話》也說:

> 「溫柔敦厚」,《詩》教之本也。有溫柔敦厚之性情,乃能有溫柔敦厚之詩。本原既立,其言始可以傳後世,輕薄之詞,豈能傳哉!夫言為心聲,誠中形外,自然流露,人品、學問、心術皆可於言決之,矯強粉飾,決不能欺識者。[17]

就閱讀而言,誦詠溫柔敦厚之作自能涵養溫柔和平的性情,這是《詩經》的教化之道,依此,溫柔敦厚之詩乃《詩經》教化之本根。現在的問題是:溫柔敦厚的詩作是如何誕生的呢?就創作而言,溫柔敦厚之詩作是導源於溫柔敦厚的心志,所謂「誠中形外,自然流露」;而溫柔敦厚的心志又本源於溫柔敦厚的性情,據此,溫柔敦厚之詩歌當乃祖源於溫柔敦厚之性情,此即「有溫柔敦厚之性情,乃能有溫柔敦厚之詩」。

　　總言之,溫柔敦厚的詩作源於敦厚溫柔之志,敦厚溫柔之志來自溫柔和平之心,溫柔和平之心又源自溫柔敦厚的性情,所以溫柔敦厚的詩歌實來自於溫柔敦厚的性情。

二　「風」、「諷」與「風」、「動」

　　首先,源自「溫柔敦厚」性情的詩歌,一方面可用以美刺君王,另一方面也可用以教化百姓。就《詩經》言,這其實是同一個過程中的不同階段,而非相異的情事。臣民為了美刺君王,因此創作出溫柔

---

17 〔清〕朱庭珍:《筱園詩話》,見《清詩話續編》,卷3,頁2391。

敦厚的詩歌；國君進而以溫柔敦厚的詩歌來教化百姓，因此，國君可以涵養出百姓溫柔敦厚的性情。就此過程而言，臣民實是溫厚和平風俗的原初發動者。〈毛詩大序〉說：

> 風，風也，教也；風以動之，教以化之。……。上以風化下，
> 下以風刺上，主文而譎諫，言之者無罪，聞之者足以戒，故曰
> 風。[18]

關於「主文而譎諫」，陳應鸞（1944-）在《歲寒堂詩話校箋》中曾說：「鄭玄箋：『主文，主與樂之宮商相應也。譎諫：詠歌依違不直諫。』『主文』，本謂詩之文辭與音樂之樂曲相配合，……。『譎諫』，本謂不直言人君之過失，詩與樂和所指斥之事乍離乍合。後世謂勸諫君主，不直言其過失，方式委婉，隱約其詞，使之自悟。」[19]「譎諫」乃詩人透過委婉含蓄、微露藏省的表現方法來曉諭刺惡。

　　而「風」即是「諷」，具有諷刺的含意，為了稱善刺惡，臣下並不直言君王的過失，而是藉由婉轉迂曲、似即似離卻略帶尖銳意味的詩歌，或者微露部分、隱藏局部，不明指道破的方式，意藏字外，令人自悟，對君上加以曉諭刺惡，此即「下以風刺上」。由於人臣並非正色直言君王言行施政的謬誤，若不犯顏直諫，人君往往並不遷怒，因此人臣可以無罪。因為君主聽聞詩樂演唱而後明白作者志意，由「露」知「藏」，從「隱」知「諷」，舉一反三，觸類旁通，進而反躬自省，覺察過失，知錯能改，所以人君能夠戒惡。依此，「風」可詮解為「諷」。

18　〔漢〕鄭玄箋，〔唐〕孔穎達疏：《毛詩正義》，見阮元《十三經注疏附校勘記》，卷 1-1，頁269與271。

19　陳應鸞：《歲寒堂詩話校箋》（成都：巴蜀書社，2000年），卷下，頁147。

　　另一方面,「風」亦即「教」,具有教化的意思,即國君藉由含蓄曲折的詩歌來化育百姓,或者人君透過涵蘊溫柔敦厚性情的詩歌來教化百姓,如此,臣民也能具有敦厚溫柔的秉性,社會瀰漫一片淳厚和平的風氣,此即「上以風教下」。那麼,「風」可理解為「教」。孔穎達對此曾詮解說:

　　　　「風」,訓「諷」也,「教」也。「諷」謂微加曉告,「教」謂殷勤誨示。諷之與教,始末之異名耳。言王者施化,先依違諷諭以動之,民漸開悟,乃後明教命以化之。……。臣下作詩,所以諫君,君又用之教化,故又言上下皆用此。……。在上,人君用此六義風動教化;在下,人臣用此六義以風喻箴刺君上。其作詩也,本心主意,使合於宮商相應之文,播之於樂,而依違譎諫,不直言君之過失,故言之者無罪。人君不怒其作主而罪戮之,聞之者足以自戒,人君自知其過而悔之,感而不切,微動若風,言出而過改,猶風行而草偃,故曰「風」。[20]

重要的是:不僅要能創作出與音樂契合的詩歌,詩人本心與主意也要能秉持含蓄婉曲、似近又遠、或露或藏的詩藝表現與美學精神,不宜直揭君王惡過。亦即:內心要保持溫柔敦厚,如此,始能創作出溫柔和平的詩歌。此即所謂「本心主意,使合於宮商相應之文,而依違譎諫,不直言君之過失」。

　　其次,《三百篇》中十五諸侯國的民間詩歌為何能與自然界空氣流動現象中的「風」同名呢?分述如下:

　　一、這是以兩者間共同點——形諸聲音微動從行——來命名,因此十五諸侯國的民間詩歌可以稱為「風」。孔穎達認為:由於溫和微

---

20 〔漢〕鄭玄箋,〔唐〕孔穎達疏:《毛詩正義》,卷1-1,頁269與271。

風能拂物而出聲，風聲動而草伏行，所謂風行草偃；而民間歌謠之詩
也能合樂形聲、感人動物，據此，民間歌謠之詩不僅能以其聲音力量
感人心腑，而且也能使人感動從行。「從行」即從而奉行、從而戒惡
行善之意，亦即風行草從。依此，民間詩歌可以稱為「風」。這就是
孔穎達所稱的「感而不切，微動若風，言出而過改。猶風行而草偃，
故曰『風』」（見前引文）之意。這是民間詩歌可以稱為「風」的第一
個理由。

　　二、這是因為民間歌謠之詩像風一樣能默潤潛移而動物感人，所
以十五諸侯國的民間詩歌可以稱為「風」。由於自然現象中的風可以
覆蔽潤澤地上萬物，這本是和溫的自然現象，而非有意為之，因此可
以臻至潛移潤化的萌動效用；現在無論是盛世的正風，還是刺上的變
風，它們也是源於自然溫和的本性，而非存心為之，又能和潤心神，
因此，民間歌謠之詩能默化潛移而感動人心。宋・輔廣〈詩傳綱領〉
說：「『上以風化下』，謂正風也，然變風亦間有如此者。『下以風刺
上』，則止謂變風耳。風雖有此二義不同，然皆有取於風之被物，彼
此無心而能有所動，故皆曰『風』也。」[21]這就是民間詩歌可以稱為
「風」的第二個理由。

　　三、這是由於民間歌謠之詩像風一樣能形見聲音而感人動物，因
此民間歌謠之詩又稱為「風」。因為風能披物而成聲，風聲起而草搖
動，所謂風吹草動；而民間歌謠之詩也能出口成聲，因此，民間歌謠
之詩能以其音聲而感動人物內心。明・胡廣（1370-1418）《詩傳大全・
綱領》曾說：「『風』者，民俗歌謠之詩，如物被風而有聲，又因其聲
以動物也。……。凡以風刺上者，皆不主於政事，而主於文詞。不以
正諫，而託意以諫，若風之被物，彼此無心，而能有所動也。」[22]這

21　〔宋〕輔廣：《詩童子問》，見《文淵閣四庫全書》，第74冊，卷首，頁273。
22　〔明〕胡廣等：《詩傳大全》，見《文淵閣四庫全書》，第78冊，頁312。

就是民間詩歌可以稱為「風」的第三理由。第三個理由像是前面兩個理由的概括綜合。歸結而言,《三百篇》中十五諸侯國的民間詩歌能與自然界空氣流動現象中的「風」同名。

　　第三,由於民間詩歌與自然之風的交集在於「動」,因此,以「風」為名的十五諸侯國民間詩歌曾被前人詮解為「動」。明‧雷燮《南谷詩話》曾說:「風者,諷也,動也。風之動物,有氣而無質,故君子風聲所及,聞者動心,而不知其由也。」[23]易言之,以「風」為名的民間詩歌能潛移暗動。就詩歌效用言,「動」即感動——感動人心。譬如,明‧季本(1485-1563)《詩說解頤》曾說:

　　風者,諷也,民俗私相咏歌之辭,有嘉人之善而感動良心者,
　　有刺人之惡而感動恥心者,皆諷言也。[24]

季本認為:民間詩歌能感動人心,這是由於民間詩歌能稱善刺惡的緣故。而稱人善行可感動其良心,使激勵善心或效仿善行;刺人惡行可感動其恥心,使見惡內省或除戒惡舉,所以民間詩歌可以觸動人的良心與恥心。依此,「諷」與「動」關係密切。又如,胡廣《詩傳大全‧綱領》亦曾云:

　　凡詩之言善者,可以感發人之善心;惡者,可以懲創人之逸
　　志。[25]

23　〔明〕雷燮:《南谷詩話》,見《珍本明詩話五種》(北京:北京大學出版社,2008
　　年),卷下,頁65。
24　〔明〕季本:《詩說解頤》,見《文津閣四庫全書》,第74冊,卷1,頁125。
25　〔明〕胡廣等:《詩傳大全》,見《文淵閣四庫全書》,第78冊,頁318。

因為詩歌可以旌善刺惡，而揚善可感發實踐價值的善念，刺惡可警戒放蕩縱欲的心志，因此，詩歌不僅可以感發人的善心義行，也可以懲治人的惡行逸志。就政治社會的教化言，詩歌效用不可謂不大。

　　綜上所述，由於民間詩歌本源自作者溫和的真性摯意，進而形諸筆墨，非存心如此、惡意吟詠；實乃透過委婉曲折、微露暗藏、似無若有略微尖利的意思，使其意藏句外，讀者領會的方式，以規勸君王並止惡旌善，言出而過改，因此，民間詩歌往往能觸動讀者衷心，感發善念，感悟惡行，繼而使人除邪戒惡，從善循行。如此，言者無罪，可免於誅戮；聞者戒惡，可臻至善境，兩者皆盡其心。國君進而能以溫柔敦厚的詩歌教化百姓，使百姓性情溫厚，社會漫布一片和平淳厚的善良風氣。

三　忌譏誚與貴譎諫

　　首先，為何詩歌當以譏誚為忌呢？一、這是因為詩人為免自己因言獲罪，因此詩家當以直截譏誚朝廷君上為避忌。二、這是詩人為求對社會國家有所助益，因此詩歌原則上當以譏誚為戒忌。詩人若藉詩歌對君上譏誚毀謗，引發君怒，不僅可能招致罪戮，對臻至和樂至善的社會也絲毫沒有助益；那麼，為求至善和樂社會，詩人藉由詩歌來勸諫君王時當以譏誚毀謗為諱忌。反之，詩歌若能藉由含蓄譎諫而出之，並戒惡導善，不論是對小我與群體都能有所補益。宋・楊時（1053-1135）《龜山集》曾說：

> 作詩不知《風》、《雅》之意，不可以作詩。尚譎諫，唯言之者無罪、聞之者足以戒，乃為有補；若諫而涉於毀謗，聞者怒之，何補之有？觀蘇東坡詩，只是譏誚朝廷，殊無溫柔敦厚之

氣，以此，人故得而罪之。[26]

三、這是由於詩歌須有溫柔敦厚之氣，所以詩人當以譏誚為戒忌。也就是說，譏誚責問本是一種過於暴露直白、略為無情冷酷的表現方式，沒有設身處地同情理解，並預留退卻轉圜餘地，此恐流於意氣之爭，因此譏誚指責是詩人心中無溫厚之氣的外顯。而詩作又以溫厚之氣為重要條件。那麼，為免詩歌殊無溫柔敦厚之氣，所以詩人當以譏誚責問為戒忌。楊時《龜山集》又說：

> 為文要有溫柔敦厚之氣，對人主語言及章疏文字溫柔敦厚尤不可無，如子瞻詩多於譏玩，殊無惻怛愛君之意；荊公在朝論事多不循理，惟是爭氣而已，何以事君？君子之所養要令暴慢哀僻之氣不設於身體。[27]

楊時認為：詩文須有溫柔敦厚之氣，因此詩文當以譏誚責問為避忌。言行倘若涉及譏諷輕慢、意氣爭執，該如何待人接物呢？如此，待人處事實以避免意氣譏誚為原則。具體而言，美刺譎諫乃溫柔敦厚的內涵之一；《禮記・經解》中孔子的「溫柔敦厚」說本以導善戒惡為宗旨，希冀達到孔子在《禮記・禮運》所言大同世界，臻於至善境地。這是傳統社會中憂國憂民、忠君愛國的體現。因此美刺譎諫實是惻怛愛君的顯露。反之，若涉譏誚輕慢，詩人衷心恐怕沒有敦厚溫柔與揚善止惡的心志，如此，則無惻怛愛君之意。今為免詩歌毫無溫厚之氣，當以譏誚輕慢為忌諱。

---

26 〔宋〕楊時：《龜山集》，見《文淵閣四庫全書》，第1125冊，卷10，頁204。
27 〔宋〕楊時：《龜山集》，見《文淵閣四庫全書》，第1125冊，卷10，頁191。

　　其次，為何詩歌當以譎諫為貴要呢？一、這是為了避免文詞流於完盡無味的緣故，因此詩歌當以委婉諷諫作為表現方式，以追求含蓄的言外之旨。沈德潛《說詩晬語》即曾說：「諷刺之詞，直詰易盡，婉道無窮。」[28]二、這是因為詩歌須有溫柔敦厚之氣，而溫柔敦厚即以委婉譎諫為貴要。也就是說，由於委婉譎諫是一種含蓄曲折、若即若離、微露隱藏的勸諫方式，它是基於同理心，將心比心同情地理解，預留回旋轉身的空間，因此委婉譎諫是詩人心中溫厚性情的表現。那麼，溫柔敦厚的詩歌當以委婉譎諫為貴要。譬如，《獨鑑錄》曾說：

> 詩本溫柔敦厚，比興微婉。《三百篇》凡說忠愛孝友，勞苦哀怨，憂勤莊儉，豐凶理亂，美刺閔惡，規誨誘懼，若此類皆隱然不露，意在言外。若宋人開頭便露盡，此所以傷於直截，失之膚淺，殊乏蘊藉，非《三百篇》之旨也。[29]

彀齋主人認為：由於宋詩開頭就露盡，病於直露淺薄，缺乏含蓄蘊藉詩味，因此宋詩未得《三百篇》之旨。反之，詩人若欲得《三百篇》「溫柔敦厚」詩旨，須力避直白淺露，而以委曲婉轉、省藏暗隱作為表現手法。凡詩歌藉由比興含蓄、曲折委婉、微露省藏為技法，詩意都能隱然不露，意在言外，讀者領略。又如，明・陳束〈蘇門集序〉也曾說：

28　〔清〕沈德潛：《說詩晬語》，見《清詩話》，頁473。此外，楊載《詩法家數》也曾說：「諷諫之詩，要感事陳辭，忠厚惻怛。諷諭甚切，而不失情性之正，觸物感傷，而無怨懟之詞。雖美實刺，此方為有益之言也。古人凡欲諷諫，多借此以喻彼，臣不得于君，多借妻以思其夫，或託物陳喻，以通其意。」見《歷代詩話》，頁733。

29　〔明〕彀齋主人：《獨鑑錄》，見《全明詩話》（濟南：齊魯書社，2005年），頁2182。

夫詩，以微言通諷諭，其教溫柔敦厚為主。本不通於微、不底
於溫厚，不可以言詩。由《三百篇》迄于唐，其指一也。[30]

陳束認為：無論是《三百篇》或詩歌的必要條件都是隱微含蓄與溫柔
敦厚，所謂「本不通於微、不底於溫厚，不可以言詩」。亦即：詩歌
本於溫柔敦厚，並以含蓄隱微略有尖銳的詩意來曉諭戒惡。此亦詩歌
溫柔敦厚的體現之道。最後，明‧鄧元錫（1528-1593）也曾說：

詩者，人之性情也。……。《詩》之為教，敦厚溫柔，言切義
無直指，近托遠諷，譬之風然，俾颯颯乎，足感乎人心。[31]

鄧元錫以為：詩歌是詩人心中性情的體現。那麼，溫柔和平之詩即是
溫柔敦厚性情的呈現。詩歌文字須能貼近要傳達的詩義，然而並沒有
直言指出，而是透過藉此諷彼、含蓄譎諫的途徑來「刺人之惡而感動
恥心」，此即溫柔敦厚之詩。準此，溫柔敦厚的詩歌當以含蓄譎諫為
表達方式。

　　總而言之，一方面由於詩人為免君上動怒，因詩受刑戮；另一方
面為免詩歌露盡無味，因此，詩歌當以譏誚指謫、直截淺薄為忌；而
以委婉譎諫、微露藏省為表現方式。這種譎諫委婉、省略隱藏的表達
方式實是詩人根柢於同理心，能設身處地、將心比心同情地理解，因
此委婉譎諫、省略暗藏的詩歌乃是內心溫柔敦厚的表現。

---

30 〔明〕陳束：《陳后岡詩文集》，《叢書集成續編》（臺北：新文豐出版公司，1989
　　年），第144冊，頁50。
31 〔宋〕鄧元錫：《鄧元錫詩話》，見《明詩話全編》，第5冊，頁4690。

第二節　杜詩與「溫柔敦厚」

古人主張：詩人當查究研求詩歌創作的本旨，而詩作的要旨關鍵即在於《詩》教最重要的部分——以溫柔敦厚為根柢。據此，詩人當以溫柔敦厚為詩歌的創作極則。沈德潛〈唐詩別裁集序〉曾說：「備一代之詩，取其宏博，而學詩者沿流討源，則必尋究其指歸，何者？人之作詩，將求詩教之本原也。……。大約去淫濫以歸雅正，於古人所云『微而婉』、『和而莊』者，庶幾一合焉，此微意所存也。」[32]沈德潛認為：溫柔敦厚大致上是以委婉隱微作為呈現方式，追求溫和持重的創作態度，力棄淫濫直露的詩歌。

倘若詩歌透過直截而盡意的方法來勸諫君上，沒有設身處境、同情理解對方立場，則作品恐缺乏溫柔忠厚之氣，如此，《詩》教之道日漸顛覆，這不是詩歌的創作之道。詩歌的創作之道為何呢？詩歌當以溫柔敦厚為創作大旨。亦即：創作詩歌當以隱微含蓄的方法來刺惡勸善。沈德潛於〈施覺庵考功詩序〉又說：「詩之為道也，以微言通諷諭，大要援此譬彼，優遊婉順，無放情竭論，而人裴徊自得於意言之餘。《三百》以來，代有升降，旨歸則一也。惟夫後之為詩者，哀必欲涕，喜必欲狂，豪則縱放，而戚若有亡，麤厲之氣勝，而忠厚之道衰，其於詩教，日以偵矣。」[33]簡言之，詩人當以《三百篇》的溫柔敦厚作為最美善的創作原則。

前賢雖認為詩歌當以溫柔敦厚為創作原則，然而這種溫柔敦厚的詩作，仍應當源自作者真實的溫厚性情。杜甫在〈戲為六絕句〉其六詩中即有「別裁偽體親風雅」之句。凡缺乏真實情性的詩作都應當加

---

32 〔清〕沈德潛：《歸愚文鈔》，見《沈德潛詩文集》（北京：人民文學出版社，2011年），卷11，頁1301-1302。

33 〔清〕沈德潛：《歸愚文鈔》，見《沈德潛詩文集》，卷11，頁1314。

以鑒別並別裁捨去，果能如此，則能親近詩中真實的情性。換言之，詩歌當以真實性情為緊要。那麼，溫厚之詩當源自詩人真實溫柔和平的性情，而非出於偽情假意。

事實上，古人認為：杜詩創作的詩歌乃溫柔敦厚的詩作。這是由於杜甫能以含蓄曲折、若離若即、微露藏省，略微尖銳意味的詩歌來刺惡勸善。因此杜甫創作的詩歌實得《詩經》之旨，而為溫柔敦厚之詩，能使言者無罪，聞者足戒。茲將例證羅列如下：

> 王嗣奭評〈諸將五首〉說：「五章結語，皆含蓄可思。……。皆得詩人『溫柔敦厚』之旨，故言之者無罪，而聞之者可以戒。」[34]

> 沈德潛評〈奉贈韋左丞丈二十二韻〉說：「抱負如此，終遭阻抑。然其去也，無怨懟之詞，有『遲遲我行』之意，可謂『溫柔敦厚』矣。」[35]

> 仇兆鰲評〈送李卿曄〉說：「《博議》云：晉山自棄，即〈出金光門〉詩『移官豈至尊』意也。古人流離放逐，不忘主恩，故公於賈嚴之貶，則曰『開闢乾坤正，榮枯雨露偏』。於己之

---

34 〔清〕仇兆鰲：《杜詩詳注》，卷16，頁1372；另可參〔清〕邊連寶：《杜律啟蒙》，七言卷之2，頁426。然王嗣奭《杜臆》（臺灣中華書局）〈諸將五首〉中未見此諸語（卷6，頁220-222），或是他本。然而，杜甫是否為一性情溫柔敦厚的詩人呢？答案應是肯定的。《舊唐書》、《新唐書‧杜甫傳》在描述杜甫與嚴武交往時稱其「性褊躁」（卷190下，頁5054）與「性褊躁傲誕」（卷201，頁5738）等，甚至記錄嚴武欲殺杜甫之事。對此，陳文華《杜甫傳記唐宋資料考辨》曾細析駁斥此事，詳參第3篇乙「『嚴武欲殺』說析疑」，頁156-171。據此，史書敘述嚴武與杜甫交遊時稱其「性褊躁傲誕」等言，恐值斟酌，史書之言不可盡信。

35 〔清〕沈德潛：《唐詩別裁》（北京：中國致公出版社，2011年），卷2，頁36。

貶，則曰『晉山雖自棄，魏闕尚含情』。其『溫柔敦厚』之
意，言外可想。」[36]

浦起龍評〈提封〉說：「……。公於明皇，遇合雖淺，受知最
深。不獨以『溫柔敦厚』，上接風人，誼亦有不忍斥言者
也。」[37]

夏力恕評〈秋日荊南述懷〉說：「其詞氣渾含不露，所以為
『溫柔敦厚』之遺者也。」[38]

《唐宋詩醇》評〈兵車行〉說：「此體創自老杜，諷刺時事，
而記為征夫問答之詞。言之者無罪，聞之者足以為戒，《小
雅》遺音也。」[39]

歸納而言，古人認為：杜甫創作的詩歌實是「溫柔敦厚」的詩歌。杜
詩與「溫柔敦厚」關係密切。不僅如此，翁方綱（1733-1818）甚至
認為杜詩是「溫柔敦厚」詩歌的創作標準與衡量依據。清・翁方綱在
〈神韻論上〉說：

盛唐之杜甫，詩教之繩矩也。[40]

---

36 〔清〕仇兆鰲：《杜詩詳注》，卷12，頁1069。
37 〔清〕浦起龍：《讀杜心解》，卷3之5，頁515。
38 蕭滌非主編：《杜甫全集校注》，卷19，頁5552。
39 〔清〕乾隆十五年敕選編：《唐宋詩醇》，見《文津閣四庫全書》，第1452冊，卷9，
　　頁193。
40 〔清〕翁方綱：《復初齋文集》，見《續修四庫全書》，第1455冊，卷8，頁423。

依此，杜甫的詩歌不僅已臻至《詩》教「溫柔敦厚」之境，甚至可以作為「溫柔敦厚」的標準。也就是說，杜詩深得溫柔敦厚精要；前文已云：溫柔敦厚本乃詩歌創作的極則與楷範，因此，杜甫實得詩歌創作的最高準則。

最後，杜詩雖已臻備溫柔敦厚的創作特色，然而前賢認為：杜甫對於當時社會現象的某些諷語可能過於直截露意，恐已非《詩經》依違諷諫不指切事情的含蓄之道，有流於譏辱的嫌疑，卻沒有忠厚哀傷的情意。譬如，夏力恕評杜甫〈麗人行〉曾說：

> 此詩專刺楊國忠，而秦虢椒房，御廚絡繹，不復為尊者諱，結束又太顯然，幾於言之辱且長，非默足以容之道。且凡諷刺，貴有含蓄，公詩歷歷可驗，豈亂後補作之歟？亦非忠厚悱惻之音矣。或曰「但少含蓄，詩卻精絕」。惟其「精絕」，故商量至此耳。[41]

夏力恕認為：凡諷刺社會的作品當出以含蓄曲折的表現之道，不宜採平直顯意的方法，這也是忠厚悱惻的體現；然而杜甫〈麗人行〉詩尾諷刺過於顯明，無忠厚悱惻之音。即便夏力恕予以此詩「亂後補作」或「精絕」的評語，實也無法掩飾「結束又太顯然，幾於言之辱且長」的詩意，恐失於譏侮。

說明如下：《詩三百》雖以溫柔敦厚為教化之道，然而這並不意指《三百篇》詩人或古典詩人在創作上，必須始終如一固執於溫柔敦厚的創作之道，而無法臨機通變。具體的證據就是：即便是《詩經》，其中仍有直斥他人之作。清·顧炎武（1613-1682）《日知錄》「直

---

41 蕭滌非主編：《杜甫全集校注》，卷2，頁350。

言」條即曾說：

> 《詩》之為教，雖主於溫柔敦厚，然亦有直斥其人而不諱者。
> 如曰「赫赫師尹，不平謂何」；如曰「赫赫周宗，褒姒威之」；
> 如曰「皇父卿士，番維司徒。家伯維宰，仲允膳夫。聚子內
> 史，蹶惟趣馬。楀惟師氏，艷妻煽方處」；如曰「伊誰云從，
> 維暴之云」，則皆直斥其官族名字，古人不以為嫌也。[42]

這不是說：《詩三百》一方面既以溫柔敦厚為教化之道，一方面又直
斥人名不加避諱。若是如此，則形成兩相衝突的矛盾。事實上它是意
謂：溫柔敦厚有時也須因為權衡而受到節制。倘若溫柔敦厚不受節
制，詩人一味地出以溫柔敦厚的創作方法，這恐怕會有造成愚昧的疑
慮。鄭玄詮注孔子「《詩》之失愚」時即曾說：「『失』，謂不能節其教
者也，《詩》敦厚近愚。」（見前引文）換言之，為免成為愚順的詩
人，針對實情，不可全然地以溫柔敦厚來創作詩歌，有時詩歌並不以
切事直截為弊病，這是創作上的因時制宜與臨機權變，何況身處即將
變亂之世！清‧黃子雲（1691-1754）《野鴻詩的》說：

> 詩貴乎溫柔，亦有不嫌切直，……杜老〈麗人行〉：「賜名大國
> 號與秦」、「慎莫近前丞相嗔」，非風人之義與？因是知溫柔者
> 詩之經，切直者詩之權也。[43]

就創作言，詩人原則上都是以溫柔敦厚作為表現之道，然而有時也不
以直截切事為弊害，這是由於溫柔敦厚已無法導善戒惡，迫不得已只

42　〔清〕顧炎武：《日知錄》，見《文津閣四庫全書》，第860冊，卷19，頁517。
43　〔清〕黃子雲：《野鴻詩的》，見《清詩話》，頁793-794。

好以切直的方法來止惡導善，它是溫柔敦厚的權宜策略，是一種救濟權衡的辦法。事實上，這種直截切事的救濟權衡之法，乃詩人道德勇氣的展現。而權衡的機樞即在於是否能戒惡導善，即含蓄手法是否能止惡彰善；倘若不能，則不以切直為病。由於詩人本心乃是以仁為出發點，其目的在於旌善懲惡，仍是憂國愛民的體現，因此這依然是屬於溫柔敦厚的表現範圍。因為杜詩不僅已達到溫柔敦厚的境地，又能駕馭超越溫柔敦厚的詩教，權衡輕重，斟酌實情，並未觸犯愚昧的錯誤，所以，杜甫對詩教可說是有深通的理解。這就是孔子所謂「故《詩》之失愚。……。其為人也：溫柔敦厚而不愚，則深於《詩》者也」之境。

總而言之，古人認為：詩人當以《詩經》「溫柔敦厚」為創作典範。也就是將「溫柔敦厚」看成是詩歌最高的創作楷模與創作極則。另一方面，由於杜甫的詩歌已得「溫柔敦厚」的深旨。因此，杜詩實已臻至詩歌最完善的創作境地。這跟杜甫的「詩聖說」關係極為密切。

第三節　杜甫與「詩聖」說

一般而言，前賢基本上都肯認杜甫號為「詩聖」（或「詩之聖」、「詩中之聖」）。譬如，明代陳獻章（1428-1500）在〈白沙論詩〉中曾說：「子美詩之聖，堯夫更別傳。」[44]陳獻章即在這裡稱杜甫為「詩之聖」。又如，明人費宏（1468-1535）在〈題蜀江圖〉中也曾說：「杜從夔府稱詩聖，程向涪中傳易學。」[45]費宏則逕稱杜甫為「詩

---

44 〔清〕仇兆鰲：《杜詩詳注》，附編，頁2290。此外，〔明〕陸時雍《古詩鏡・詩鏡總論》亦曾云：「宋人尊杜子美為詩中之聖。」見《文淵閣四庫全書》，第1411冊，頁13。

45 〔明〕曹學佺編：《石倉歷代詩選》，見《文津閣四庫全書》，第1396冊，卷430，頁543。

聖」。又如，明朝孫承恩（1485-1565）的〈杜工部子美〉也說：「詩聖惟甫，崇雅鎮浮。」[46]孫承恩也推稱杜甫為「詩聖」。又如，清人金埴（1663-1740）〈讀《杜詩詳註》〉詩中也說：「杜陵遺老才非凡，詩史詩聖稱名咸。」[47]金埴同樣也尊稱杜甫為「詩聖」。自明代以下，古人推揚杜甫為「詩聖」者實不勝枚舉。

然而，古人以往也曾將李白與杜甫並列為「詩聖」，譬如，明代杭淮〈挽李獻吉四首用曹太守韻〉即曾說：「李杜得詩聖，迴出諸家前。」[48]另外，前人也曾將陶淵明與杜甫齊列為「詩聖」，譬如，清人黃子雲《野鴻詩的》即云：「古來稱詩聖者，唯陶、杜二公而已。」[49]雖然，陶淵明（365-427）與李白（699-762）等等詩人都曾列為「詩聖」，然而明清迄今，視杜甫為「詩聖」者大體上還是主流的看法。茲將杜甫為「詩聖說」之理由分述如下：

一　精通一事、眾所不及為聖

古人認為：凡精通一事而眾所不及即為「聖」。人所為之事達到最極至的境界時即可稱「聖」。譬如，晉・葛洪（284-363）即曾說：「世人以人所尤長，眾所不及者，便謂之聖。」[50]又如，宋・王觀國也認為：精通一事他人莫及即是「聖」，因此自古以來就有所謂的

46　〔明〕孫承恩：《文簡集》，見《文津閣四庫全書》，第1276冊，卷41，頁109。

47　〔清〕仇兆鰲：《杜詩詳注》，附編，頁2316。

48　〔明〕杭淮：《雙溪詩集》，見《文津閣四庫全書》，第1270冊，卷1，頁305。

49　〔清〕黃子雲：《野鴻詩的》，見《清詩話》，頁796。關於明清兩代，前人稱杜甫為「詩聖」者，可參張忠綱：〈說「詩聖」〉，見《安徽大學學報》（哲學社會科學版），2012年第1期，頁36-42。是文考索精詳，引證豐富。

50　葛洪撰；何淑貞校注：《新編抱朴子》（臺北：國立編譯館，2002年），辨問12，頁403。

「草聖」、「書聖」、「綦聖」、「木聖」等等稱號，他於〈聖〉下說：
「古之人精通一事者，亦或謂之聖。漢張芝精草書，謂之草聖；宋傅
琰仕武康、山陰令，咸著能名，謂之傅聖；梁王志善書，衛協、張墨
皆善史書，皆謂之書聖；隋劉臻精兩《漢書》，謂之《漢》聖；唐衛
大經邃於《易》，謂之《易》聖；嚴子卿、馬綏明皆善圍綦，謂之綦
聖；張衡、馬忠皆善刻削，謂之木聖。蓋言精通其事而他人莫能及
也。」[51]簡言之，對於人為之事，能精湛通曉而卓越出眾者即可稱
「聖」。

　　昔人也常推尊：杜甫精於詩事且獨步千古。譬如，宋・胡銓
（1102-1180）〈僧祖信詩序〉即曾說：「少陵杜甫耽作詩，不事他
業。諷刺、譏議、詆訶、箴規、姍罵、比興、賦頌、感慨、忿懥、恐
懼、好樂、憂患、怨懟、凌遽、悲歌、喜怒、哀樂、怡愉、閑適，凡
感於中，一於詩發之。仰觀天宇之大、俯察品彙之盛，見日星、霜
露、豐隆、列缺、屏翳、沆瀣、烟雲之變滅；雲岩、邃谷、悲泉、哀
壑、深山、大澤，龍蛇之所宮；茂林、修竹、翠篠、碧梧、鸞鵠之所
家；天地之間，詼詭譎怪，苟可以動物悟人者，舉萃於詩。故甫之
詩，短章大篇，紆餘妍而卓犖傑，筆端若有鬼神，不可致詰。後之議
者，至謂：書至於顏、畫至於吳、詩至於甫，極矣。」[52]又如，明・
胡應麟（1551-1602）即認為杜甫〈登高〉詩堪為古今七言律第一，
他說：「此詩自當為古今七言律第一，不必為唐人七言律第一也。」[53]

---

51 〔宋〕王觀國：《學林》，見《全宋筆記》（鄭州：大象出版社，2008年），第4編1，
　　卷1，頁48。

52 〔宋〕胡銓：《胡澹菴先生文集》（臺北：漢華文化事業股份有限公司，1970年），
　　卷15，頁762-763。

53 〔明〕胡應麟：《詩藪》，見《四庫全書存目叢書》（臺南：莊嚴文化事業有限公
　　司，1997年），第417冊，卷5，頁680。此外，高棅也推尊杜甫五言排律與長篇排律
　　皆為眾家不及，譬如，《唐詩品彙・敘目》（見《文淵閣四庫全書》，第1371冊）「杜

又如，沈德潛也認為杜甫的五言長篇其詩意出入變化令人不測，因而千古以來無與倫比。《唐詩別裁集》說：「少陵五言長篇，意本連屬，而學問博，力量大，轉接無痕，莫測端倪，轉似不連屬者，千古以來，讓渠獨步。」[54]甚至，唐代以後的論詩者都推奉杜詩已達創作上的最高原則與完善境界。陳世鎔〈唐詩選各卷評語〉說：「杜工部：唐以後論詩者，無不奉工部為極則。」[55]依此，杜詩實已達到創作上的極則。何況，杜甫曾自豪的說「詩是吾家事」（〈宗武生日〉），詩歌既是家學淵源，根柢雄厚，那麼，杜甫在詩藝上踵事增華，青出於藍也就不令人意外。

綜而言之，一、就賦法的藏省言，杜甫以「賦法藏省」創造詩歌的言外之意，使賦法與含蓄有了交集，賦法也可以臻至「含蓄蘊藉」的詩境，打破賦法「不盡含蓄」的成見，獨創蹊徑，在傳統詩學上具有重大的創發，並為宋代「以文為詩」的先聲。杜甫解決詩學上創作的難題，當可謂精於詩事、眾所不及。二、就詩歌而言，由於杜甫精於詩事且眾人不及，而凡精於一事眾人未及即可為「聖」，因此杜甫可以稱「詩聖」。三、就溫柔敦厚而言，因為杜詩已臻至「溫柔敦厚」的境地，而「溫柔敦厚」又是詩歌創作上最高境域，因此杜詩在

甫」條下說：「排律之盛，至少陵極矣，諸家皆不及。諸家得其一緒，少陵獨得其兼，善者如〈上韋左相〉、〈贈哥舒翰〉、〈謁先主廟〉等篇，其出入始終、排比聲韻，發斂抑揚，疾徐縱橫，無所施而不可也。」（頁32）又如《唐詩品彙‧敘目》「杜審言、杜甫、高適、張籍、楊巨源」條下說：「長篇排律，唐初作者絕少，開元後杜少陵獨步當世。」（頁35）。

54 〔清〕沈德潛：《唐詩別裁‧五言古詩‧杜甫》，卷2，頁35。此外，沈德潛更認為杜甫的近體詩可以技壓千古，《唐詩別裁》「五言律詩」「杜甫」條下說：「杜詩近體，氣局闊大，使事典切，而人所不可及處，尤在錯綜任意，寓變化于嚴整之中，斯足凌轢千古。」（卷10，頁204）

55 吳宏一、葉慶炳編：《清代文學批評資料彙編》（臺北：成文出版社，1979年），頁707。

創作上達到完善境域。就這個意義而言，這也是杜甫另一種的精於詩事而眾人不及，依此，杜甫確實可以稱為「詩聖」。

二 追躡《風》、《雅》為聖

古人認為：凡詩人能追隨《風》、《雅》者即可稱為「聖」。清·潘德輿（1785-1839）《養一齋李杜詩話》曾說：「葛氏立方曰：『李白樂府三卷，于三綱五常之道，數致意焉。慮君臣之義不篤也，則有〈君道曲〉之篇；慮父子之義不篤也，則有〈東海勇婦〉之篇；慮兄弟之義不篤也，則有〈上留田〉之篇；慮朋友之義不篤也，則有〈箜篌謠〉之篇；慮夫婦之義不篤也，則有〈雙燕離〉之篇。』按此條于太白詩能見其大，太白所以追躡《風》、《雅》為詩之聖者，根本節目，實在乎此。」[56]此則說明了判斷李白為詩聖的依據。潘德輿認為：李白在詩歌創作上能夠稱「聖」，這是由於李白的詩歌能追躡《風》、《雅》之作；那麼，凡是能追迹《風》、《雅》者即能稱為「聖」。這個觀點是從詩歌所具有倫理綱常的內容來界定「聖」的範圍。

除李白外，前賢也常認為：杜詩能繼迹《風》、《雅》遺意。譬如，沈德潛〈杜詩偶評序〉即曾說：「全集一千四百餘篇，今錄三百餘篇，皆杜詩之聚精會神、可續《風》、《雅》者。……。若夫『詩史』之稱，『詩聖』之目，『一飯不忘君』心事，前人論之已詳，不復稱述云。」[57]此外，楊倫也認為杜詩能承襲《風》、《雅》精神，他說：「試觀少陵詩，憲章漢魏，取材六朝，正無一語不自真性情流出；無論義篤君臣，不忘忠愛，凡關及兄弟夫婦朋友諸作，無不切摯

---

56 〔清〕潘德輿：《養一齋李杜詩話》，見《杜甫詩話六種校注》，頁274。
57 〔清〕沈德潛：《沈德潛詩文集》，第3冊，卷11，頁1303。

動人，所以能繼述《風》、《雅》，知此方可與讀杜詩。」[58]更何況杜甫在〈戲為六絕句〉中曾說過「別裁偽體親風雅」。說明如下：

首先，凡杜甫關涉君臣、兄弟、夫婦、友朋的詩作都能發自真性情，不忘忠愛倫常。據此，杜甫在創作上的確能效法躋迹《風》、《雅》的倫常儒道。對此，元稹〈唐故工部員外郎杜君墓係銘並序〉即曾云：「仲尼緝拾選練，取其干預教化之尤者《三百篇》，其餘無聞焉。……。至於子美，蓋所謂上薄《風》、《騷》，下該沈宋。」[59]依此，杜詩實效法《風》、《雅》儒道。

其次，杜甫在詩中常有人饑己饑、人溺己溺與仁心聖懷的表現，因此杜甫實具超凡入聖的道德人格。而仁者慈心即得《三百篇》神理者，仇兆鰲評〈又呈吳郎〉詩時，曾云「此詩，是直寫真情至性，唐人無此格調，語淡而意厚，藹然仁者痌瘝一體之心，真得《三百篇》神理者。」（見前引文）事實上，這點也是杜甫與李白等等其他曾被奉尊為「詩聖」的詩人其重大差別之一。在仁心聖德這點上尊稱杜甫為「聖」實屬合宜，若在其他詩人身上，恐尚待詩作與史料的交互考尋，查驗斟酌。

第三，杜甫藉由賦法來敘事述物，透過「賦法的省略」——微露部分，藏省局部——來創造言外之意，臻於「語淡意厚」、「含蓄不露」的詩藝美境。古人又認為「含蓄不露」「可幾風雅」，《謾齋語錄》所謂「詩文皆要含蓄不露便是好處，古人說雄深雅健，此便是含蓄不露也。用意十分，下語三分，可幾《風》、《雅》」（見前引文），據此，杜詩賦法不僅可追躋《風》、《雅》遺意，其「賦法省略」不僅繁多，加上善用題目、字法與散文推理等等方式來創作言外之意，這些恐怕已經可以超越《詩三百》的創作了。

---

58 〔清〕楊倫：《杜詩鏡銓》，〈凡例〉，頁14。
59 〔唐〕元稹：《元稹集》，卷56，頁600-601。

總而言之，杜詩中的君臣之作，能不忘忠愛；夫婦之篇，能不背真情，皆源於衷心，而篤於倫常義理。杜詩中也常寄寓民胞物與之仁懷。其賦法省略，能含蓄不露，意藏句外，讀者領會，使言者無罪，聞者足戒；因此，杜詩能追躡《風》、《雅》。而凡能繼迹《風》、《雅》者可以為聖，因此杜甫可稱為詩中之聖。王嗣奭在〈夢杜少陵作〉中即曾說：「青蓮號詩仙，我翁號詩聖。仙如出世人，軒然遠泥滓。在世而出世，聖也斯最盛。詩祖《三百篇》，我翁嫡孫子。」[60]王嗣奭認為：杜甫能祖繼《三百篇》之創作精神與原則，因此，杜甫可以稱為詩聖。

三　集大成為聖

自古以來，先賢基本上認為集大成者為聖。孟子即主張：孔子為集聖人之大成。《孟子‧萬章》曰：「孟子曰：『伯夷，聖之清者也；伊尹，聖之任者也；柳下惠，聖之和者也；孔子，聖之時者也。孔子之謂集大成。』」[61]孟子肯認：孔子為集大成者；以及，孔子位列聖人之屬。

宋代秦觀（1049-1100）曾將詩人杜甫與聖人孔子兩相比擬，兩相比擬的關鍵在於他們都能適當其時並且可以集各家大成，〈韓愈論〉曰：「杜子美之於詩，實積眾家之長，適當其時而已。昔蘇武、李陵之詩，長於高妙，曹植、劉公幹之詩，長於豪逸，陶潛、阮籍之詩，長於沖澹，謝靈運，鮑昭之詩，長於峻潔，徐陵、庾信之詩，長於藻麗。於是杜子美者，窮高妙之格，極豪逸之氣，包沖澹之趣，兼峻潔之姿，備藻麗之態，而諸家之作所不及焉。然不集諸家之長，杜

60　〔清〕仇兆鰲：《杜詩詳注》，附編，頁2294。
61　〔宋〕朱熹：《四書章句集註》，卷10，頁315。

氏亦不能獨至於斯也，豈非適當其時故耶？孟子曰：『伯夷，聖之清者也；伊尹，聖之任者也；柳下惠，聖之和者也；孔子，聖之時者也。孔子之謂集大成。』嗚呼！杜氏、韓氏亦集詩文之大成者歟！」[62]首先，秦觀援引孟子話語認為：孔子是適當其時的集大成者，同時也是聖人。其次，他又認為：杜甫能適時地積集各家精長。由於這個論述當中已隱然有「集大成為聖」的意思，因此，杜甫為「詩聖」的結論已呼之欲出。

　　昔人將孔子與杜甫兩相比擬，試圖用以論述——「杜詩可以稱『聖』」這個結論，其中，闡述最為清楚者莫過於黃子雲（1691-1754）與邵長蘅（1637-1704）這兩人。黃子雲的《野鴻詩的》說：「孔子兼堯、舜、禹、湯、文、武、周公而成聖者也；杜陵兼《風》、《騷》、漢、魏、六朝而成詩聖者也。」[63]黃子雲直言：孔子由於是集大成者而成為聖人。此已直指「集大成為聖」的意思。進一步，由於杜甫也是匯聚詩歌名家風格與專擅的大成，因此，杜甫是詩聖。又如，清人邵長蘅在〈漸細齋集序〉中也曾說：「古今論者以為詩家至子美而集大成，故詩有子美，猶聖之有宣尼。」[64]他同樣也認為：孔子乃集大成者，並可推尊為聖人。依此段文獻，這裡已可歸結出：凡能集眾家的大成者可以為聖。今杜甫已是匯集詩家的大成，因此，杜甫是詩聖，此即所謂「故詩有子美，猶聖之有宣尼」之意。

---

62 〔宋〕秦觀：《淮海集》，見《宋集珍本叢刊》，第27冊，卷22，頁325。此外，杜詩「集大成」指的是杜詩能具備各種不同的風格，陳文華《杜甫傳記唐宋資料考辨》說：「『備于眾體』，實際上就等於是元稹所說『兼人人所獨專』，也是秦觀所說的『集大成』，那麼，普聞說老杜『備於眾體』意思便是杜詩能具備各種不同的風格了。」（第4篇，頁250-251）另亦可參程千帆、莫礪鋒：〈杜詩集大成說〉，見《被開拓的詩世界》（上海：上海古籍出版社，1990年），頁1-23。

63 〔清〕黃子雲：《野鴻詩的》，見《清詩話》，頁782。

64 〔清〕邵長蘅：《邵青門全集》，見《叢書集成續編》（上海：上海書店：1994年），第125冊，卷7，頁701。

此外，王士禛（1634-1711）也曾說：「歙縣門人汪洪度于鼎寄書曰：『……，縱觀載籍，由漢魏以迄于今，大而塞乎無垠，細而入乎無間，集古今之大成，夐萬象而獨出者，莫先杜陵，尊之曰聖，誠莫與京矣。』」[65]姑不論王士禛是否認同此說。然而此說解釋了何以杜詩可以尊稱為聖，這是因為杜詩集古今大成，獨步千古；而集大成者即可稱「聖」。

最後，清人曹禾更曾直指杜甫是集大成的詩聖。曹禾〈漁洋續詩集序〉說：「詩之教垂於聖人，聖人定為經，以治後世之性情，使歸於正。騷人之詞，漢魏之作，斑斑也。陵遲極於梁、陳。少陵杜氏，起而振之，所謂上薄風雅，下該沈、宋，盡古今之體勢，兼人人之獨專，其集成之聖與！」[66]簡言之，集大成者可稱為聖。

由於杜甫能適當其時而集詩歌的大成，因此，杜甫可以稱詩聖。值得一提的是，精通一事而為眾家不及即可推尊為聖，而追躡《風》、《雅》亦可尊崇為聖，那麼，集眾家之大成（含《三百篇》）理當更可推揚成聖。

四　積善成德為聖

荀子（313-238 B.C.）認為：若能累積善心善行，完成仁德行為，即具有聖人的心懷了。《荀子・勸學》曾說：「積善成德，而神明自得，聖心備焉。」[67]如果能積聚善念善行，使完成德行，就能臻至

---

65 張忠綱：《新編漁洋杜詩話》，見《杜甫詩話六種校注》，頁474-475。

66 袁世碩主編：《王士禛全集・詩文集》（濟南：齊魯書社，2007年），第1冊，頁689。值得一提的是，杜詩本具有多種面向，包含直刺等作品，這種多面向實即「集大成」範圍之一，亦為「詩聖」的內涵。然此與「溫柔敦厚」的詩聖說不相牴觸，且更加顯示出「詩聖」說內涵的豐富多元。

67 〔戰國〕荀子撰，廖吉郎校注：《新編荀子》（臺北：國立編譯館，2002年），勸學第1，頁103。

心智澄明的智慧境界，如此，即具備了聖人的胸懷。

　　杜甫在作品中時常懷抱著經世濟民、救助百姓的志向，譬如，范廷謀評杜詩〈題桃樹〉時曾說：「通首八句，因桃樹而念及貧人，因貧人而念及禽鳥，而遂及寡妻群盜，仁民愛物之心一時俱到，公之性情、經濟具見於此。」[68]又如，孫季昭評〈喜雨〉也曾說：「杜詩結語，每用『安得』二字，皆切望之詞。『安得廣廈千萬間，大庇天下寒士俱歡顏』；『安得壯士挽天河，淨洗甲兵長不用』；此云『安得鞭雷公，滂沱洗吳越』，皆是一片濟世苦心。」[69]而杜甫心中本即殷切希望能濟助受苦的庶民，解救倒懸的蒼生。

　　杜甫性情溫厚，詩中溫柔寬厚之情溢於言外。《詩》教「溫柔敦厚」的目的本在於導善止惡，言出過改，期望大同盛世的降臨，而這是憂國愛民，痌瘝一體，以天下蒼生為己任的體現。仇兆鰲評〈又呈吳郎〉曾說：「語淡而意厚，藹然仁者痌瘝一體之心，真得《三百篇》神理者。盧世㴑曰：『杜詩溫柔敦厚，其慈祥愷悌之衷，往往溢於言表。如此章，極煦育鄰婦，又出脫鄰婦，欲開示吳郎，又迴護吳郎。八句中，百種千層，莫非仁音，所謂仁義之人，其言藹如也。』」[70]這種痌瘝在抱、飢溺在心、救苦濟貧之義行善言，即可稱為仁聖。因此，杜甫可稱為聖。對此，莫礪鋒《杜甫詩醇・序言》即曾說：「少陵，詩聖也。……。聖者，道德胸襟超乎常人者也。」[71]杜甫為何可以稱「聖」，這是因為他的道德胸襟與實踐超越常人且為眾人不及的緣故。

68　蕭滌非主編：《杜甫全集校注》，卷11，頁3150。

69　〔清〕仇兆鰲：《杜詩詳注》，卷12，頁1020。

70　〔清〕仇兆鰲：《杜詩詳注》，卷20，頁1763。

71　盧國琛：《杜甫詩醇》，〈序言〉，頁1。最後，鍾惺評杜甫〈病馬〉詩時甚至曾言：「贖老馬、憐病馬者，聖賢悲憫之深心。」《唐詩歸》，見《續修四庫全書》，第1590冊，卷21，頁92。

　　由於杜甫秉性仁愛溫厚，心中懷藏濟世慈心，這種情懷不僅時現詩篇，也常實踐為助人的善舉；而古人以為積善成德可以為聖，因此，杜甫可以稱「聖」。

五　溫柔敦厚為聖

　　「溫柔敦厚」說的內涵為何呢？分而言之，「溫」本指臉色溫和；「柔」意謂性情柔和；「敦厚」具有寬厚忠厚的含意。它原本是一種臣下勸諫君王的方式，然而也可用以諫告他人。這個方式有兩個面向：「美刺」與「諷喻」。亦即：刺惡稱善與諷諫曉喻。前者側重於詩人的目的；後者偏重在詩人的方法。綜合言之，「溫柔敦厚」意謂：性情和順，心腸寬厚，迴避分明直截的表達方法，而是藉由含蓄曲折、似無似有、微露藏省略帶尖銳的方式，使言外有意，讀者領悟，以刺惡導善。那麼，「美刺」與「諷喻」是「溫柔敦厚」的具體落實呈現；「溫柔敦厚」乃「美刺」與「諷喻」的詩藝美學原則。

　　由於「美刺」、「諷喻」與「溫柔敦厚」的目的在於戒惡導善，由惡歸善。亦即：詩人藉由溫柔敦厚的方法來勸君刺上；詩人透過或美或刺的方式來諫過勸善，這是由於詩人希望能導善除惡，撥亂反正，此亦是詩人道德勇氣的具現，而非選擇靜默無聲，明哲自保，其理想乃是孔子在《禮記‧禮運》中述及至善大同的安樂世界。詩人這種胸懷乃源自憂國憂民的本心。就憂國言，其表現為忠君；就憂民言，其為不忍的表現。終極關懷實為蒼生天下。因此，「美刺」、「諷喻」與「溫柔敦厚」實為「仁」的具現；或者，「仁」的呈現即是「美刺」、「諷喻」與「溫柔敦厚」。它們也都是屬於「仁」的範圍。那麼，「美刺」、「諷喻」、「溫柔敦厚」與「仁」的關係極為密切。譬如，舊題為石林葉氏曾說：

> 《詩》之規刺嘉美，要使人歸於善而已，仁之事也，故其教，
> 則溫柔敦厚。[72]

規刺嘉美與溫柔敦厚的目的乃在使人歸善除惡，而戒惡歸善本是仁
事，溫柔敦厚因而也是屬於「仁」的領域。反過來說，仁心的具現即
是《詩》教「溫柔敦厚」。又如，舊題為山陰陸氏也曾說：

> 溫柔敦厚，仁也。[73]

古人在這裡直接把「溫柔敦厚」詮釋為「仁」，不僅可以意指「溫柔
敦厚」是屬於「仁」的範圍，也可以意謂「溫柔敦厚」是「仁」的表
現。另外，馬一浮（1883-1967）也曾說：

> 詩教本仁，故主于溫柔敦厚。[74]

為何《詩》教主於溫柔敦厚呢？這是由於《詩》教實以仁心為本，乃
是仁心的一種呈現方式，而仁心的體現即為溫柔敦厚。歸結前述引
文，「溫柔敦厚」不只屬於「仁」的範圍，「溫柔敦厚」也是仁心的一
種展現。

具體地說，「溫柔敦厚」實亦根柢於同理心——設身處地同情理
解他人處境。這表現在兩方面：一、就勸諫國君而言，它力去平衍直
露的途徑，而是採用委婉譎諫、微露藏省的方式，這既能顧及國君顏
面，又為自己預留轉身退路，免於罪誅；二、就苦難百姓而言，詩人

---

72 〔宋〕衛湜：《禮記集說》，見《文淵閣四庫全書》，第119冊，卷117，頁510。

73 〔宋〕衛湜：《禮記集說》，見《文淵閣四庫全書》，第119冊，卷117，頁512。

74 馬一浮著；丁敬涵編注：《馬一浮詩話》（上海：學林出版社，1999年），頁8。

能將心比心，不僅可以站在他人的立場同情地理解，也能對別人的苦痛感同而身受，這種同理心即所謂的「能近取譬」，這是成仁的方法，也是仁心的示現，《論語‧雍也》說：

> 子貢曰：「如有博施於民而能濟眾，何如？可謂仁乎？」子曰：「何事於仁，必也聖乎！堯舜其猶病諸！夫仁者，己欲立而立人，己欲達而達人。能近取譬，可謂仁之方也已。」[75]

朱子於《四書章句集注》中曾將「能近取譬」詮釋為「近取諸身」，他說：

> 以己及人，仁者之心也。……。譬，喻也。方，術也。近取諸身，以己所欲譬之他人，知其所欲亦猶是也。然後推其所欲以及於人，則恕之事而仁之術也。……呂氏曰：「子貢有志於仁，徒事高遠，未知其方。孔子教以於己取之，庶近而可入。是乃為仁之方，雖博施濟眾，亦由此進。」[76]

「譬」是「喻」，即是聯想、設想。「近取諸身」是「以己所欲譬之他人，知其所欲亦猶是也。然後推其所欲以及於人」。亦即：能近取自身之所欲譬之為他人之所欲；或者，能近取自身之所欲來聯想設想成他人之所欲。甚至，能近取自身之所惡來設想成他人之所惡。這種以自己所欲所惡推想成他人所欲所惡，把自己所惡所欲類推想成他人所惡所欲；反過來說，也將他人處境設想成自己處境，將他人感受設想

---

75 〔宋〕朱熹：《四書章句集注》，卷3，頁91-92。
76 〔宋〕朱熹：《四書章句集注》，卷3，頁92。

成自己感受，將他人悲苦設想成自己悲苦，這種「能近取譬」可以視為「以己及人」（「推己及人」）或「感同身受」，它們都是成仁的重要方法，也是仁心的具體表現。

在這當中，不僅希望自身能免於生命苦難，也願意幫助別人免於生命苦難；不僅希望自己能有所成就，也願意幫助別人能有所成就；不僅希望能完成自己生命價值，也願意幫助別人完成其生命價值；不僅希望能獨善其身，更願意兼善天下，使達到大同安樂社會，這就是「推己及人」的內涵，經文所稱「己欲立而立人，己欲達而達人」。準此，「以己及人」不只是成仁的術道，也是臻至積善成德、博施濟眾的要方，引文所謂「孔子教以於己取之，庶近而可入。是乃為仁之方，雖博施濟眾，亦由此進」就是這個意思。孔子又認為：若能博施而濟眾，則必定為聖人。是以「推己及人」、「感同身受」實成聖的重要途徑。

綜而言之，「溫柔敦厚」植基於同理心，它乃是感同身受的表現，不單要求獨善其身，也希冀兼善天下，它透過「以己及人」、「能近取譬」的方法，不僅可以完成仁德，也可以達到積善成德、博施濟眾理想境界。而施濟疾苦百姓、幫助困苦民眾即可稱為「聖」。那麼，若能深得《三百篇》「溫柔敦厚」之旨，即具備了聖人心懷。因此，「溫柔敦厚」乃是完成聖德的重要蹊徑。

依前所述，由於古人認為：杜詩乃溫柔敦厚的詩歌。而溫柔敦厚又植基於同理心，因此，杜詩也當具有「以己及人」、「將心比心」這個特色，王嗣奭評〈宴王使君宅題二首〉其二時曾說：

> 公詩每用泛愛，蓋以眾人自居也。[77]

---

77 〔清〕仇兆鰲：《杜詩詳注》，卷22，頁1932。然《杜臆》不作此語（卷9，頁358），或是他本。

為何杜甫在詩中每能表現出廣愛百姓的情感？王嗣奭認為：這是由於
杜甫能以眾人自居的緣故。而凡是能站在他人處境，同情地理解，就
能對世人處境感同受身，進而濟助遭逢苦患世人。這種想要免除世人
苦痛的善心義行，就是種廣愛庶民的情感。也因此，杜甫無論身處何
境，心中永遠掛念著世人，一直記掛著百姓。《杜詩言志》評〈謁文
公上方〉詩云：

> 夫少陵是一不能忘世人，雖流離顛沛之中，而忠君愛國之意，
> 猶然不釋。[78]

這種即便自身已深陷苦顛流離，生活又困窘不安，卻每每寫出憂國憂
民的詩歌，實是同理心的表現。

　　總而言之，由於杜甫能「推己及人」、「將心比心」，而「以己及
人」本是通往博施而濟眾的要徑，濟助苦痛庶民即完成聖德，因此，
杜甫可以稱聖。也就是說，由於杜甫以眾人自居，能設身處地替他人
著想，對於苦難可以感同身受，甚至濟助百姓，仁民而愛物，因此杜
甫常懷有憂時愛國、忠君愛民的心情，所以，杜詩往往藉由「溫柔敦
厚」的方式來導善止惡，期望大同安樂盛世的降臨，這體現了以天下
蒼生為己任的仁心聖懷，即杜詩所謂的「致君堯舜上，再使風俗淳」
（〈奉贈韋左丞丈二十二韻〉）。由於杜甫並不是以獨善其身作為唯一
鵠的，他更期望能致善天下，既積累善心嘉行又完成德性，因此臻至
聖人的境界，依此，杜甫實為詩中之聖。換言之，「溫柔敦厚」與
「聖」的關係極為密切。譬如，馬一浮即曾說：

---

78 〔清〕佚名：《杜詩言志》，見《續修四庫全書》，第1700冊，卷9，頁548。

　　老杜所以為詩聖，正在其忠厚惻怛，故論詩必當歸于溫柔敦
　　厚。[79]

馬一浮在此肯認了：杜甫實是詩聖。杜甫為何是詩聖呢？杜甫因仁心
而忠厚，因仁心而憂傷。前者側重忠君寬厚，後者側重憂國憂民。由
於杜甫秉性溫柔仁厚，具有同理心，對他人處境心情與苦痛悲傷，能
將心比心，感同身受，所以杜甫在作品中往往呈現出忠君愛民、憂時
憂國的動人情感，因此，杜甫撰作溫柔敦厚的詩歌來戒惡向善，此即
馬一浮所謂「《詩》教本仁，故主于溫柔敦厚」（見前引文）。在詩法
上，力避直陳平衍，憑藉委婉含蓄、曲折譎諫、微露藏省的方式來導
善除惡；在內容上，仁民愛物之心、濟世安邦之情一見於言表，讀之
令人惻然。而這種痌瘝在抱、濟世救苦的慈心善行即可為聖。對此，
嚴壽澂於〈詩聖杜甫與中國詩道〉一文中也曾說：

　　溫厚之情，即是忠厚惻怛的仁心。少陵具此仁心，不忍見生靈
　　之塗炭，不忍見家居之撞壞，加之學識足以濟其深思，稟賦足
　　以資其銳感，三美兼備，所以為詩聖。[80]

這種種都說明了溫柔敦厚是杜甫為詩聖的重要因素。又如，仇兆鰲也
認為：「溫柔敦厚」是杜甫稱為「詩聖」的關鍵理由。〈杜詩詳注原
序〉曾說：

　　蓋其為詩也，有詩之實焉，有詩之本焉。孟子之論詩曰「頌其

---

79 馬一浮著；丁敬涵編注：《馬一浮詩話》，頁23。

80 嚴壽澂：〈詩聖杜甫與中國詩道〉，《國立編譯館館刊》，30卷1、2期合刊本（2001年
　　12月），頁127。

詩，讀其書，不知其人，可乎？是以論其世也」。詩有關於世
運，非作詩之實乎。孔子之論詩曰「溫柔敦厚，《詩》之教
也」；又曰「可以興觀羣怨，邇事父而遠事君」。詩有關於性情
倫紀，非作詩之本乎。故宋人之論詩者，稱杜為詩史，謂得其
詩可以論世知人也。明人之論詩者，推杜為詩聖，謂其立言忠
厚，可以垂教萬世也。[81]

首先，仇兆鰲認為：詩歌以性情、倫紀為根本。「性情」即溫柔敦厚
的性情；「倫紀」即事君事父等綱常及其方法。依此，詩歌當以溫柔
敦厚的性情與事君事父等倫常綱紀為基本。其次，明人論詩都推揚杜
甫為詩聖，這是由於杜甫立言忠厚可以垂示教化後世的緣故。

何以杜詩具有溫柔忠厚的色彩？這是由於杜甫天性溫柔寬厚所
致。而杜甫秉持溫柔敦厚的衷心，採用《三百篇》「依違諷諫不指切
事情」的方法，藉由含蓄委婉、似合乍離、微露藏省的途徑來諫過導
善。不僅慮及君父的顏面，又能免於罪罰；不只撰作溫柔敦厚的詩
歌，也能導善止過，使言者無罪，聞者足戒。這是溫柔和平、忠君寬
厚性情的體現，因此杜詩「立言忠厚」。這種本著痌瘝在身、濟世救
民的仁心，藉由溫柔敦厚的方法來刺惡揚德，實以眾人歸善、大同社
會為宗旨。倘若能以溫柔忠厚的杜詩來教化平民，則能涵養出溫柔敦
厚的百姓。據此，杜詩可與《詩經》同功，垂示教化後世子民。杜甫
實為詩聖。「溫柔敦厚」實杜甫為「詩聖」的重要原因之一。

最後，宋朝以降，儒家學說興復，國家意識抬頭，前賢多能覺察
杜甫的「忠君愛民」體現在時代上的意義，進一步對比出杜甫與唐代
其他詩人在個人情志上的明顯優異，此亦眾不及杜的關鍵所在，而此

---

81 〔清〕仇兆鰲：《杜詩詳注》，〈原序〉，頁1。

實乃杜甫被尊稱為詩聖的另一個不可忽視的重要原因，陳文華《杜甫傳記唐宋資料考辨》曾說：

> 除了從忠義與愛君的角度來了解杜甫思想外，宋人亦普遍地觀
> 察到杜甫的憂國之思，……撮錄如下：……「余曰：丈夫涉
> 世，非心木石，安得無愁乎，顧所愁何如爾。杜子美平生困躓
> 不偶，而嘆老嗟卑之言少，愛君憂國之意多，可謂知所愁
> 矣。……」（陳人傑「沁園春序」「龜峯詞」）……陳人傑，他
> 把愁分為兩類，一是「嘆老嗟卑」，一是「愛君憂國」，然後強
> 調杜甫所愁是在後者。此與孔子所謂「君子憂道不憂貧」，語
> 義相似，頗能顯現杜甫的精神面貌。[82]

前人發覺杜甫詩帶有明顯忠君愛民的色彩，杜甫所愁者乃在憂國愛君
這點上，此憂者並不僅止於國家朝代，尚擴及蒼生天下。若就儒家而
言，即孔子在〈衛靈公〉篇所言的「君子憂道不憂貧」。君子所憂之
「道」即「推己及人」之道；即「踐仁成聖」之道。[83]那麼，此「愛
民忠君」在時代上就更加顯現出其特殊性。因此，杜甫被奉譽為詩中
之聖，此當也是時代風氣下的發展與影響所致。

小結

　　杜甫「溫柔敦厚」與「詩聖說」是古典詩學中的重要議題，也是

82　陳文華：《杜甫傳記唐宋資料考辨》，頁210-211。是書尚有諸多豐贍的引證。

83　蔡仁厚《孔孟荀哲學》（臺北：臺灣學生書局，1984年）在「踐仁成聖的路道」中
　　曾說：「踐仁以成德，而成德的最高境界是『聖』，所以儒家實以『踐仁成聖』為道
　　德實踐的目標。」（頁70-71）

杜詩學中的重要論題。自宋明兩朝以降，古人即多所著墨。然而，目前學界卻較少探究杜詩「溫柔敦厚」與「詩聖說」這兩者間的關係。本章以仇兆鰲、馬一浮與嚴壽澂等人的研究為基礎，將儒家傳統的「溫柔敦厚」作為新的探究進路，論述杜甫詩聖說的內涵。

　　首先，杜甫何以為詩聖這個議題，目前學界一般都認為這是杜詩能集大成的緣故。然而除了這一點外，尚有其他幾個重要理由：一、凡精通一事、眾所不及者為聖，而杜甫精於詩事，千古獨步；二、凡能追躡《風》、《雅》者為聖，而杜甫能繼迹《風》、《雅》遺意；三、凡能積善成德者為聖；而杜甫濟世安邦、解民倒懸的慈心善行常常見諸詩章；四、凡能溫柔敦厚者為聖；而杜甫不僅心性溫厚，他所創作的詩歌也具有溫柔敦厚的色彩；最後，在時代氛圍之下，前人覺察出杜甫愛民忠君的時代意義，據此對比出杜甫與其他唐代詩人在情志上的明顯傑優，而為眾所不及。因此，杜甫堪為詩聖。這才能較為整全地解釋為何明代以下論詩者往往推尊杜甫為「詩聖」。此外，何以時至明代，論詩者始逐漸推揚杜甫為詩聖呢？這主要是與宋人對杜詩繫年及編定杜甫年譜有關。宋人撰作的杜甫年譜譬如：呂大防〈杜詩年譜〉、趙子櫟〈杜工部年譜〉、蔡興宗〈杜工部年譜〉、魯訔〈杜工部詩年譜〉與黃鶴〈杜工部詩年譜〉等等。而明人站在宋人對杜詩繫年與編定年譜的基礎上，才能更加瞭解杜甫平生經歷、成長交遊、出處進退等等；甚至藉由年譜與杜詩兩相對照，以理解杜甫的創作緣由，逆測杜甫創作情志，才能更為瞭解杜甫行事為人與立身處世之道，進一步探究出杜甫超越常人的道德人格，如此相較於其他詩人，明人始能更為確定杜甫為「聖」。但是我們也絕對不能否認，宋元以降，杜詩在先賢對其詩法的鑽研，意蘊的揭露，深度的詮釋之下，譬如司馬光、趙汸、汪瑗、王嗣奭、黃生、仇兆鰲、吳瞻泰、顧宸與邊連寶……諸賢，杜甫達到了中國詩歌藝術成就的峰頂。

　　進一步言，倘若杜甫僅僅只是道德人格超越常人，這是否意指：杜甫的作品是否也可以稱「聖」。這一點恐怕值得斟酌。簡言之，人格之美聖絕不等同於作品之美聖。後人在閱讀杜甫的作品時，除受到他詩作內容仁心聖懷的深刻感動之外，還有詩歌形式上詩藝美境的深度感染。亦即：杜甫詩歌技法形式上所創造的藝術感染力也深深地打動著讀者。就杜甫而言，這形式上的藝術感染力，除比興之外，即是杜甫所擅長的賦法──賦法的省略──創造「含蓄不露」的詩藝美境。

　　其次，前賢一般都認為：杜詩具有「溫柔敦厚」的色彩。「溫柔敦厚」說乃孔子提出，首見於《禮記・經解篇》。「溫」乃是顏色溫和；「柔」是指性情柔和；「敦厚」具有寬厚忠厚的意思。它的具體實踐乃是《三百篇》「依違諷諫不指切事情」的方式。綜合而言，詩人性情要柔和，顏色要溫潤，創作時以含蓄曲折、似有若無，或微露部分、藏省局部，不明指說破的方式，略帶絲絲尖銳的語句，意溢言外，使人明白的諫過勸善方式；除非是為了權衡通變，否則詩人原則上當以直截平衍的表達方法為忌諱。

　　這有兩層意義：一、「依違諷諫不指切事情」的表現手法不僅是詩人性情寬厚所致，也是同理心使然。詩人「將心比心」，站在對方的立場同情地理解，不只顧及君上顏面，也為自己預留轉圜退路。二、溫柔敦厚的目的是為了戒惡導善，其宗旨乃是孔子在《禮記・禮運》所擘劃大同至善的社會，這也跟杜甫「致君堯舜上，再使風俗淳」的終極理想兩相符合。由於詩人對於百姓苦難感同身受、人傷我痛，能將自己所惡所欲推想成他人所惡所欲，也能將他人苦痛災難設想成自己苦痛災難，不僅能獨善其身，更希冀兼善天下，免除蒼生苦患。這就是「將心比心」、「以己及人」的體現，也是成仁的方式。此種「將心比心」亦是杜甫能深深打動讀者心靈之所在。

　　此中「以己及人」本是施濟疾苦百姓、濟助困苦民眾的重要途徑；而凡能博施濟眾者可以為聖。因此杜甫可以稱為詩聖。杜詩「溫柔敦厚」的特色，不只是杜甫「詩聖說」的重要理由之一，也是清代以來杜甫「詩聖說」發展的新變化；它不僅深化了「詩聖說」的內容，也為「詩聖說」的發展指出了新方向。

　　最後重要的是，由於杜甫已得「溫柔敦厚」之旨，而「溫柔敦厚」又是詩歌創作的極則。因此，杜詩已臻至詩歌完善境地，古人即曾讚譽「唐以後論詩者，無不奉工部為極則」。而凡能「精於一事且眾人不及」者可以稱聖，因此杜甫可以稱為「詩聖」。

第六章

結 論

──杜詩內容與形式的統一

本文的結論，分述如下：

一、何以杜甫被稱譽為「詩聖」呢？我們又是如何詮釋詩聖杜甫的作品呢？就前者而言，目前的研究多在探究杜詩「集大成」這一點上；就後者而言，現在的研討多著眼在杜詩的考據、注釋、時空背景與作品鑑賞上。這些都是研究杜甫「詩聖」說與詮釋杜詩的重要基礎，極具學術價值。

「杜詩詮釋」意指解讀者向他人展示他理解杜甫詩作的進路、方法暨過程，倘若其他讀者也依循此種進路、方法與過程，也可以跟解讀者一樣，得到相同的結果，領略體悟創作主意與詩人情志，領悟理解創作技巧與言外詩意，進而使杜甫與杜詩獲得了解釋。本文提出兩種詮釋杜詩的途徑──「本事解讀法」與「逆測解讀法」──以回應這個時代對杜詩詮釋方法與理論的要求。這兩種方法皆可溯源自孟子的「知人論世」與「以意逆志」兩說。

二、「本事解讀法」：這要求解讀者對作者「自身」與「時世」須有基本的認識，這可從作品內外言，倘若依「作品內」與「作品內外」的不同角度，那麼，這有兩條解讀路徑：

（一）從「作品內」言，這是從「作品內」來「知人論世」，亦即藉由作品內描寫作者個人與其所處時世，暨其如何面對時世，來理解作者為人處事之道，並加以品評。也就是說，讀者藉由「作品內」描寫作者的行為處事，來歸結對其人的理解認識。譬如，我們可以從

杜詩作品中歸結出：杜甫具有濟世仁心這個重要個人特質。

（二）從「作品內、外」言，這是分別從「作品內、外」來「知人論世」，亦即解讀作品內、外之作者其人與所處時世。在杜詩舊注中，這又可細分成兩路：「繫年解讀」與「年譜解讀」。

1.就「繫年解讀」言，這是藉由詩中載明具體史事與地名的作品，與具真確性的史料地志相互參照，嘗試考尋詩人創作緣由與時地背景，作為解讀杜詩的資源，填補文字外的空白之處，以明白詩作，此為「繫年解讀」。譬如宋代以降，杜詩舊注在「詩題」之下，載明「詩當作於某年某月」「此某年某月某地作」等等，並佐以史料地志諸證與其他杜解舊說，其目的之一即為其他讀者提供解讀資源。

2.就「年譜解讀」言，這是藉由考證出詩人生卒年月，並依詩繫年繫地，從而編纂作者年譜，描繪譜主生平事迹與重要時事，甚至親族交友等等。杜甫年譜的編定，實有助於讀者對杜甫其人其世更清楚的掌握。解讀者透過杜詩敘明之時事，與年譜（附及時事、杜甫所在地點）的比較與對照，嘗試考尋杜詩觸事興詠的本事，並以發生時事與所處時空當作創作背景，作為解讀杜詩的資源，填補文字外的空白之處，以明白詩作，此為「年譜解讀」。譬如宋代迄今，所有考辨修撰杜甫年譜者，其目的之一亦為其他讀者提供解讀資源。

無論是「繫年解讀」與「年譜解讀」皆有兩個必要條件：首先，杜詩中須有具體且可辨識的時事；其次，「正確辨識比對」杜詩敘明之時事與史料年譜之時事，是不可或缺的事，否則，杜詩的解讀恐即流於錯訛。

在「本事解讀」的過程裡，讀者須從「解讀」進一步邁向「解釋」，如此始完成整個詮釋程序，杜甫與杜詩始獲得解釋。

先就「作品內」而言，當讀者在閱讀杜詩時，可以從諸杜詩敘述中歸結出：杜甫具有濟世仁心這個重要特質（此為「解讀」）。而前文

曾述及，古人認為：若能積善成德、博施濟眾即可為「聖」，因此，杜甫可以盛譽為「聖」（此為「解釋」）。這就從「作品內」的「知人論世」，解釋了杜甫何以被尊稱為「聖」的現象；也是從「解讀」邁進「解釋」，完成杜甫稱「聖」的闡釋。

　　再從「作品內、外」言，「年譜解釋」主要闡釋的現象有二，一是興詠本事，一是創作時間。就吟詠本事言，其基本形式如下：[1]

　　　藉由（一）杜甫在詩中對某敘明時事有興詠感觸，（二）解讀者憑據杜詩與確證無誤年譜（所附時事）辨識比對，綜合查考出：此觸事興詠的感發即致使杜甫創作的原因，因而（三）杜甫創作此詩。

就創作歲月言，其基本形式又有二：

　　　藉由（一）杜詩敘明某一時事，（二）解讀者憑據經確證無誤的年譜，查考時事發生的時間，因此（三）疏通證明杜詩創作於某年。

或者：

　　　藉由（一）杜詩敘明杜甫至某地之行迹或其於某地之見聞等等，（二）解讀者憑據經確證無誤的年譜，查考杜甫至某地的時間，因此（三）疏通證明杜詩創作於某年。

1　「繫年解釋」的形式亦同，惟憑據者非「年譜」，而為「史料、地志」等等，恕不贅述。

當解讀者在閱讀杜詩時，並將杜詩與年譜兩相對照，進而察覺杜甫觸事吟詠的本事、敘明時事與行跡見聞等等（此為「解讀」）。解讀者若能進一步綜合查考出：此觸詠本事為創作的緣由；詩中敘明時事其具體的發生時間；杜甫敘明行跡其確實可驗的歲月，因而可以主張「某時事」為杜詩創作緣由；「詩當作於某年某月」（此為「解釋」）。這就從「作品內、外」的「知人論世」，解釋了杜甫何以創作某詩暨其創作歲月；也是從「解讀」邁向「解釋」，完成杜詩創作緣由與歲月的闡釋。

據此，讀者若應用源於「知人論世」的「本事解讀法」，即能從作品的「解讀」到達作品的「解釋」。這就是宋代以下，古人為何悉心畢力、瀝血叩心對杜詩繫年、編定年譜的重要因素。惟前人並未向前進一步探究：杜詩繫年與年譜編撰的目的，是為了展示對作品的理解，並用以解釋作品的創作緣由與創作時地等等；杜詩繫年與年譜編定的目的，是為了解讀、解釋杜甫與杜詩，當然在杜詩學中也就從未討論過「解讀」與「解釋」間的關係，以及闡明如何從「解讀」臻至「解釋」，進而完成杜甫與杜詩的詮釋，此即是本文的價值所在。

「逆測解讀法」：這是以「逆測」作為理解方法，此又可分為兩種，一是讀者以其心中之意逆測古人之意，再以古人之意逆測古人之志，讀者因此可以其心中之意逆測古人之志，此為「以意逆志」的傳統內涵；二是讀者以其心中之意逆測前人創作技巧，再以前人創作技巧逆測古人之志，職是之故，讀者可以其心中之意逆測古人之志，此為「以意逆志」的新創內涵。這兩種都是「以意逆志」的內容。說明如下，首先，設身處地同情地站在作者的立場去理解是重要的關鍵。第二，這種憑據文字，以讀者心中之意逆測古人之志，其原則乃是讓表達作者情志的文字自己說話，即朱子所謂「不要自作意思，只虛此心將古人語言放前面，看他意思倒殺向何處去」（見前引文），而非全

然讀者個人主觀揣度臆測。第三，利用「詩題」來觀察作品的創作主意與傾向，更是不可忽略的要素。第四，傳統詩歌雖是以抒發個人的情志為主，然而在這個解讀過程裡面，就杜詩學舊注而言，讀者所逆測的對象不僅只有作品主意與作者情志，也含括創作技巧在這當中。也就是說，解讀者可以逆測詩人的創作技巧（如「賦法省略」），進一步，再利用創作技巧來逆測作品主意與詩人情志（含「言外詩意」），這是由於詩意情志可以寄寓言外的緣故，因此，讀者可以藉心中之意逆測詩人情志。此為「以意逆志」說的新內涵。

　　作品主意與作者情志的逆測當然也可利用「本事解讀法」的結果，並作為依據。杜甫某些載明具體史地訊息的作品之中，「本事解讀」的成果本即可以作為「逆測解讀法」的基礎。這意指：作品中可以說清楚之處，解讀者應該優先講明白。而杜甫某些沒有明確史地描述的作品之中，讀者即可運用「逆測解讀法」。也就是說，「逆測解讀法」存有極大的解讀空間。就傳統文化言，此解讀空間仍以不超越作者所有作品與所處時空背景為原則；但若就西方詮釋言，某些西方詮釋與「逆測解讀法」即有了交集之處，其重疊至少是在逆測作品（或文本）的技法形式上。

　　就逆測創作技巧來說，除一般詩法外，創作技巧也包括作者變化裝造詩歌字句的排序、省略字句與省略字詞間的關係。由於作者在創作時變裝省略，因此讀者在解讀時須還原填補。而「變裝省略」即是讀者需要逆測的對象；「省略」若發生在賦法之中即是「賦法的省略」。此時讀者的「還原填補」即是一種對詩歌理解的展示；讀者的「還原填補」即是發現詩歌「言外之意」的重要途徑。

　　三、當解讀者以上述這兩個方法詮釋杜詩時，其基本原則既是讓作品自身說話，那麼藉由杜詩內容，即可逆測詩人創作情志，並評定杜甫具有仁心聖懷的人格特質。憑藉杜詩形式，利用杜甫「創作時省

略」的詩法原則──從清人黃生、吳瞻泰研究杜甫各式句法的成果中，我們可以發現杜甫在句法上進行「創造性的省略」，[2]使句外藏蘊詩意，譬如「藏頭句」、「歇後句」、「縮脈句」、「硬裝句」……等等──思索杜甫賦法的特色時，即可發現杜甫擅長的賦法，實亦透過微露部分，藏省局部這種「創造性的省略」方式，來產生言外詩意。

杜甫這種賦法上微露部分，藏省局部的方式，我們稱為「賦法的省略」（或賦法的藏隱）。杜甫在詩歌中即運用「賦法的省略」來創造出言外詩味，刻意不將整全意思鋪敘出來，而將詩意藏省句外，使詩歌可以臻至「含蓄蘊藉」與「溫柔敦厚」的審美藝境，從而繼迹《風》、《雅》遺意。前人又認為「仁心聖懷」、「溫柔敦厚」與「聖」的關係極為密切，所以杜甫被盛譽為「詩聖」。上述這兩種解讀的方法與解讀的成果，即是古人盛稱杜甫為「詩聖」的重要方法與關鍵因素。

四、杜甫創發的「賦法省略」，以不明指道破的方式來達到「賦的言外之意」。其「賦法的省略」種項繁多，計有四類：（一）就題目言：有題目的言外之意；（二）就章法言：有呼應的言外之意；（三）就句法言：有「一層一層」、「倍數」、「減法」、「二元對立」、「對立交互」、「用典」、「三段論」、「否定後項」、「省略原因」、「省略結果」的言外之意；（四）就字法言：有「在」、「惟」、「又」、「亦」、「兼」字的言外之意等等。

從「逆測解讀法」而言，解讀者從上述這些技法可以歸結出：杜甫以「賦法省略」的方式來敘事述物──即以微露部分、藏省局部為敘述原則（此為「解讀」）。再從前章諸例中可發現：以「賦法的省略」的方式敘事述物，可以創造出言外之意，因此杜詩賦法具有言外

---

2 「創造性的省略」意指詩人透過自覺且刻意地「省略」，來產生「言外之意」的創作方式。就本文而言，並不止於「句法」，也包含「賦法」。

之意（此為「解釋」）。這是在「逆測解讀法」的過程中，解釋了杜甫賦法何以具有言外詩意的現象；也是從「解讀」邁向「解釋」，完成杜詩賦法言外之意的闡述。

杜甫藉由「賦法的省略」來創造出「賦的言外之意」，他所創造出「賦的言外之意」更使得杜詩臻至「溫柔敦厚」的境界，成功解決「賦法」流於切事完盡的弊病；破除自鄭玄以下賦法不能含蓄的錯誤偏見，開創賦法「溫柔蘊藉」一路，司馬光《續詩話》即曾洞察並指出此點；這是杜甫在古典詩學史上的重大創發及價值，杜甫因此堪稱精擅詩事，獨步千古。準此，在詩歌中，「鋪陳物事」的「賦」法其內涵當有二：一是敷陳物事而直言之，此面向徑直顯露，為傳統賦法內涵；二是微露藏隱而省言之，此面向含蓄蘊藉，為新創賦法內容。此為詩歌「賦」法新定義。

綜此，杜甫「詩聖」說，實乃人格解讀的道德評價與詩藝詮釋的審美評價之統合結論。

第五，就本文論述的內容而言，杜詩的內容與形式是否能達到詩藝上的統一呢？答案是肯定的！其關鍵就在於「溫柔敦厚」這點上。

從內容言，杜甫常在詩中表現仁者慈心；從形式上，若以杜甫擅長的賦法來說，詩人藉由「賦法的省略」來創造言外之意，憑據微露部分，藏省局部，不明指說破的含蓄方式來美刺勸誡，表達詩人的情志，使人領略，聞者足戒，言者無罪，此即承繼《詩經》「依違諷諫不指切事情」的創作精神，這屬於「溫柔敦厚」的表現方式。

杜詩「賦法的省略」即是一種「含蓄蘊藉」、「溫柔敦厚」的表現方式。一方面，「溫柔敦厚」的詩藝美境，是根柢於同理心，亦是詩人仁心慈懷的體現──此為「形式表現內容」。另一方面，杜甫忠厚的仁心，又使他在創作時自覺且刻意地採用微露藏省的賦法，這是設身處地為他人設想的同理心使然──此為「內容決定形式」。這種

「內容決定形式」、「形式表現內容」的方式，[3]即是詩歌內容與形式高度統一的明證，而其要鍵即在於「溫柔敦厚」這點上。這也是杜詩超越《詩三百》的關鍵之一；這更是杜詩可以成為文學經典的重要理由之一。

3　蔡英俊在〈抒情精神與抒情傳統〉中曾說：「每一件藝術成品都內含著一種基本的和諧，這種基本的和諧是來自意念的實質與語文的外形之間秩序的協調與整合，因此，唯有在意念與語文之間互動關係真正凝定的時候，藝術的創作活動才算是最後的完成。」見《抒情的境界》，頁71。

引用暨參考書籍

一　古籍

〔戰國〕荀子撰，廖吉郎校注：《新編荀子》，臺北：國立編譯館，
　　　2002年。

〔漢〕孔安國傳，〔唐〕孔穎達疏：《尚書正義》，收入《十三經注疏
　　　附校勘記》，臺北：大化書局，1982年。

〔漢〕班固：《漢書》，北京：中華書局，2002年。

〔漢〕許慎撰，〔清〕段玉裁注：《說文解字注》，臺北：黎明文化事
　　　業股份有限公司，1998年。

〔漢〕趙岐注，〔宋〕孫奭疏：《孟子注疏》，收入《十三經注疏附校
　　　勘記》，臺北：大化書局，1982年。

〔漢〕鄭玄注，〔唐〕孔穎達疏：《禮記正義》，收入《十三經注疏附
　　　校勘記》，臺北：大化書局，1982年。

〔漢〕鄭玄箋，〔唐〕孔穎達疏：《毛詩正義》，收入《十三經注疏附
　　　校勘記》，臺北：大化書局，1982年。

〔漢〕鄭玄注，〔唐〕賈公彥疏：《周禮注疏》，收入《十三經注疏附
　　　校勘記》，臺北：大化書局，1982年。

〔宋〕范曄：《後漢書》，北京：中華書局，2002年。

〔梁〕顧野王著：《大廣益會玉篇》，北京：中華書局，2004年。

〔梁〕蕭統編，〔唐〕李善注：《文選》，北市：中華書局，1977年。

〔晉〕葛洪撰，何淑貞校注：《新編抱朴子》，臺北：國立編譯館，
　　　2002年。

〔唐〕房玄齡等：《晉書》，北京：中華書局，2003年。

〔唐〕杜祐撰：《通典》，北京：中華書局，2003年。

〔唐〕李吉甫撰，賀次君點校：《元和郡縣圖志》，北京：中華書局，
　　　2005年。

〔唐〕鄭處誨撰：《明皇雜錄》，北京：中華書局，2011年。

〔唐〕元稹：《元稹集》，北京：中華書局，2000年。

〔唐〕孟棨：《本事詩》，收入《歷代詩話續編》，北京：中華書局，
　　　2001年。

〔南唐〕徐鍇：《說文解字繫傳》，北京：中華書局，1998年。

〔後晉〕劉昫等撰：《舊唐書》，北京：中華書局，2002年。

〔宋〕樂史撰，王文楚等點校：《太平寰宇記》，北京：中華書局，
　　　2007年。

〔宋〕李昉編纂：《太平御覽》，石家莊：河北教育出版社，2000年。

〔宋〕歐陽修、宋祁等撰：《新唐書》，北京：中華書局，2003年。

〔宋〕司馬光撰、胡三省注，章鈺校記：《資治通鑑》，臺北：新象書
　　　店。

〔宋〕王存撰，王文楚、魏嵩山點校：《元豐九域志》，北京：中華書
　　　局，2005年。

〔宋〕呂大防等：《韓柳年譜》，北京：中華書局，1991年。

〔宋〕楊時：《龜山集》，收入《文淵閣四庫全書》，臺北：臺灣商務
　　　印書館，1986年。

〔宋〕游酢：《游廌山集》，收入《文津閣四庫全書》，北京：商務印
　　　書館，2006年。

〔宋〕潘子真：《潘子真詩話》，收入《宋詩話輯佚》，臺北：華正書
　　　局，1981年。

〔宋〕李綱：《梁溪先生文集》，收入《宋集珍本叢刊》，北京：綫裝書局，2004年。

〔宋〕張禮撰，史念海、曹爾琴校注：《游城南記校注》，長安：三秦出版社，2006年。

〔宋〕秦觀：《淮海集》，收入《宋集珍本叢刊》，北京：綫裝書局，2004年。

〔宋〕胡銓：《胡澹菴先生文集》，收入《宋名家集彙刊》，臺北：漢華文化事業股份有限公司，1970年。

〔宋〕晁公武：《郡齋讀書志校證》，上海：上海古籍出版社，2006年。

〔宋〕朱熹：《四書章句集註》，臺北：鵝湖月刊社，2010年。

〔宋〕朱熹：《詩經集註》，臺南：大孚書局，2006年。

〔宋〕輔廣：《詩童子問》，收入《文淵閣四庫全書》，臺北：臺灣商務印書館，1986年。

〔宋〕王觀國：《學林》，收入《全宋筆記》，第4編，鄭州：大象出版社，2008年。

〔宋〕陳巖肖：《庚溪詩話》，收入《文津閣四庫全書》，北京：商務印書館，2006年。

〔宋〕衛湜：《禮記集說》，收入《文淵閣四庫全書》，臺北：臺灣商務印書館，1986年。

〔宋〕施元之：《施注蘇詩》，收入《文津閣四庫全書》，北京：商務印書館，2006年。

〔宋〕姜夔：《白石道人詩說》，收入《歷代詩話》，北京：中華書局，2001年。

〔宋〕魏了翁：《重校鶴山先生大全文集》，收入《宋集珍本叢刊》，北京：綫裝書局，2004年。

〔宋〕黃震：《黃震詩話》，收入《宋詩話全編》，南京：江蘇古籍出版社，1998年。

〔宋〕姚勉：《雪坡舍人集》，收入《叢書集成續編》，臺北：新文豐出版社，1989年。

〔宋〕嚴羽：《滄浪詩話》，收入《宋詩話全編》，南京：江蘇古籍出版社，1998年。

〔宋〕嚴羽撰，郭紹虞校釋：《滄浪詩話校釋》，臺北：里仁書局，1987年。

〔宋〕俞文豹：《吹劍三錄》，收入《宋詩話全編》，南京：江蘇古籍出版社，1998年。

〔宋〕黎靖德編：《朱子語類》，收入《文淵閣四庫全書》，臺北：臺灣商務印書館，1986年。

〔宋〕孫德之：《太白山齋遺稿》，收入《全宋文》，上海：上海辭書；合肥：安徽教育出版社，2006年。

〔宋〕何谿汶：《竹莊詩話》，收入《文津閣四庫全書》，北京：商務印書館，2006年。

〔元〕方回：《瀛奎律髓彙評》，上海：上海古籍出版社，2005年。

〔元〕楊載：《詩法家數》，收入《名家詩法彙編》，臺北：廣文書局，1973年。

〔元〕楊載：《詩法家數》，收入《歷代詩話》，北京：中華書局，2001年。

〔明〕高棅：《唐詩品彙》，收入《文淵閣四庫全書》，臺北：臺灣商務印書館，1986年。

〔明〕胡廣：《詩傳大全》，收入《文淵閣四庫全書》，臺北：臺灣商務印書館，1986年。

〔明〕李東陽:《麓堂詩話》,收入《歷代詩話續編》,北京:中華書
　　　局,2001年。

〔明〕杭淮:《雙溪詩集》,收入《文津閣四庫全書》,北京:商務印
　　　書館,2006年。

〔明〕季本:《詩說解頤》,收入《文津閣四庫全書》,北京:商務印
　　　書館,2006年。

〔明〕謝榛:《詩家直說》,收入《謝榛全集》,濟南:齊魯書社,
　　　2000年。

〔明〕唐順之:《荊川先生文集》,收入《四部叢刊初編集部》,臺
　　　北:臺灣商務印書館,1965年。

〔明〕王世貞:《藝苑卮言》,收入《歷代詩話續編》,北京:中華書
　　　局,2001年。

〔明〕陳束:《陳后岡詩文集》,收入《叢書集成續編》,臺北:新文
　　　豐出版公司,1989年。

〔明〕鄧元錫:《鄧元錫詩話》,收入《明詩話全編》,南京:江蘇古
　　　籍出版社,1997年。

〔明〕屠隆:《由拳集》,收入《續修四庫全書》,上海:上海古籍出
　　　版社,2003年。

〔明〕胡應麟:《詩藪》,收入《四庫全書存目叢書》,臺南:莊嚴文
　　　化事業有限公司,1997年。

〔明〕江盈科:《雪濤詩評》,收入《明詩話全編》,南京:江蘇古籍
　　　出版社,1997年。

〔明〕郝敬:《毛詩原解》,收入《四庫全書存目叢書》,臺南:莊嚴
　　　文化事業有限公司,1997年。

〔明〕張懋修:《墨卿談乘》,收入《四庫未收書輯刊》,北京:北京
　　　出版社,2000年。

〔明〕馮時可：《馮時可詩話》，收入《明詩話全編》，南京：江蘇古
　　　籍出版社，1997年。

〔明〕曹學佺編：《石倉歷代詩選》，收入《文津閣四庫全書》，北
　　　京：商務印書館，2006年。

〔明〕鍾惺、譚元春輯：《唐詩歸》，收入《續修四庫全書》，上海：
　　　上海古籍出版社，2003年。

〔明〕孫承恩：《文簡集》，收入《文津閣四庫全書》，北京：商務印
　　　書館，2006年。

〔明〕潭浚：《說詩》，收入《明詩話全編》，南京：江蘇古籍出版
　　　社，1997年。

〔明〕雷燮：《南谷詩話》，收入《珍本明詩話五種》，北京：北京大
　　　學出版社，2008年。

〔明〕縠齋主人：《獨鑒錄》，收入《全明詩話》，濟南：齊魯書社，
　　　2005年。

〔明〕陸時雍：《古詩鏡》，收入《文淵閣四庫全書》，臺北：臺灣商
　　　務印書館，1986年。

〔清〕賀貽孫：《詩筏》，收入《清詩話續編》，臺北：藝文印書館，
　　　1985年。

〔清〕黃宗羲：《孟子師說》，收入《文津閣四庫全書》，北京：商務
　　　印書館，2006年。

〔清〕吳喬：《圍爐詩話》，收入《清詩話續編》，臺北：藝文印書
　　　館，1985年。

〔清〕董說：《豐草菴文集》，收入《續修四庫全書》，上海：上海古
　　　籍出版社，2003年。

〔清〕顧炎武：《日知錄》，收入《文津閣四庫全書》，北京：商務印
　　　書館，2006年。

〔清〕吳淇:《六朝選詩定論》,收入《四庫全書存目叢書補編》,濟
　　　南:齊魯書社,2001年。

〔清〕王夫之等:《清詩話》,臺北:西南書局,1979年。

〔清〕吳景旭:《歷代詩話》,北京:京華出版社,1998年。

〔清〕毛先舒:《詩辯坻》,收入《清詩話續編》,臺北:藝文印書
　　　館,1985年。

〔清〕黃生等撰,何慶善點校:《唐詩評三種》,合肥:黃山書社,
　　　1995年。

〔清〕黃生:《黃生全集》,合肥:安徽大學出版社,2009年。

〔清〕葉燮:《原詩》,收入《續修四庫全書》,上海:上海古籍出版
　　　社,2003年。

〔清〕邵長蘅:《邵青門全集》,收入《叢書集成續編》,上海:上海
　　　書店:1994年。

〔清〕唐彪:《讀者作文譜》,臺北:偉文圖書出版社有限公司,1977
　　　年。

〔清〕龐塏:《詩義固說》,收入《清詩話續編》,臺北:藝文印書
　　　館,1985年。

〔清〕沈德潛:《說詩晬語》,收入《清詩話》,臺北:西南書局,
　　　1979年。

〔清〕沈德潛:《沈德潛詩文集》,北京:人民文學出版社,2011年。

〔清〕沈德潛:《唐詩別裁》,北京:中國致公出版社,2011年。

〔清〕王先慎:《韓非子集解》,收入《續修四庫全書》,上海:上海
　　　古籍出版社,2003年。

〔清〕薛雪:《一瓢詩話》,收入《清詩話》,臺北:西南書局,1979
　　　年。

〔清〕李重華：《貞一齋詩說》，收入《清詩話》，臺北：西南書局，
　　　1979年。

〔清〕董誥等編：《全唐文》，北京：中華書局，2001年。

〔清〕喬億：《劍谿說詩》，收入《清詩話續編》，臺北：藝文印書
　　　館，1985年。

〔清〕黃子雲：《野鴻詩的》，收入《清詩話》，臺北：西南書局，
　　　1979年。

〔清〕張謙宜：《絸齋詩談》，收入《清詩話續編》，臺北：藝文印書
　　　館，1985年。

〔清〕顧鎮：《虞東學詩》，收入《文津閣四庫全書》，北京：商務印
　　　書館，2006年。

〔清〕張玉穀著，許逸民點校：《古詩賞析》，上海：上海古籍出版
　　　社，2000年。

〔清〕方東樹：《昭昧詹言》，臺北：漢京文化事業有限公司，1985
　　　年。

〔清〕趙翼：《甌北詩話》，收入《清詩話續編》，臺北：藝文印書
　　　館，1985年。

〔清〕翁方綱：《復初齋文集》，收入《續修四庫全書》，上海：上海
　　　古籍出版社，2003年。

〔清〕阮元：《十三經注疏附校勘記》，臺北：大化書局，1982年。

〔清〕潘德輿：《養一齋李杜詩話》，收入《杜甫詩話六種校注》，濟
　　　南：齊魯書社，2002年。

〔清〕陳沆：《詩比興箋》，臺北：藝文印書館，1970年。

〔清〕杜文瀾：《古謠諺》，收入《續修四庫全書》，上海：上海古籍
　　　出版社，2003年。

〔清〕余成教：《石園詩話》，收入《清詩話續編》，臺北：藝文印書
　　　館，1985年。

〔清〕朱庭珍：《筱園詩話》，收入《清詩話續編》，臺北：藝文印書
　　　館，1985年。

〔清〕何文煥輯：《歷代詩話》，北京：中華書局，2001年。

〔清〕清乾隆十五年敕選編：《唐宋詩醇》，收入《文津閣四庫全
　　　書》，北京：商務印書館，2006年。

二　杜詩暨舊注

〔唐〕杜甫：《杜工部集》，臺北：臺灣學生書局，1967年。

〔宋〕趙次公注，林繼中輯校：《杜詩趙次公先後解輯校》，上海：上
　　　海古籍出版社，1994年。

〔宋〕郭知達集註：《九家集註杜詩》，收入《杜詩叢刊》，臺北：臺
　　　灣大通書局，1974年。

〔宋〕王十朋集註：《王狀元集百家注編年杜陵詩史》，京都：中文出
　　　版社，1977年。

〔宋〕闕名集註：《分門集註杜工部詩》，收入《杜詩叢刊》，臺北：
　　　臺灣大通書局，1974年。

〔宋〕魯訔編次，蔡夢弼會箋：《杜工部草堂詩箋》，臺北：藝文印書
　　　館，1965年。

〔宋〕魯訔編次，蔡夢弼會箋：《草堂詩箋》，臺北：廣文書局，1971
　　　年。

〔宋〕黃希原注，黃鶴補注：《補注杜詩》，臺北：臺灣商務印書館，
　　　1986年。

〔宋〕劉辰翁批點，高楚芳編：《集千家註批點補遺杜詩集》，收入
　　　《杜詩叢刊》，臺北：臺灣大通書局，1974年。

〔宋〕劉辰翁：《須溪批點選注杜工部詩》，收入《宋詩話全編》，南
　　　京：江蘇古籍出版社，1998年。

〔元〕趙汸：《杜律趙註》，收入《杜詩叢刊》，臺北：臺灣大通書
　　　局，1974年。

〔元〕張性：《杜律演義》，收入《杜詩叢刊》，臺北：臺灣大通書
　　　局，1974年。

〔明〕張綖：《杜工部詩通》，收入《杜詩叢刊》，臺北：臺灣大通書
　　　局，1974年。

〔明〕顏廷榘：《杜律意箋》，臺北：臺北市閩南同鄉會，1975年。

〔明〕單復：《讀杜詩愚得》，收入《杜詩叢刊》，臺北：臺灣大通書
　　　局，1974年。

〔明〕邵寶：《刻杜少陵先生詩分類集註》，收入《杜詩叢刊》，臺
　　　北：臺灣大通書局，1974年。

〔明〕：邵寶：《（刻）杜少陵先生詩分類集註》，收入《和刻本漢詩集
　　　成》，東京：汲古書院，1978年。

〔明〕邵傅：《杜律集解》，收入《杜詩叢刊》，臺北：臺灣大通書
　　　局，1974年。

〔明〕汪瑗：《杜律五言補註》，收入《杜詩叢刊》，臺北：臺灣大通
　　　書局，1974年。

〔明〕王嗣奭：《杜臆》，收入《續修四庫全書》，上海：上海古籍出
　　　版社，2003年。

〔明〕王嗣奭：《杜臆》，臺北：臺灣中華書局，1986年。

〔明〕林兆珂：《杜詩鈔述註》，收入《四庫全書存目叢書》，臺南：
　　　莊嚴文化事業有限公司，1997年。

〔明〕薛益：《杜工部七言律詩分類集註》，收入《和刻本漢詩集
　　成》，東京：汲古書院，1978年。

〔清〕錢謙益箋註，季滄葦校閱：《錢牧齋先生箋註杜詩》，收入《杜
　　詩叢刊》，臺北：臺灣大通書局，1974年。

〔清〕朱鶴齡：《杜工部詩集》，收入《杜詩又叢》，京都：中文出版
　　社，1977年。

〔清〕金聖嘆：《唱經堂杜詩解》，收入《杜詩叢刊》，臺北：臺灣大
　　通書局，1974年。

〔清〕金聖歎：《唱經堂杜詩解》，臺北：臺灣金藏書局，1972年。

〔清〕顧宸：《（辟疆園）杜詩註解》，收入《和刻本漢詩集成》，東
　　京：汲古書院，1978年。

〔清〕黃生：《杜工部詩說》，京都：中文出版社，1976年。

〔清〕仇兆鰲：《杜詩詳注》，臺北：里仁書局，1980年。

〔清〕吳見思：《杜詩論文》，收入《杜詩叢刊》，臺北：臺灣大通書
　　局，1974年。

〔清〕盧元昌：《杜詩闡》，收入《杜詩叢刊》，臺北：臺灣大通書
　　局，1974年。

〔清〕張溍：《讀書堂杜工部詩文集註解》，收入《杜詩叢刊》，臺
　　北：臺灣大通書局，1974年。

〔清〕吳瞻泰：《杜詩提要》，收入《杜詩叢刊》，臺北：臺灣大通書
　　局，1974年。

〔清〕浦起龍：《讀杜心解》，北京：中華書局，2000年。

〔清〕佚名：《杜詩言志》，收入《續修四庫全書》，上海：上海古籍
　　出版社，2003年。

〔清〕楊倫：《杜詩鏡銓》，臺北：華正書局，1986年。

〔清〕范軰雲：《歲寒堂讀杜》，收入《杜詩叢刊》，臺北：臺灣大通
　　書局，1974年。

〔清〕劉濬:《杜詩集評》,臺北:臺灣金藏書局,1972年。

〔清〕邊連寶著,韓成武、賀嚴、孫微、綦維點校:《杜律啟蒙》,濟
　　　南:齊魯書社,2005年。

〔清〕紀容舒:《杜律詳解》,收入《四庫全書存目叢書》,臺南:莊
　　　嚴文化事業有限公司,1997年。

三　今人論著（依作者姓名筆畫為序）

丁福保:《歷代詩話續編》,北京:中華書局,2001年。

上海師範大學古籍整理研究所:《全宋筆記》,第4編,鄭州:大象出
　　　版社,2008年。

王國維:《王國維遺書》,上海:上海書店出版社,1996年。

方瑜:《不隨時光消逝的美──漢魏古詩選》,臺北:洪健全基金會,
　　　2001年。

方瑜:《唐詩論文集及其他》,臺北:里仁書局,2005年。

方瑜等著:《中國文學新詮釋》,臺北:立緒文化事業有限公司,2006
　　　年。

朱自清:《詩言志辨》,臺北:臺灣開明書店,1982年。

吳宏一、葉慶炳編:《清代文學批評資料彙編》,臺北:成文出版社,
　　　1979年。

吳宏一:《清代詩學初探》,臺北:臺灣學生書局,1986年。

吳文治主編:《宋詩話全編》,南京:江蘇古籍出版社,1998年。

吳文治主編:《明詩話全編》,南京:江蘇古籍出版社,1997年。

何寄澎:《典範的遞承──中國古典詩文論叢》,臺北:文史哲出版
　　　社,2002年。

呂珍玉:《詩經詳析》,臺北:五南圖書出版股份有限公司,2012年。

沈凡玉：《六朝同題詩歌研究》，臺北：國立臺灣大學出版中心，2015年。

余培林：《詩經正詁》，臺北：三民書局，1999年。

余恕誠、吳懷東：《唐詩與其他文體之關係》，北京：中華書局，2012年。

邱燮友：《童山詩論卷》，臺北：萬卷樓圖書股份有限公司，2003年。

周維德集校：《全明詩話》，濟南：齊魯書社，2005年。

祁立峰：《相似與差異：論南朝文學集團的書寫策略》，臺北：政大出版社，2014年。

胡萬川等：《中國文學新境界》，臺北：立緒文化事業有限公司，2005年。

馬一浮著；丁敬涵編注：《馬一浮詩話》，上海：學林出版社，1999年。

袁世碩主編：《王士禛全集・詩文集》，濟南：齊魯書社，2007年。

郭紹虞：《宋詩話輯佚》，臺北：華正書局，1981年。

陳尚君輯校：《全唐文補編》，北京：中華書局，2005年。

陳應鸞：《歲寒堂詩話校箋》，成都：巴蜀書社，2000年。

陳慶輝：《中國詩學》，臺北：文史哲出版社，1994年。

陳滿銘：《詞林散步──唐宋詞結構分析》，臺北：萬卷樓圖書有限公司，2000年。

張健輯校：《珍本明詩話五種》，北京：北京大學出版社，2008年。

張健：《元代詩法校考》，北京：北京大學出版社，2001年。

張夢機：《近體詩發凡》，臺北：臺灣中華書局，1970年。

張夢機：《思齋說詩》，臺北：華正書局，1977年。

張夢機：《詩學論叢》，臺北：華正書局，1993年。

張夢機：《古典詩的形式結構》，臺北：駱駝出版社，2001年。

張高評:《宋詩之傳承與開拓》,臺北:文史哲出版社,1990年。

張高評:《宋詩之新變與代雄》,臺北:洪葉文化事業有限公司,1995年。

張高評:《會通化成與宋代詩學》,臺南:國立成功大學出版組,2000年。

張高評:《《詩人玉屑》與宋代詩學》,臺北:新文豐出版股份有限公司,2012年。

許清雲:《近體詩創作理論》,臺北:洪葉文化事業有限公司,2008年。

游子六:《詩法入門》,臺北:廣文書局,1979年。

程千帆、莫礪鋒、張宏生:《被開拓的詩世界》,上海:上海古籍出版社,1990年。

黃永武:《字句鍛鍊法》,臺北:洪範書店有限公司,2006年。

黃永武:《中國詩學鑑賞篇》,臺北:巨流圖書股份有限公司,2008年。

喻守真:《唐詩三百詩詳析》,臺北:華正書局,2010年。

楊清惠:《文法──金聖歎小說評點之敘事美學研究》,臺北:大安出版社,2011年。

達人:《論說秘訣》,臺北:廣文書局,1981年。

臺靜農撰,何寄澎、柯慶明編輯整理:《中國文學史》,臺北:臺大出版中心,2009年。

裴普賢:《詩經評註讀本》,臺北:三民書局,2008年。

蔡仁厚:《孔孟荀哲學》,臺北:臺灣學生書局,1984年。

聞一多:《聞一多全集》,臺北:里仁書局,2000年。

聞一多:《唐詩雜論》,武漢:武漢大學出版社,2008年。

蔡英俊主編:《抒情的境界》,臺北:聯經出版事業股份有限公司,2011年。

蔡英俊：《比興物色與情景交融》，臺北：大安出版社，1995年。

蔡謀芳：《修辭格教本》，臺北：臺灣學生書局，2003年。

劉誠：《中國詩學史‧清代卷》，廈門：鷺江出版社，2002年。

顏崑陽：《李商隱詩箋釋方法論──中國古典詮釋學例說》，臺北：里
　　　　仁書局，2005年。

顏崑陽：《詩比興系論》，臺北：聯經出版事業股份有限公司，2017年。

嚴耕望：《唐代交通圖考》，上海：上海古籍出版社，2007年。

龔鵬程：《文學批評的視野》，臺北：大安出版社，1990年。

龔鵬程：《詩史本色與妙悟》，臺北：臺灣學生書局，1992年。

于年湖：《杜詩語言藝術研究》，濟南：齊魯書社，2007年。

王輝斌：《杜甫研究新探》，合肥：黃山書社，2011年。

方瑜：《杜甫夔州詩析論》，臺北：幼獅文化事業公司，1985年。

成善楷：《杜詩箋記》，成都：巴蜀書社，1989年。

汪中：《杜甫》：臺北：河洛圖書出版社，1977年。

呂正惠：《杜甫與六朝詩人》，臺北：大安出版社，1989年。

宋開玉：《杜詩釋地》，上海：上海古籍出版社，2004年。

李春坪：《少陵新譜》，臺北：古亭書屋，1969年。

李汝倫：《杜詩論稿》，廣州：廣東人民出版社，1983年。

李辰冬：《杜甫作品繫年》，臺北：東大圖書股份有限公司，1990年。

吳鷺山：《杜詩論叢》，杭州：浙江文藝出版社，1983年。

吳明賢：《杜詩論析》，成都：四川大學出版社，2009年。

周采泉：《杜集書錄》，上海：上海古籍出版社，1986年。

金啟華：《杜甫詩論叢》，上海：上海古籍出版社，1985年。

林繼中：《杜甫研究續貂》，臺中：天空數位圖書，2010年。

林繼中：《杜詩菁華》，臺北：三民書局，2015年。

胡豈凡：《杜甫生平及其詩學研究》，臺北：文史哲出版社，1978年。

胡可先：《杜甫詩學引論》，合肥：安徽大學出版社，2003年。

徐仁甫：《杜詩注解商榷》，北京：中華書局，1985年。

徐仁甫：《杜詩注解商榷續編》，成都：四川人民出版社，1986年。

郝潤華等著：《杜詩學與杜詩文獻》，成都：巴蜀書社，2010年。

徐國能：《歷代杜詩學詩法論研究》，臺北：臺灣師範大學博士論文，
　　　　2002年。

徐國能：《清代詩論與杜詩批評——以神韻、格調、肌理、性靈為論
　　　　述中心》，臺北：里仁書局，2009年。

孫微：《清代杜詩學史》，濟南：齊魯書社，2004年。

孫微：《杜詩學文獻研究論稿》，保定：河北大學出版社，2009年。

孫微、王新芳：《杜詩學研究論稿》，濟南：齊魯書社，2008年。

許總：《杜詩學發微》，南京：南京出版社，1989年。

許永璋：《杜甫名篇新析》，臺北：天工書局，1991年。

張淑瓊主編：《杜甫》，臺北：地球出版社，1989年。

張忠綱：《杜詩縱橫談》，山東大學出版社，1990年。

張忠綱編注：《杜甫詩話六種校注》，濟南：齊魯書社，2002年。

張忠綱、綦維、孫微著：《山東杜詩學文獻研究》，濟南：齊魯書社，
　　　　2004年。

張忠綱、趙睿才、綦維、孫微編著：《杜集敘錄》，濟南：齊魯書社，
　　　　2008年。

張忠綱、趙睿才、綦維：《新譯杜甫詩選》，臺北：三民書局，2009
　　　　年。

莫礪鋒、童強：《杜甫傳》，天津：天津人民出版社，2000年。

莫礪鋒：《杜甫評傳》，南京：南京大學出版社，2002年。

莫礪鋒：《杜甫詩歌講演錄》，桂林：廣西師範大學出版社，2007年。

陳文華：《杜甫詩律探微》，臺北：臺灣師範大學碩士論文，1977年。

陳文華：《不廢江河萬古流》，臺北：偉文圖書公司，1978年。

陳文華、張夢機：《杜律旨歸》，臺北：學海出版社，1979年。

陳文華：《杜甫傳記唐宋資料考辨》，臺北：文史哲出版社，1987年。

陳文華等：《杜甫與唐宋詩學》，臺北：里仁書局，2003年。

陳香：《杜甫評傳》，臺北：國家出版社，2002年。

陳貽焮：《杜甫評傳（上中下）》，北京：北京大學出版社，2003年。

陳冠明、孫愫婷：《杜甫親眷交遊行年考》，上海：上海古籍出版社，
　　　2006年。

陳美朱：《清初杜詩詩意闡釋研究》，臺南：漢家出版社，2007年。

陳淑彬：《重讀杜甫──修辭藝術與美學銘刻》，臺北：文津出版社，
　　　2001年。

曹慕樊：《杜詩雜說》，成都：四川人民出版社，1984年。

曹慕樊：《杜詩雜說全編》，北京：三聯書店，2009年。

華文軒等編：《杜甫卷》，北京：中華書局，2001年。

黃奕珍：《杜甫自秦入蜀詩歌析評》，臺北：里仁書局，2005年。

楊松年：《杜甫戲為六絕句研究》，臺北：文史哲出版社，1995年。

楊慧傑：《杜詩品評》，臺北：東大圖書公司，1990年。

楊經華：《宋代杜詩闡釋學研究》，北京：中國社會科學出版社，2011
　　　年。

葉嘉瑩：《杜甫秋興八首集說》，臺北：桂冠圖書公司，1994年。

葉嘉瑩：《葉嘉瑩說杜甫詩》，臺北：大塊文化出版公司，2012年。

聞一多：《少陵先生年譜會箋》，收入《聞一多全集》，臺北：里仁書
　　　局，2000年。

趙海菱：《杜甫與儒家文化傳統研究》，濟南：齊魯書社，2007年。

歐麗娟：《杜詩意象論》，臺北：里仁書局，1997年。

歐麗娟：《唐代詩歌與性別研究——以杜甫為中心》，臺北：里仁書局，2008年。

蔡振念：《杜詩唐宋接受史》，臺北：五南圖書出版股份有限公司，2002年。

蔡錦芳：《杜詩版本及作品研究》，上海：上海大學出版社，2007年。

蔡志超：《杜詩繫年考論》，臺北：萬卷樓圖書股份有限公司，2012年。

蔡志超：《宋代杜甫年譜五種校注》，臺北：萬卷樓圖書股份有限公司，2014年。

蔣先偉：《杜甫夔州詩論稿》，成都：巴蜀書社，2002年。

劉文剛：《杜甫學史》，成都：巴蜀書社，2012年。

蕭麗華：《杜詩沉鬱頓挫之風格》，臺北：臺灣師範大學碩士論文，1985年。

蕭麗華：《杜甫——古今詩史第一人》，臺北：幼獅文化事業公司，1994年。

蕭滌非主編、張忠綱統稿：《杜甫全集校注》，北京：人民文學出版社，2014年。

盧國琛：《杜甫詩醇》，杭州：浙江大學出版社，2006年。

學海出版社編輯部編：《杜甫年譜》，臺北：學海出版社，1981年。

賴貴三校釋：《翁方綱《翁批杜詩》稿本校釋》，臺北：國立編譯館主編，里仁書局發行，2011年。

簡明勇：《杜甫詩研究》，臺北：學海出版社，1984年。

簡恩定：《清初杜詩學研究》，臺北：文史哲出版社，1986年。

簡錦松：《杜甫夔州詩現地研究》，臺北：臺灣學生書局，1999年。

鄭健行：《杜甫新議集》，臺北：萬卷樓圖書股份有限公司，2004年。

四　期刊論文

耿元瑞：〈有關李杜交遊的幾個問題〉，《唐詩研究論文集》，第2集，
　　　　中冊，《李白詩研究專集》，中國語文學社，1969年。

羅聯添：〈杜甫「忤下考功第」的年歲與地點〉，《書目季刊》，17卷第
　　　　3期，1983年12月。

楊承祖：〈杜甫李白高適梁宋同遊考年〉，「國立臺灣師範大學校友學
　　　　術論文集」，《水牛出版社》，1985年10月。

莫礪鋒：〈杜詩"偽蘇注"研究〉，《文學遺產》，1999年第1期。

曾守正：〈孔孟說詩活動中的言志思想〉，《鵝湖月刊》，第25卷，第6
　　　　期，總號第294，1999年。

丘良任：〈杜甫之死及其生卒年考辨〉，《深圳大學學報》（人文社會科
　　　　學版），17卷4期，2000年8月。

嚴壽澂：〈詩聖杜甫與中國詩道〉，《國立編譯館館刊》，2001年12月30
　　　　卷1、2期合刊本。

張忠綱：〈杜甫在山東行迹交游考辨〉，《東岳論叢》，2003年7月第24
　　　　卷第4期。

尹波：〈宋人年譜綜述〉，《四川大學學報》（哲學社會科學版），總131
　　　　期，2004年第2期。

張恩普：〈孟子文學批評思想探討〉，《東北師大學報》（哲學社會科學
　　　　版），總第217期，第5期，2005年。

李正治：〈比興解詩模式的形成及其意義〉，收錄於《中國文學新境
　　　　界》，臺北：立緒文化事業有限公司，2005年。

張忠綱：〈杜甫獻〈三大禮賦〉時間考辨〉，《文史哲》，2006年第1期
　　　　（總第292期）。

丁文林：〈孟子「知人論世」「以意逆志」論〉，《商場現代化》，總第
　　　　459期，2006年2月。

林維杰：〈知人論世與以意逆志——朱熹對《孟子・萬章》篇兩項原則的詮釋學解釋〉，《中國文哲研究集刊》，32期，2008年3月。

王輝斌：〈再談杜甫的卒年問題——兼與傅光《杜甫研究》（卒葬卷）商榷〉，《荊楚理工學院學報》，24卷4期，2009年4月。

王勛成：〈杜甫授官、貶官與罷官說〉，《天水師範學院學報》，2010年7月第30卷4期。

廖美玉：〈漫遊與漂泊——杜甫行旅詩的兩種類型〉，《臺大中文學報》，33期，2010年12月。

徐煉：〈絕句的言外之意：賦法〉，《中國韵文學刊》，第24卷，第4期，2010年12月。

蔡志超：〈黃生的杜詩句法與詮釋〉，《慈濟技術學院學報》，16期，2011年。

李小華：〈宋代杜詩編年考論〉，《齊魯學刊》，總220期，2011年第1期。

張忠綱：〈說「詩聖」〉，《安徽大學學報》（哲學社會科學版），2012年第1期。

廖美玉：〈唐代〈月令〉組詩的物候感知與地誌書寫〉，《國文學報》，58期，2015年12月。

後記

　　本書特別感謝兩位專書出版的匿名審查人不吝於賜教，提出許多重要的學術想法，這些珍貴的增改意見，不僅使本書得以充實完整，更拓展了筆者的詩學視野，在此表示由衷的謝意。

　　本書第二章曾以〈孟子「知人論世」、「以意逆志」與杜詩解讀〉之名發表於《淡江中文學報》30期（2014年6月）；第三章曾以〈宋代杜甫年譜內容析論〉之名發表於《慈濟科技大學學報》總25期（2015年9月）；第五章曾以〈杜甫溫柔敦厚與詩聖說〉之名發表於《慈濟科技大學學報》總26期（2016年3月），今併將諸文修改增刪。筆者對於上述三文的匿名審查意見，亦一併表達感謝之意。

　　　　　　　　　二〇一七年四月十八日蔡志超謹記於後山花蓮

文學研究叢書・古典詩學叢刊 0804016

詩聖——杜詩詮釋新論

作　　者　蔡志超
責任編輯　翁承佑
特約校稿　林秋芬

發 行 人　陳滿銘
總 經 理　梁錦興
總 編 輯　陳滿銘
副總編輯　張晏瑞
編 輯 所　萬卷樓圖書股份有限公司
排　　版　林曉敏
印　　刷　森藍印刷事業有限公司
封面設計　斐類設計工作室

發　　行　萬卷樓圖書股份有限公司
　　　　　臺北市羅斯福路二段 41 號 6 樓之 3
　　　　　電話 (02)23216565
　　　　　傳真 (02)23218698
　　　　　電郵 SERVICE@WANJUAN.COM.TW
大陸經銷　廈門外圖臺灣書店有限公司
　　　　　電郵 JKB188@188.COM
香港經銷　香港聯合書刊物流有限公司
　　　　　電話 (852)21502100
　　　　　傳真 (852)23560735

ISBN 978-986-478-087-7
2017 年 8 月初版一刷

定價：新臺幣 380 元

如何購買本書：

1. 劃撥購書，請透過以下郵政劃撥帳號：
　帳號：15624015
　戶名：萬卷樓圖書股份有限公司
2. 轉帳購書，請透過以下帳戶
　合作金庫銀行 古亭分行
　戶名：萬卷樓圖書股份有限公司
　帳號：0877717092596
3. 網路購書，請透過萬卷樓網站
　網址 WWW.WANJUAN.COM.TW

大量購書，請直接聯繫我們，將有專人為
您服務。客服：(02)23216565 分機 10

如有缺頁、破損或裝訂錯誤，請寄回更換

國家圖書館出版品預行編目資料

詩聖：杜詩詮釋新論 / 蔡志超著. -- 初版. --
臺北市：萬卷樓, 2017.08
　面；　公分
ISBN 978-986-478-087-7(平裝)

1.(唐)杜甫 2.唐詩 3.詩評

851.4415　　　　　　　　　106007826